Aveleen Avide, geboren 1965, lebt und arbeitet als Autorin in München. «Seidene Küsse», ihr erster Band mit erotischen Kurzgeschichten, den sie zusammen mit Jasmin Leheta geschrieben hat, hielt sich über vier Monate auf Platz 1 der Amazon-Erotik-Bestseller.

Mehr zur Autorin unter
www.aveleen-avide.com
http://aveleen-avide.blog.de

Aveleen Avide

SAMTENE NÄCHTE

Erotische Geschichten

Rowohlt Taschenbuch Verlag

3. Auflage April 2011

Originalausgabe
Veröffentlicht im Rowohlt Taschenbuch Verlag,
Reinbek bei Hamburg, Februar 2010
Copyright © 2010 by Rowohlt Verlag GmbH,
Reinbek bei Hamburg
Umschlaggestaltung any.way, Cathrin Günther
(Umschlagfoto: mauritius images)
Satz aus der Guardi PostScript, InDesign,
bei Pinkuin Satz und Datentechnik, Berlin
Druck und Bindung Druckerei
C.H.Beck, Nördlingen
Printed in Germany
ISBN 978 3 499 25243 3

feuer

wie eine orchidee
deren blätter und blüten
vor verlangen zittern
und sich leise öffnen
wenn glut schwelt
flammen knistern
brunstbefallen
ersehnt sie
ihn er sie
in ihm ihr
in sich

von: Sarah Ines
«liebe geht durch die haut»
www.sarah-ines.de

DIE GESCHICHTEN

Erotischer Zirkel 9
Kuschel-Luder 32
Soll ich … oder soll ich nicht? 54
Heiße Wünsche 75
Wie man sich bettet … 100
Lockende Versuchung 127
Annes süße Versuchung 146
Spieglein … Spieglein … 167
Ein Höschen flattert im Wind 183
Sinneslust 213

EROTISCHER ZIRKEL

«Tanja ist im besten Alter», sagt man so schön über Frauen in meinem Alter. Also um die dreißig. Genau verrate ich es nie. Wie so viele Frauen in meinem Alter bin ich alleine.

Partnerlos.

Single.

Ohne festen Anhang. Oder wie immer man es sonst ausdrücken möchte. Alleine im Sinne von: Weder Mann noch Maus warten auf mich, wenn ich nach getaner Arbeit nach Hause komme.

Oft werde ich von Männern gefragt, warum ich noch alleine sei, das könnten sie nicht verstehen.

Kann ich es denn verstehen?

Nein.

Wie soll es dann jemand anderes verstehen, denke ich manchmal, wenn ich über mich und mein Singledasein nachdenke – was ich, offen gestanden, nicht sehr oft mache. Warum über etwas Unsinniges nachdenken? Da werde ich nur traurig. Und will ich traurig sein? Wieder: Nein.

Mein Leben habe ich mir so eingerichtet, dass es mir trotzdem Freude bereitet.

Manchmal kommen mir auch ein wenig verrückte Ideen. Zumindest denken das die Menschen in meiner Umgebung, die alle ein «ganz normales» Leben führen. Die zufrieden damit sind, jeden Morgen ihrem geregelten Job nachzugehen, und deren höchstes Ziel es ist, so oft wie möglich Spaß zu haben. Die einmal im Jahr in den Urlaub fahren und vielleicht noch ein paar Wochenendtrips unternehmen. Die aber noch nie etwas von Tantramassage oder Sabbatical gehört haben. Die keine Ahnung haben, was für einen Reiz es hat, auch einmal alleine in eine Disco oder eine Bar zu gehen. Die nicht wissen, wie es ist, wenn man als Teenager den Wunsch hatte, Schauspielerin zu werden, oder wie es ist, wenn man im Zirkus vom Clown auf die Bühne geholt wird, und das vor mehr als tausend Zuschauern. Wie mir meine Freundinnen verraten haben, würden sie rot werden und sich weigern, in die Manege zu gehen.

Selbst wenn ich eine Fußgängerzone entlangschlendere und Artisten dort ihre Kunststückchen zum Besten geben, kann ich fast darauf wetten, dass ich aus der Menge herausgezogen und in ihre Vorstellung einbezogen werde, sofern ich dort stehen bleibe und den Darbietungen zusehe.

Warum das so ist? Keine Ahnung, vielleicht schauen die anderen alle weg, wenn der Künstler sie anschaut? Oder ist es mein offenes Lächeln, das ihn mich auswählen lässt? Bestimmt zeige ich nicht auf mich oder schreie gar, «bitte hole mich auf die Bühne», damit er weiß, dass ich bereit wäre, aus der Anonymität in die Öffentlichkeit zu treten. Beim nächsten Mal werde ich fragen, was der Auslöser dafür war, dass man ausgerechnet mich herausgepickt hat.

Nun habe ich schon wieder eine etwas verrückte Idee. Also, ich persönlich finde sie lediglich aufregend, aber meine Freundinnen würden sie wohl für einen meiner verrückten Einfälle halten. Deshalb werde ich erst mal keiner von ihnen davon erzählen. Später vielleicht. Mal sehen.

Es handelt sich um Folgendes: Vor einigen Tagen habe ich in einer Frauenzeitschrift etwas über Literaturzirkel gelesen. Keine Literatur wie Krimi, Liebesroman, Science-Fiction, Kinderbücher oder was einem sonst noch in den Sinn käme. Nein, Erotik war das Zauberwort.

Adrenalin schoss durch meinen Körper, als ich das las.

In diesen Zirkeln treffen sich Frauen, die sich gegenseitig erotische Lektüre vorlesen. Hoffentlich gab es das auch in meiner Stadt! Mein Gehirn arbeitete sofort auf Hochtouren.

Was machen sie da wohl?

Hoffentlich werde ich nicht rot! Denn mir war sofort klar, da muss ich hin.

Lesen sie «nur» Erotik oder womöglich auch Porno?

Es ist nicht so, dass ich generell Pornoliteratur ablehne. Wird doch Anaïs Nin, die hochliterarisch geschrieben hat, als pornographische Schriftstellerin bezeichnet. Wer entscheidet eigentlich, was als Pornographie und was als Erotik zu gelten hat?

Warum wird der eine, der pornographisch schreibt, als erotischer und der andere als pornographischer Schriftsteller beschrieben?

Ob in diesen Gruppen wohl manche dieser Fragen diskutiert wurden?

Würden die Frauen aus dem Nähkästchen plaudern?

Könnte ich endlich frei mit jemandem über Erotik sprechen?

Da ich eine Frau der Tat bin, habe ich nicht länger darüber nachgedacht, sondern mich sogleich im Internet schlaugemacht.

Ein wenig nervös bin ich schon, aber wie ich aus Erfahrung weiß, wird mir das niemand ansehen und schon gar nicht anhören. Nur wenige Schritte trennen mich noch von dem Lesezirkel. Die Wohnung, in der er stattfindet, liegt mitten in der Stadt, und zwar in einem der teureren Viertel. Als ich anrief, um zu fragen, wann ich da sein sollte, sagte mir eine Clothilde, sie würden um halb acht anfangen. Zu früh will ich nicht ankommen, aber die Letzte will ich schon gar nicht sein, deshalb habe ich mir eben noch etwas Zeit gelassen. Nun ist es zehn Minuten vor dem genannten Termin, also wahrscheinlich der beste Moment.

Ich sammle mich noch einmal kurz und drücke entschlossen auf die Klingel.

Ohne zu fragen, wer hier unten rein möchte, drückt einfach jemand auf den Türöffner, und das unverkennbare Summen erklingt. Am Telefon hatte mir Clothilde bereits gesagt, dass die Wohnung im vierten Stock liegt. Ich drücke die Tür auf und komme in einen überraschend großen Flur. Der Boden sieht aus, als wäre er aus glänzendem Marmor. Da ich nicht hechelnd oben ankommen will, halte ich nach einem Lift Ausschau. Ein paar Stufen führen ein Stück nach oben in eine Art Hochparterre, und als ich dort ankomme, erspähe ich ihn. Mit einem leisen Summen befördert er mich in die Höhe. In der vierten Etage befinden sich nur zwei Wohnungen, da ist es nicht weiter schwierig, die richtige ausfindig zu machen.

Auf dem silbernen Namensschild gleich bei der ersten Wohnung steht «C. van Aaken». Noch einmal tief Luft holen. Klingel drücken.

Schritte nähern sich, und als die Tür geöffnet wird, ist die Luft erfüllt von gedämpftem Gelächter. Die Frau, die in der Tür steht, lacht ebenfalls und sagt freundlich: «Hallo. Du musst Tanja sein.»

Ich nicke.

«Hast du gleich hergefunden?»

«Dank deiner Beschreibung», antworte ich.

Clothilde van Aaken – ich hatte ein bestimmtes Bild von ihr im Kopf entwickelt, als ich mit ihr telefoniert hatte. Clothilde. Eine Clothilde hatte ich mir voluminös vorgestellt. Eine Haarfarbe hatte sich vor meinem geistigen Auge nicht aufgetan, aber vornehm müsste sie bestimmt sein, hatte ich gedacht. So falsch habe ich mit meiner Vermutung gar nicht gelegen. Vor mir steht eine sogenannte «gestandene» Frau. Eine Frau eben, die bestimmt einen Meter achtzig misst, die Kleidergröße 44 trägt und schwarze Haare hat, nachgeholfen wohlgemerkt. Aber es passt alles zu ihrem Typ. Eine Duftwolke umweht mich, als sie vor mir hergeht. Aber es ist ein Duft, den ich nicht aufdringlich finde, sondern von dem ich mich sinnlich umgarnt fühle.

Wir gehen weiter hinein. Die Wohnung: luftig. Kaum Türen. Sehr geräumig. Sie musste in dieser Gegend ein kleines Vermögen kosten. Das Wohnzimmer, aus dem ich zuvor das Gelächter vernommen hatte, ist mit wunderschönen alten Möbeln minimalistisch eingerichtet, eine ausladende lindgrüne Designercouch vervollständigt das Bild. Sektgläser, wie ich sie noch nie schöner gesehen habe, stehen auf dem Mosaik-Beistelltisch. Ein Strauß bunter Wiesenblumen schmückt den Tisch und auf einer Porzellanplatte sind kleine Häppchen kunstvoll angerichtet. Außerdem gibt es zwei äußerst bequem aussehende lindgrüne Designersessel. Die Sitzlandschaft ist nicht, wie bei kleinen Wohnungen, an einer Wand aufgestellt, sondern steht mitten im Raum. Einer der Sessel ist mit einer Frau besetzt, die wie eine Vorstandssekretärin aussieht. Auf der Couch sitzen nochmals zwei Damen, die eine blond und zierlich, im allerneuesten Chic gekleidet, und daneben eine, die Kosmetikerin oder Friseurin sein könnte, weil die Haare natürlich, aber mit Klasse frisiert sind und sie kunstvoll Make-up aufgelegt hat, aber nicht angemalt wirkt.

Als wir den Raum betreten, bin ich hinter Clothilde gar nicht sichtbar. Deshalb stelle ich mich seitlich zu ihr, und sofort sehen mich alle an. Es scheint, als hätten sie hier viel Spaß. Dann bin ich ja genau richtig.

«Darf ich euch Tanja vorstellen?», eröffnet Clothilde. Ein allgemeines Hallo folgt.

«Dana», Clothilde zeigt auf die Frau im Sessel. «Jamina», das ist der Name der Blondine, und «Mona», die Kosmetikerin oder eben Friseurin.

«Bitte setz dich doch», sagt Clothilde, und ich folge ihrer Einladung.

Auf dem Sofa ist noch Platz genug, und so setze ich mich dort hin. Clothilde geht zu dem zweiten freien Sessel und setzt sich ebenfalls. Das Wohnzimmer misst mindestens fünfzig Quadratmeter, mit hohen Decken, und somit sind die lebensgroßen Bilder, die hier hängen, nicht übertrieben. Kleinere wären verschluckt worden. Eines ist in Lindgrün- und Apricottönen gehalten und zeigt ein nacktes, ineinander verschlungenes Paar.

Die Einrichtung gefällt mir. Sie ist elegant und passt zur Gastgeberin.

«Darf ich dir einen Prosecco einschenken, oder möchtest du etwas anderes?», fragt Clothilde.

«Prosecco. Danke.» Niemals würde ich ein Schlückchen Prosecco ablehnen. Wein ja, Bier ja, aber Prosecco? Definitiv nicht.

Clothilde schenkt von dem angenehm sprudelnden Getränk ein und reicht es mir.

«Wie bist du auf unseren Zirkel aufmerksam geworden?», will Jamina wissen.

«In einer Frauenzeitschrift stand etwas über Lesezirkel, in denen erotische Literatur gelesen wird.»

«Und da hast du gedacht, das willst du dir mal ansehen?», fragt Dana.

«Erst einmal musste ich herausfinden, ob es hier in unserer Stadt auch einen gibt. Aber das ist ja zum Glück der Fall, wie ihr natürlich wisst.» Ich werfe einen Blick in die Runde. «Und ich bin schon sehr gespannt, was hier passiert.»

Clothilde trinkt einen Schluck und stellt das Glas wieder auf den schönen Tisch, der mir immer wieder auffällt und in dessen Mosaik ich immer neue Figuren ausmache. «Wir treffen uns jeden ersten Dienstag im Monat, und jedes Treffen steht unter einem bestimmten Motto.»

Ich trinke einen Schluck Prosecco und stelle das Glas vorsichtig beiseite, ohne dabei meinen Blick von Clothilde abzuwenden. «Manchmal lesen wir alle das gleiche Buch, manchmal verschiedene. Jede sollte versuchen, bis zum nächsten Treffen ein Buch fertig zu lesen, um dann die erotischen Lieblingspassagen vorzulesen, und natürlich sollte man auch sagen, wie einem das Buch gefallen hat. Den Rest bekommst du heute mit.» Clothilde nimmt sich eines der Häppchen. Es ist mit frischem Lachs belegt. Clothilde deutet auf die Platte. «Greift zu – und Jamina, du fängst heute an.»

Jamina holt ihr Buch, das selbst der Unbedarfteste als ein Buch mit erotischem Inhalt erkannt hätte, aus ihrer weißen Handtasche.

Sie klappt das Buch an einer markierten Stelle auf.

«Letztes Mal hatten wir vereinbart, dass jede von uns frei entscheiden darf, welche Art erotischer Literatur sie für heute lesen möchte. Ich habe mir ein Buch mit erotischen Kurzgeschichten ausgesucht und ... lasst euch überraschen.»

Ihre Stimme klingt melodiös und sehr selbstsicher. Jamina wirft einen letzten Blick in die Runde, ehe sie sich auf den Text konzentriert.

«Mit verbundenen Augen wartete Agnes darauf, dass er ins Zimmer kam. Sie hatte ein sehr gutes Zeitgefühl und konnte sich nicht vorstellen, dass es sie ausgerechnet jetzt im Stich lassen würde. Wahrscheinlich war eine knappe halbe Stunde vergangen. Markus und Agnes weilten im Haus eines Freundes in Innsbruck. Da dieser Freund gerade vier Wochen auf Mallorca Urlaub machte, hatte er ihnen sein Heim als Urlaubsdomizil anvertraut. Dort war Markus auf die Idee gekommen, einmal etwas Neues auszuprobieren. ‹Du legst dich nackt auf den Küchentisch und verbindest deine Augen. Du wirst nicht wissen, wann ich komme, und auch nicht, ob ich es bin, der kommt. Und egal, was ich mache, du darfst nicht nein sagen.› Hätte Agnes ihn nicht so gut gekannt, hätte sie sein Lächeln als listig bezeichnet, aber sie wusste, dass sie sich getäuscht haben musste.

Seit drei Jahren war sie mit ihm zusammen, und diese Idee war gestern bei einem gemütlichen Abendessen entstanden, aus einer Weinlaune heraus. Ein Wort ergab das andere, und zunächst hatte Agnes ohne weiteres diese Herausforderung angenommen, aber nun ... Nun, wo sie auf diesem großen Holztisch lag und ständig neue Gedanken durch ihren Kopf schossen, wurde sie doch ein wenig unsicher. Nicht nur hing sie ihren Gedanken nach, sie nahm jedes Geräusch wahr, jeden Geruch.

Agnes konnte sich nicht erinnern, wann sie das letzte Mal eine halbe Stunde in völliger Isolation verbracht hatte. Weil sie weder Musik hörte noch etwas sehen konnte, nahm sie mit den restlichen Sinnen umso deutlicher wahr. Sie hätte zwar durchaus Musik hören dürfen, aber dann hatte sie sich dagegen entschieden. Schließlich wollte sie lieber hören, wenn jemand kam, und sie hoffte … nein, glaubte … nein, hoffte, dass es tatsächlich Markus sein würde.

Ihr war bisher nicht aufgefallen, wie laut die Küchenuhr tickte. Zuerst hatte sie es nicht gehört, aber jetzt: dieses Tick … Tick … Tick … Selbst Gerüche nahm sie besser wahr. Vor einer Stunde hatte sie zum letzten Mal den Kühlschrank geöffnet und einen rassigen Käse hineingelegt. In einer leichten Note hing er noch in der Luft. Außerdem roch sie das frische Basilikum, das sie besorgt hatte.

Draußen fuhr ein Motorrad vorbei. Vom lässig knatternden Sound her müsste es eine Harley sein.

Und wo blieb Markus?, fragte sie sich.

Würde sie erkennen, ob es wirklich Markus war?

Er würde doch nicht …?

Nein, nicht der Markus, den sie kannte. Der war stets rücksichtsvoll und zuvorkommend. Als sie zum ersten Mal mit ihm geschlafen hatte, war er es gewesen, der die Notbremse gezogen hatte, weil keiner von ihnen an ein Kondom gedacht hatte. Was ihr Herz für ihn noch weiter gemacht hatte, war, dass er sie im Schlaf festhielt, und wenn sie sich drehte, drehte er sich mit. Bei ihm war es nicht so, als ob er sie ersticken würde, zu nah aufrückte, es war einfach ein Gefühl, als würde er selbst ihren Schlaf bewachen. Wenn er mitten in der Nacht auf die Toilette musste, was selten vorkam, und wieder ins Bett stieg, dann tat sie manchmal so, als würde sie fest schlafen, und Markus streichelte dann kurz ihren Arm, ihr Bein oder legte seine Hand auf ihren Bauch. Dieser liebevolle Körperkontakt ging ihr ans Herz. Es war, als würde er sich versichern müssen, fühlen müssen, ob sie noch da war.

Sie liebte ihn.

Auch seine Schrullen.

Immer wieder musste sie ihm alle seine Kleidungsstücke herrichten, ansonsten hätte er zwei verschiedene Socken angezogen oder eine Jacke, an der sie den fehlenden Knopf noch nicht angenäht hatte. In dieser Hinsicht war er wirklich wie ein Kind. Vielleicht hatte sie aber gerade deshalb so viel Spaß mit ihm. Er war nicht verdorben worden.

Das Leben hatte ihn nicht verdorben.

Agnes musste plötzlich an diese feine Narbe oberhalb seiner rechten Brustwarze denken. Es war schier unglaublich, wie empfindlich er an dieser Stelle reagierte, wenn sie ihn dort berührte oder gar mit der Zunge darüberleckte. Oder wie sich, kurz bevor er kam, sein Bauch zusammenzog, so als hätte jemand hineingeschlagen, und sein Blick sich in der Ferne zu verlieren schien.

Agnes lächelte.

Dieses Warten auf Markus hatte etwas Aufregendes, Prickelndes. So ganz auf sich und ihren Körper konzentriert, fühlte sie, wie die Säfte in sie schossen. Sie spürte, wie ihr Unterleib sich begehrlich zusammenzog, und am liebsten hätte sie schon mal Hand an sich gelegt. Das Ziehen im Unterleib breitete sich in ihrem ganzen Körper aus und sandte Wellen des Verlangens durch sie hindurch.

Ein wenig anfassen könnte sie sich doch schon mal, denn wer weiß, wann Markus kommen würde. Gerade als sie dies dachte, fühlte sie, dass sich irgendetwas verändert hatte.

War da jemand im Raum?

Spitze Pfeile der Lust schossen durch ihren Körper, sodass es ihr fast den Atem raubte.

Sie war noch niemals zuvor in einer solchen Situation gewesen, aber sie spürte, dass jemand hinter ihr stand.

War es Markus?

Was, wenn nicht?

Ihre Haut kribbelte vor freudiger Erwartung. Und weil sie nicht sicher war, wie lange derjenige sie schon beobachtet hatte, erhöhte die Ungewissheit ihren Pulsschlag. Wo seine Augen wohl als Erstes hingesehen hatten, als er den Raum betreten hatte?

Es erregte sie ungemein, deshalb überlegte sie sich, etwas zu bieten, was sie beide bisher in ihrer Beziehung noch nicht ausprobiert hatten.

Falls es wirklich Markus war, der da hinter ihr stand …

Ein Mann jedenfalls war es, das sagte ihr der Geruchssinn, aber sie hätte nicht sagen können, ob der Herrenduft, den sie roch, einer von Markus' Düften war.

Agnes nahm ihren Zeigefinger in den Mund, leckte ihn an und umkreiste mit dem feuchten Finger träge eine ihrer Brustwarzen, die sich sofort steil aufrichtete und deren Vorhof augenblicklich eine Gänsehaut bekam. Als sie ihren Nippel mit ihrem Fingernagel reizte, war es, als würden heiße Nadeln in ihr Lustzentrum schießen.

Markus' Augen, die die gleiche Farbe hatten wie das Meer, das Mauritius umschloss – so, wie man es von Postkarten her kannte –, waren bestimmt auf sie gerichtet.

Oder war er es am Ende gar nicht?

Sie war sich nicht sicher, aber weil sie spürte, wie derjenige, der da mit ihr im Raum war, sie beobachtete, bekam sie Lust, noch ein wenig weiterzugehen.

Wieso hatten sie so etwas nie zuvor ausprobiert? Dieses Warten hatte sie bereitgemacht, die Stille hatte ihre Sinne geschärft. Nie hätte sie sich vorstellen können, wie geil es sie machte, wenn Augen sie beobachteten – seine Augen – fremde Augen.

Wo er wohl gerade hinsah?

Auf ihre Brüste?

Nun umspielte sie ihre andere Brustwarze, die ebenfalls sofort reagierte und sich hart unter ihrem Finger anfühlte. Sie zwickte diese Brustwarze, und ein Stöhnen entfuhr ihrem Mund. Mit ihren Händen knetete sie ihre Brüste, die sich schwer und kühl anfühlten, ehe sie mit einer Handkante die zarte Furche dazwischen entlangstreifte. Tiefer wanderte ... und schließlich, unten angekommen, über ihre zurechtgestutzten Schamhaare streichelte und gleichzeitig den Druck erhöhte. Sie ließ sich Zeit, kostete diesen Moment voll aus.

Natürlich hätte sie sich gleich in die feuchteren Regionen begeben können, aber dieses Umkreisen ließ ihre Schamlippen vor Erwartung pochen, deshalb spielte sie noch etwas damit. Streichelte sich drum herum, bis sie es fast nicht mehr aushielt. Ihr Magen schien abrupt aus einem Vakuum befreit worden zu sein, und die Lustwellen brachen sich Bahn, bis sie leise aufstöhnte. Erst dann berührte sie sich mit den Fingerspitzen an ihrem Eintrittstor.

Gestattete sich, sich anzufassen. Dort anzufassen.

Genau in diesem Moment hörte sie ihn um sich herumschleichen. Er gab sich wirklich Mühe, leise zu sein, aber Agnes hörte ihn trotzdem. Er wollte das Ganze wohl aus einer anderen Perspektive betrachten. Sie winkelte ihre Beine an, spreizte sie weit auseinander. Der leichte Lufthauch, der bei dieser Bewegung entstand, ließ sie innerlich erzittern. Sie zog ihre Schamlippen weit auseinander, streifte sie von oben nach unten auseinander, teilte sie. Niemals zuvor hatte ihre Muschi so sehr danach verlangt, berührt zu werden. Dieses Sehnen ... es war unerträglich. Sie teilte ihre Schamlippen und ließ ihre Finger über diese weiche Haut gleiten, ehe sie einen davon tief in sich hineinstieß. Sie stöhnte auf, und ihre Scheidenmuskeln umklammerten auf der Stelle ihren Finger. Kurz ließ sie ihren Finger dort verweilen, ehe sie ihn einige Male hinein- und herausgleiten ließ. Das Zusammenziehen der Muskeln an diesem rosigen Gewebe und das extreme Spreizen der Beine ließen sie geil werden wie nie und machten ihr Lust auf mehr. Sie nahm einen zweiten Finger dazu, aber auch er konnte ihr noch nicht die Fülle geben, die sie benötigte, und so folgte noch ein dritter Finger. ‹Oh!› Mit einem Finger versuchte sie, innen an ihren G-Punkt zu kommen, und wieder stöhnte sie auf, als sie ihn endlich berührte. Mit ihrer freien Hand hielt sie einen Teil der pochenden Schamlippe weg, während sie gleichzeitig mit einem anderen Finger ihren Kitzler berührte. ‹Oh!›, stöhnte sie erneut auf. Obwohl sie nichts sah, spürte sie heiße Blicke auf sich ruhen. War sich sicher, dass jede ihrer Bewegungen genau registriert wurde.

Ob er sich wohl selbst anfasste? Kurz durchzuckte sie wieder der Gedanke, dass es vielleicht gar nicht Markus war ... Nein, das konnte eigentlich nicht sein.

Oder ob er einfach nur zusah?

Was dachte er?

Würde er am liebsten in sie eindringen? Ohne sie vorzuwarnen. Einfach so zwischen ihre rosigen Blätter hindurchstoßen und sie nehmen, oder würde er sie zuerst anfassen?

Streicheln?

Seine Zunge in ihr warmes Nass versenken?

Sie wusste genau, wie sich Markus' Schwanz anfühlte. Wenn sie mit ihrer Zunge über seine rosige Spitze strich, über die Haut, die sich straff und glatt darüberspannte. Sein Saft schmeckte leicht salzig, und wenn er vorher viel Alkohol getrunken hatte, manchmal auch etwas bitter. Aber es war sein Saft, sein Schwanz. Alles daran mochte sie, und sie fand, wenn man den anderen leckte, von ihm kostete, dann erzeugte das eine Intimität, die durch andere sexuelle Praktiken nicht zu erreichen war.

Während ihre Finger weiterhin in sie hinein- und herausglitten, dachte sie an seinen Schwanz, wie er sie ausfüllte, und das Wissen darum, dass sie beobachtet wurde, während sie selber gar nichts sah, ließ ihr Blut in Höchstgeschwindigkeit durch ihren Körper schießen. Und mit ihm das Verlangen. Die Lust. Es war, als würden ihre Sinne explodieren, ihren Körper in einen ungeahnten Rausch versetzen. Ihre Säfte machten ihre Finger glitschig, und sie hörte es leicht pfitschen, wenn sie sich in ihr bewegten.

Ob denjenigen, der da bei ihr weilte, diese Geräusche auch so anmachten?

‹Stopp!› Der Bariton, der wie kostbarer alter irischer Whiskey klang, ließ sie innehalten.

Er war es!

Es war unverkennbar Markus' Stimme.

‹Agnes, bitte teile wieder deine Schamlippen. Ich möchte es länger sehen.›

Agnes fühlte sich, als würde sie gleich explodieren, und diese Verzögerung war kaum auszuhalten, und dennoch steigerte das Warten auf die Erlösung noch die heißen Gefühle, die ihren Körper überschwemmten. Diesen Befehlston in Markus' Stimme kannte sie gar nicht, aber er machte sie scharf, und sofort sammelte sich noch mehr feuchter Nektar in ihr, und ihre Beine zitterten vor Lust.

Wie geheißen, teilte sie ihre Schamlippen. Wartete …

Obwohl sie am liebsten sofort etwas Großes, Hartes in sich gefühlt hätte, überließ sie jetzt ihm die Regie in ihrem lustvollen Spiel. Ihr Stöhnen erfüllte den Raum, die Spannung war kaum noch auszuhalten.

‹Du bist so schön.›

Agnes hörte, wie etwas zu Boden glitt, ein leichter Luftzug umfächelte sie. Die Vorstellung, er wäre nun ebenfalls nackt, steigerte ihr Begehren ins Unermessliche.

‹Ich werde dich nun berühren, und du musst erraten, womit.›

Etwas Großes, mit Noppen Besetztes berührte sie am Bauch. Agnes spürte feine Härchen, die sie kitzelten und sich gummiartig anfühlten. Noch hatte sie keine Ahnung, was es sein könnte. Es wanderte tiefer und berührte ihre Schenkel, ehe es sich wieder weiter nach oben bewegte.

O nein, steck es rein. Steck es rein, dachte sie.

Als es ihre Muschi berührte, konnte sie es nicht mehr erwarten und streckte sich diesem Ding entgegen. Sie wollte es in sich spüren. Dieses große, behaarte Ding. Was auch immer es war. Sie wollte, dass er es in sie schob. Dort, wo sie es brauchte. Fühlen wollte. Ganz tief in ihr. Tief drinnen.

‹Fass es an. Du musst erraten, was es ist. Vorher darfst du dich nicht anfassen.›

Agnes streckte ihm die Hand entgegen, und Markus legte das unbekannte Objekt hinein. Es fühlte sich weich und doch hart an, merkwürdig vertraut, sie hatte so etwas schon mal in der Hand gehabt, aber wo? Haarig, Noppen, hart und doch nachgiebig, was war das bloß? Egal, sie hielt es nicht mehr aus, musste es in sich spüren, jetzt sofort.

‹Nicht so voreilig!›, unterbrach Markus sie streng. ‹Du weißt ja: Zuerst musst du mir sagen, was es ist. Vorher darfst du dich nicht berühren.›

Seine Stimme klang nun rau vor Erregung.

Sie wimmerte. Wieder warten … Sie wollte nicht mehr warten … Sie konnte es schon fast in sich spüren, und diese Vorstellung ließ sie erneut aufstöhnen.

Agnes berührte ihren Körper damit, streichelte nach oben, bis zu ihren Brüsten. Jeden Millimeter, den dieses Ding berührte, begleitete eine Feuerzunge. Ließ heiße Haut zurück. Und plötzlich wusste sie, was es war. ‹Ein Maiskolben.› Es vergingen einige Sekunden in gespannter Stille. ‹Braves Mädchen. Und jetzt möchte ich sehen, wie du es dir mit ihm machst.›

Er sagte noch ein paar Dinge, die er sie tun sehen wollte, und jede Anweisung von ihm machte sie heißer, und jedes Wort von ihm ließ sie erneut stöhnen … wimmern …

Endlich durfte sie sich nach Herzenslust berühren! Aber sie ließ sich Zeit, streichelte mit dem Maiskolben aufreizend langsam nach unten. Jetzt war es an ihr, die Spannung bis ins Unerträgliche zu steigern. Als sie dann schließlich ihre rosigen Lippen berührte, entfuhr ihr wieder ein Stöhnen.

Wie Markus es wohl sah?

‹Hmm.›

Ob er einen Ständer hatte?

‹Oh … ja.›

Agnes streichelte sich noch eine Weile mit dem Maiskolben und machte dann Anstalten, ihn sich reinzustecken.

Doch so einfach, wie sie gedacht hatte, war es gar nicht, denn er war sehr groß. Zuerst bekam sie ihn noch ganz gut hinein, doch dann ging es nicht weiter. Sie zog ihn wieder heraus und streichelte sich damit, alleine diese sanfte Berührung reichte aus, dass sich ihr überempfindlicher Körper vor Lust-Schmerz krümmte. Er musste rein.

Sie wollte ihn spüren.

Sie brauchte es.

JETZT!

Ob er sich wohl auch berührte?

‹Ohh.›

Sie zog mit ihren Fingern die Schamlippen etwas auseinander.

Wieder steckte sie den Maiskolben hinein, ganz langsam, und dieses Mal ging es. Er war so *verdammt* groß. Aber sie wollte ihn noch tiefer spüren, doch dazu fehlte noch ein ganzes Stück. Vorsichtig zog sie ihn wieder ein wenig heraus und presste ihn erneut hinein. Und nochmal. Und nochmal. Immer wieder, bis er sich tief hineinschob.

Tiefer hineinschob.

Wo Markus wohl seine Hand hatte?

‹Ja.›

Die Noppen und die überdimensionale Größe reizten sie, und doch war sie gezwungen, alles langsam zu machen, da die Noppen wie ein Stopper wirkten.

Aber irgendwann reichte ihr der gelbe Lustbolzen nicht

mehr, deshalb streichelte sie mit einem Finger zusätzlich ihren Kitzler.

Gleichzeitig füllte sie ihre Höhle mit dem riesigen Maiskolben, hielt ihn mit Gewalt fest – tief, so tief es ging.

‹Unglaublich›, hauchte Markus.

Diese Worte waren es, die ihren ganzen Körper in Brand steckten. Sie spürte, wie der Orgasmus anrollte. Gleich würde sie explodieren.

Ihre Haut schien von Abertausenden von Stecknadeln traktiert zu werden.

‹Stopp.›

Agnes wimmerte. Sie konnte es nicht fassen, dass Markus ausgerechnet jetzt wollte, dass sie aufhörte. Nicht jetzt! Ihr ganzer Körper zitterte, zitterte, weil er nicht mehr warten konnte, weil es nicht schnell genug ging. So kurz davor. Da spürte sie, wie Markus sie an ihren Beinen näher zur Tischkante zog, sie sanft herunterhob, auf die Beine stellte, sie umdrehte und ihren Oberkörper wieder auf den Tisch dirigierte.

‹Spürst du das?›, presste er hervor.

Und ob sie das spürte. Markus hatte eine gewaltige Latte, die an ihre empfindsame Haut klatschte. Damit würde er es ihr geben. Ehe sie sich versah, drang er in sie hinein, füllte sie aus. Dieser stürmische Überfall ließ sie nach Luft schnappen. Markus klammerte sich an ihr fest, während die ganzen Empfindungen, die auf sie einstürmten, ihr fast den Verstand raubten. Er hatte eine Hand vorne an ihre Muschi gelegt.

Und dann gab es für ihn kein Halten mehr. Mit jedem Stoß, harten Stoß, kam sie ihrem Orgasmus näher. Auch Markus stöhnte. Beide waren so heiß, dass es nach wenigen dieser harten ... langsamen ... sehr tiefen ... Stößen zu Ende war. Er ergoss seinen Samen in sie, und in ihr zuckte es. Ihr ganzer Körper zuckte immer wieder nach. Markus ließ sich einfach auf sie fallen wie ein schwerer Sack Getreide. Sie hatte schon viele gute Orgasmen gehabt, aber das? Das war auf einer Skala von eins bis zehn eine Fünfzehn ...»

Nicht nur ich habe anscheinend die Luft angehalten, auch Clothilde und Dana atmen nun hörbar aus.

Keine der Frauen spricht ein Wort. Man sieht mir mit Sicherheit an, dass mich die Geschichte ganz aus der Fassung gebracht hat, und den anderen scheint es nicht anders zu ergehen. Jamina räuspert sich.

Clothilde gewinnt als Erste die Fassung wieder. «Jaaa ...» Mehr scheint sie im Augenblick auch nicht sagen zu können.

Dana ist ein wenig errötet, was ihr etwas Mädchenhaftes gibt.

«Habt ihr ... schon einmal mit einem Maiskolben? Ich meine ... hat das schon eine von euch ausprobiert?», fragt Jamina.

Alle schütteln den Kopf.

«Auf die Idee bin ich noch nicht einmal gekommen», sagt Dana.

Nun will auch ich etwas zum Thema beitragen: «Würdet ihr es denn ausprobieren?»

Die Häppchen, die so verlockend angerichtet darauf warten, verspeist zu werden, sind während der Lesung nicht angerührt worden, doch nun greife ich zu und nehme mir eines mit geräuchertem Aal.

Mona stellt ihr Glas auf den Tisch. «Ganz bestimmt.

Wenn ich mir nur vorstelle, wie Thomas jedes Mal abgeht, wenn ich mit einer neuen Idee ankomme. Er hat schon gesagt, der Erotische Zirkel sei das Beste, was ich mir je habe einfallen lassen. Er ... Wie soll ich sagen? Er wird dann richtig wild ...» Dann senkt sie die Stimme, so, als würde es sonst jemand hören, den das gar nichts anging, «Er beißt mich dann meist sogar in den Nacken. Dann weiß ich, dass er *so richtig* geil ist.»

«So toll wirkt das?», will ich von ihr wissen.

Mona lacht und nickt heftig. «Am nächsten Tag kann ich meist gar nicht mehr richtig laufen.»

Nun prusten alle los.

Die Frauen sprechen ganz offen über ganz intime Themen. Das gefällt mir. Auch dass sie es mit Humor tun.

«Und, Tanja, wirst du es einmal ausprobieren?», fragt Clothilde.

«Ich bin solo. Trotzdem werde ich es ausprobieren.» Ich habe zwar keinen, den ich zu Hause verführen konnte, aber für meine Selbstbefriedigung werde ich mir auf jeden Fall einmal einen Maiskolben besorgen. Ich bin neugierig geworden und würde zu gerne wissen, wie sich das anfühlt.

«Also, wenn ich heute Nacht nach Hause komme», sagt Dana, «dann wird Alexander seine helle Freude haben.»

«Hat euch ... die Geschichte auch so geil gemacht, wie mich?», frage ich in die Runde.

«Deshalb wird mein Alexander ja seine helle Freude haben ...», betont Dana noch einmal.

Wieder lachen alle.

«Dann pass nur auf, dass du morgen noch laufen kannst und keine blauen Flecken abbekommst», neckt Mona und lacht dabei auf, und die anderen stimmen mit ein.

«So heftig?», will ich wissen.

«O ja! Es macht ihn wahnsinnig, wenn ich geil auf ihn bin. Einige Male ist es schon vorgekommen, dass er bereits geschlafen hat, als ich nach Hause kam. Aber dann war es natürlich vorbei mit dem Schlaf. Ich habe ihn so lange gestreichelt, bis er langsam vor Geilheit aufgewacht ist. Dann ging die Post ab, das kann ich euch sagen.»

Ich überlege kurz, ob das wirklich stimmt oder ob sie sich nur wichtig machen will, verwerfe den Gedanken aber schnell wieder.

«Aber so nackt auf dem Tisch liegen, ich weiß nicht ...», wirft Jamina ein. «Ich bin auch ohne Freund», dabei sieht sie mich an, «und wenn ich dann einmal Sex habe, dann achte ich immer darauf, dass ich nicht unbedingt auf dem Rücken liege. Da sieht man meinen Bauch, und mein Busen fällt dann lasch zur Seite. So fühle ich mich nicht wohl.»

Clothilde schluckt gerade einen Bissen hinunter, aber man sieht ihr an, dass sie unbedingt etwas sagen will. «In einer Frauenzeitschrift habe ich einmal eine Umfrage unter Männern gelesen. Einige waren sogar mit Foto abgebildet, vielleicht von zehn von ihnen, und glaubt mir, das waren keine armen Leute, das waren Vorstände, Computerexperten, Kaufleute und Künstler.» Clothilde macht eine kurze Pause und trinkt einen Schluck Prosecco. «Sie waren der Meinung, eine Frau sehe beim Sex immer wunderschön aus. Wenn sie nackt ist und die Männer geil sind, sehen sie keine Fettpolster, keine Cellulite. Für sie gibt es nichts Schöneres, als die Frau in diesem Moment.»

«Aber nur weil sie nicht zwei Dinge auf einmal können», lacht Dana.

Alle lachen.

«Mein Freund sagt auch immer, ich wäre wunderschön», sagt Mona nachdenklich. «Auch wenn ich mich nackt nicht so fühle, denn schließlich ist meine Haut nicht mehr so straff wie vor zehn Jahren. Ich glaube, er sieht es wirklich anders. Er kann auch dieses Gerede von uns Frauen über unsere Problemzonen nicht ausstehen. Da schüttelt er nur verständnislos den Kopf.»

«Jamina, wie haben dir die restlichen Geschichten in dem Buch gefallen?», frage ich.

«Sehr gut, lesen! Es gab noch ein paar Geschichten, die könnt ihr wieder bei euren Männern und Freunden ausprobieren. Mehr möchte ich nicht verraten.»

Es tut gut, so offen mit anderen Frauen über Sex zu sprechen. Also sage ich in die Runde: «Ich komme beim nächsten Mal bestimmt wieder.»

«Sehr schön», meint Dana und nimmt ihr Glas Prosecco in die Hand.

«Toll!», bekräftigt auch Mona.

Clothilde greift ebenfalls zu ihrem Glas. «Lasst uns auf unser neues Mitglied anstoßen. Willkommen, Tanja.»

Alle prosten sich zu und trinken einen Schluck.

Dana spricht als Erste. «Ich muss an den Ausspruch denken, als Agnes in der Geschichte Markus beschreibt, wie er aussieht, wenn er kommt, als würde ihn jemand in den Magen boxen, oder so ähnlich.» Dann lacht sie los.

«Mein Mann Alexander ist ja so ein feiner Pinkel. Dem ist ja oft nichts fein genug.» Wenn sie lacht, sieht sie gleich um Jahre jünger aus. «Aber ich sage euch, im Bett, da könnte ich nach dem Sex manchmal nur noch kichern. Wenn er kommt und seine Augen verdreht, schnauft, seine Haare abstehen und er ein Gesicht macht, als wäre bis drei zu zählen schon eine zu hohe Anforderung ...» Wieder prustet Dana los, und die anderen stimmen mit ein.

«Eigentlich sieht man beim Sex doch oft wirklich blöd aus. Gut, dass man sich selbst nicht sehen kann», wirft Mona ein.

Wieder lachen alle. Die zweite Flasche Prosecco ist schon fast ausgetrunken, und Clothilde öffnet die dritte.

Mona und Dana lesen auch noch zwei Geschichten. Als der Abend zum Abschluss kommt, will ich noch nicht nach Hause gehen. Ich entschließe mich, noch in der *Bar 49* vorbeizusehen. Einerseits bin ich so heiß, dass ich mich nur noch selbst befriedigen will, andererseits will ich unbedingt unter Leute.

Hier sitze ich nun an der Bar und nippe an meinem Gimlet, um mich herum das tobende Leben.

«Hallo. Darf ich mich zu Ihnen setzen?» Die Stimme klingt etwas rau und sehr männlich und löst gleich ein Prickeln in mir aus.

Holla! Wo kommt der denn plötzlich her? Er gefällt mir auf den ersten Blick. Sehr sogar! Ich werde einen Teufel tun und ihn weiterschicken.

«Ich bin Markus – und wer sind Sie?»

Ich fange an zu lachen, und der arme Kerl weiß gar nicht, warum. Das verspricht ein aufregender Abend zu werden, sage ich mir im Stillen.

«Ich bin Tanja ...»

KUSCHEL-LUDER

Ginger verdankte ihren Namen der Tatsache, dass ihre Mutter ein absoluter Fan von Ginger Rogers gewesen war. Vor allem hatten es ihr die Filme angetan, in denen die Rogers mit Fred Astaire zusammen gespielt hatte. Immer wieder hatte ihre Mutter diese alten Filme angesehen, was vielleicht auch daran liegen mochte, dass sie selbst sich früher «fast die Sohlen durchgetanzt» hatte, wie sie Ginger oft erzählte. Manchmal fragte sich Ginger, ob Ginger Rogers auch eine ewig Suchende gewesen war, denn natürlich wusste sie von ihrer Mutter, dass die Rogers fünfmal verheiratet gewesen war. Ginger selbst hatte erst eine Ehe hinter sich und liebte und lebte ihr jetziges Singledasein in vollen Zügen. Warum sollte man heiraten, wenn man es doch allein genauso gut haben konnte, wenn nicht sogar besser? Selbst wenn sie sich noch einmal verlieben sollte, würde sie mit keinem Mann mehr zusammenziehen. Jeder sollte seine eigene Wohnung behalten, und wenn man sich sähe, wären es schöne Momente; Momente, die man in vollen Zügen genießen würde. Man würde nur die guten Zeiten zusammen verbringen, sich nicht gegenseitig auf den Keks gehen, sich nicht unnötig einengen. Das würde sie sowieso nie wieder zulassen.

Würde man sie fragen, wie sie sich selbst beschreiben würde, käme prompt die Antwort: «Ich bin ein Luder.»

Nicht dass es für sie ein Schimpfwort gewesen wäre, so wie es im Duden deklariert war. Sie setzte dieses Wort gleich mit Schlampe, beides konnte man als Schimpfwort, aber genauso gut mit einem Schuss Humor versehen. Auch verdiente sie kein Geld mit ihren erotischen Anwandlungen oder hatte sonst irgendeinen finanziellen Zugewinn dadurch. Nein. Bei weitem nicht. Sie machte es einfach deshalb, weil sie Spaß daran hatte. In ihren Augen war es nichts Verwerfliches. Warum auch?

Sie fand Menschen, die nicht auslebten, was sie sich wünschten – auch oder gerade in sexuellen Dingen –, einfach verlogen. Sie ging sogar so weit zu behaupten, dass diese Personen sich selbst belogen, was sie noch schlimmer fand, als wenn sie «nur» andere belügen würden.

Wieso sollte man seine Gelüste unterdrücken, sich selbst kasteien? Sie brauchte Sex, ihr Körper lechzte danach, und das sehr regelmäßig. Natürlich würde sie niemals ungeschützt Sex haben. Menschen, die so leichtsinnig mit ihrem Körper umgingen, konnte sie, gerade in der heutigen Zeit, gar nicht verstehen.

Wenn andere Frauen sich zierten und im letzten Moment einen Rückzieher machten, dann war genau das Gegenteil bei ihr der Fall. Sie provozierte es, aber nicht aggressiv, sondern durchaus mit Charme.

Für sie war es nicht schwer, einen Mann für eine Nacht zu finden. Ihr Körper war zwar in ihren Augen bei weitem nicht perfekt, andere fanden ihn allerdings unglaublich – Männer natürlich. Sie wusste, was zu ihrem Typ passte, welche Kleidung sie tragen konnte, und viele Frauen würden sonst was dafür geben, Gingers sinnliche Figur zu haben. Das alles war ihr durchaus klar. Ihr ästhetisches Empfinden sagte ihr zwar etwas anderes, aber warum sollte sie wegen ein paar Kleinigkeiten, die von Natur aus nicht so gelungen waren, überflüssige Worte verlieren? Kam es doch vor allem auf die selbstbewusste Ausstrahlung an und darauf, wie man das gesamte Paket verkaufte.

Sie arbeitete als Bedienung in einem absolut angesagten Laden, in dem man die Männer nur pflücken musste wie reife Früchte – ein Prinzip, von dem sie etwas verstand. Der Job als Bedienung machte ihr Spaß. Spaß – das war ihr wichtig. Sie konnte Menschen nicht leiden, die ständig jammerten und ihr Schicksal beklagten. Es war doch so einfach, vielleicht nicht gerade immerzu glücklich, aber doch sehr zufrieden zu sein. Mehr erwartete sie von ihrem Leben gar nicht. Kam sie einmal in eine Situation, in der es ihr nicht so gutging, dann überlegte sie, wie sie am besten herauskam, und hatte sie eine Lösung für das Problem gefunden, dann hakte sie es unter «dazugelernt» ab. War erst einmal eine Entscheidung getroffen, dann war die Last auch schon von den Schultern genommen. Zu diesen gelösten Problemen gehörte auch ihr Ex, wobei sie ihn als Mensch leiden konnte, nur in der Ehe mit ihm war sie sich eingeengt vorgekommen. Außerdem war es immer so anstrengend gewesen, auch nur die kleinste Änderung in ihrem Sexleben durchzusetzen. Er war nicht schlecht im Bett, aber er war eher träge und nur äußerst schwer dazu zu bewegen, einmal etwas Neues auszuprobieren. Eine andere Frau würde mit ihm glücklich werden können, davon war Ginger überzeugt, nur war diese Frau nicht sie, und deshalb hatte sie sich von ihm getrennt. Generell war sie eher der Typ, der das Gestern Gestern sein ließ und nur für das Heute lebte, denn das Morgen würde sich schon von allein finden.

Wenn sie so darüber nachdachte, dann hatte sie bereits an allen möglichen Orten und in allen möglichen Situationen Sex gehabt, und natürlich war sie immer bereit, Neues auszuprobieren. Apropos «Neues ausprobieren»:

Sie hatte im Internet gesurft und war auf einen Artikel über Kuschelpartys gestoßen.

Eine Kuschelparty, was das wohl sein mochte, hatte sie noch gedacht. Daraufhin war sie neugierig geworden und hatte den Begriff «Kuschelparty» in eine Suchmaschine eingegeben, und ein Feld ungeahnter Dinge hatte sich vor ihr aufgetan. Zuerst waren nur Seiten aufgetaucht, in denen es um reines Kuscheln ging. Für ein wenig Geld konnte man sich umarmen, auch küssen, aber jegliche Art von Sex war tabu.

Tabu.

Wie langweilig.

Aber diese Art Kuschelpartys waren es nicht gewesen, die sie fasziniert hatten – es war die anrüchige Version gewesen, die ihr Interesse geweckt hatte. Sie war darauf gestoßen, als sie die Homepage einer Erotik-Buchhandlung geöffnet hatte.

Dort hieß es:

Das Rote Boudoir ist ein Ort zum Wohlfühlen. Ein Ort für erotische Handlungen, ein Ort, der geradezu nach erotischen Outfits verlangt. Sie möchten sich selbst spüren und in frechen und frivolen Dirty Talk eintauchen?

Endlich Dinge beim Namen nennen?

O ja, hatte sie gedacht.

In Swingerclubs war sie schon gewesen, da war eine Kuschelparty mal etwas anderes. Wahrscheinlich würde dort ein ganz anderer Kreis von Personen verkehren, oder? So richtig vorstellen konnte sie es sich noch nicht, aber genau das machte den Reiz für sie aus.

Dann hatte noch auf der Webseite gestanden:

In diesem stilvollen Ambiente, ganz im Sinne eines Boudoirs, können Singles und Paare ihre voyeuristischen und exhibitionistischen Neigungen voll auskosten.

Das hatte bei ihr den Ausschlag gegeben. Sehen und gesehen werden. Anfassen.

Was noch?

Was würde dort passieren in diesem *Roten Boudoir*?

Wie der Zufall es wollte, waren für die nächste Veranstaltung noch einige Plätze frei gewesen, und so hatte sie sofort zugegriffen.

Die Veranstaltung fand in der nächstgelegenen größeren Stadt statt, in der immerhin mehrere hunderttausend Menschen lebten. Ob ihr da wohl irgendein bekanntes Gesicht über den Weg laufen würde?

Ach, und wenn schon. Sie war doch sonst auch nicht verschämt. Sie ging oft in die Sauna, gerade in den Wintermonaten, und wenn ihr dort plötzlich ihr Vorgesetzter nackt gegenübersitzen würde, dann wäre ihr das vollkommen egal. Trotzdem fühlte sich ihr Magen an, als würde sie in einem Fünferlooping mitfahren. Wahrscheinlich war es eher die Vorfreude denn ein schlechtes Gefühl, überlegte sie, als sie vor der Buchhandlung stand. Warmes Holz, edle Farben und eine große Auswahl an Büchern der erotischen Art in den Regalen. Gedämpftes Licht drang nach draußen und lockte sie ins Innere.

Sie trat durch die Glastür, und ein Glöckchen, das an der Tür befestigt war, meldete sie an. Dass es so etwas noch gab.

Solche Glöckchen sah man doch sonst höchstens noch in nostalgisch angehauchten Filmen. Ihr kam eine Frau entgegen, die man auch beim Bäcker um die Ecke hätte treffen können. Ohne Eile und mit einem Lächeln näherte sie sich Ginger. Als sie vor ihr stand, sagte sie: «Hallo. Mein Name ist Lizzi Tanner», sie streckte die Hand zur Begrüßung aus, «aber wir nennen uns alle beim Vornamen.»

Alles andere wäre auch ziemlich eigenartig gewesen, dachte Ginger, wo wir uns doch gleich alle *mehr als gut* kennenlernen werden.

Obwohl diese Lizzi ziemlich durchschnittlich aussah, eher wie eine etwas pausbäckige Hausfrau mit Kindern, fiel sofort ihre sexy Stimme auf, die so gar nicht zu diesem Wesen zu passen schien. Ein frischer Duft ging von Lizzi aus und umwehte angenehm Gingers Nase.

Das Schönste an Lizzi waren wohl ihre samtig dunklen Augen, die einen in ihren Bann zogen, und natürlich diese unglaubliche Stimme. Ginger gab ihr die Hand und sagte: «Ginger Robert, wir haben telefoniert.»

Nachdem die Höflichkeiten ausgetauscht waren, geleitete Lizzi Ginger zur Umkleidekabine, wobei sie die Buchhandlung durchquerten, an Regalen und Holztischen vorbeigingen, wo alle möglichen erotischen Titel und Bildbände Lust versprachen. Auf den Tischen standen wunderbar dekorierte Straußenfedern, die beim Vorbeigehen vom Luftzug ins wilde Flattern gerieten. Allerlei liebevoll verzierte Schokoladentafeln lagen in schönen Körbchen bereit, und schlussendlich traten sie durch eine etwas versteckte, weißgestrichene Holztür mit dezenten Schnitzereien.

Niemals hätte sie bei diesem Haus, das von außen gar nicht so groß gewirkt hatte, einen so weitläufigen hinteren

Teil erwartet. Es gingen nicht viele Türen vom Gang ab, aber an der Länge konnte sie abschätzen, wie groß dieses Haus insgesamt sein musste. Die Wände waren in einem warmen Apricot gehalten. Dann traten sie durch eine weitere Tür. Vor ihr lagen die Umkleidekabinen, deren schwere blaue Samtvorhänge vor den Blicken anderer Schutz bieten würden. Einige edle Sessel standen herum, und an der Wand befanden sich Schließfächer, wie man sie aus Badeanstalten kannte. Die Wände selbst waren in Blauschattierungen gestaltet.

«Zieh dich in Ruhe um, wir haben noch Zeit. Wenn du fertig bist, komm einfach herein.» Dabei zeigte Lizzi auf eine Tür, die von der geräumigen Umkleidekabine abging.

Ginger zog den Vorhang einer Kabine zurück und blickte in ihr Spiegelbild.

«Gerne», antwortete Ginger. Dann trat sie in die geräumige Umkleidekabine ein, in der man sich nicht wie in einer Legebatterie vorkam, was manchmal in Kaufhäusern der Fall war. Hier hatte sie unendlich viel Platz und genügend Haken, um ihre Sachen fein säuberlich aufzuhängen. Sie zog den Vorhang zu und entkleidete sich. Bereits jetzt wurde ihr ganz warm, wenn sie nur daran dachte, dass gleich etliche Augenpaare auf sie gerichtet sein würden. Hände über sie gleiten würden.

Vor einigen Tagen war sie extra in ihr Lieblingsdessousgeschäft gegangen und hatte sich neu eingekleidet. Die Sachen waren sündhaft teuer gewesen, aber jeden Cent wert.

Sie legte ihr Top ab, zog die Schuhe aus und schlüpfte aus ihrem Minirock, den zu tragen sie sich – dank ihrer langen, schlanken Beine – immer noch leisten konnte.

Der Spiegel zeigte ihr den samtigen Schimmer ihrer Haut. Zu Hause hatte sie eine Flasche, in der sie wohlriechendes

Öl mit Wasser vermischt hatte, und dies hatte sie auf ihre Haut aufgesprüht, was wie immer eine gute Wirkung zeigte, und als sie mit ihrer Hand darüberglitt, fühlte sie sich weich und sehr geschmeidig an. Ihren Schamhaaren hatte sie erst vor wenigen Stunden im Badezimmer einen schönen Schnitt verpasst. Ihr Körper duftete angenehm nach dem Öl, und ein Hauch ihres Lieblingsparfüms lag in der Luft. Ein Duft, der ihr das Gefühl gab, absolut sexy zu sein. Manchmal, wenn sie vergaß, Parfüm aufzusprühen oder Schmuck anzulegen, kam sie sich nicht vollständig vor.

Diese beiden Dinge gehörten zu ihr. Heute hatte sie einen besonders dezenten Schmuck gewählt, und die Halskette nahm sie vorsichtshalber ab.

Sie warf einen Blick in den Spiegel. An ihrem Dekolleté waren die Körbchen ihres Bodys mit winzigen Schleifen in Rosé verziert, die hauchzarte schwarze Spitze wurde in der Mitte des Körpers durchsichtig, und im Höschenteil war sie wieder etwas verstärkt, wobei um den oberen Höschenteil ebenfalls kleine süße Schleifchen in Rosé angebracht waren. Ihre Brüste waren nicht sehr groß, aber immer noch straff, und vom Bustier wurden sie schön nach oben gehoben. Ihre Strapse und die dazu passenden Strümpfe ließ sie an, dann schlüpfte sie wieder in die hohen schwarzen Schuhe, die ihren Fesseln schmeichelten.

Sie war so weit. Aber noch einen Moment zögerte sie diese Erregung hinaus, genoss dieses Flattern in ihrem Magen.

Als sie mit der Decke, die sie wie gewünscht mitgebracht hatte, das *Rote Boudoir* betrat, fielen ihr sofort die vielen Sitzkissen auf, die an die Räumlichkeiten eines arabischen

Harems denken ließen. Kräftige Farben, die mit dem Weinrot harmonierten, das die Wände zierte, wobei diese Wände mit glänzenden, golddurchwirkten Tapetenbordüren beklebt waren. Einige Personen waren schon anwesend. Vier Frauen, zwei Männer. Ob sich dieses Ungleichgewicht noch ausgleichen würde, fragte sie sich gerade, als Lizzi auf sie zusteuerte.

«Meine Liebe», dabei griff sie nach Gingers Hand, so als hätte sie Angst, sie könnte sofort wieder die Flucht ergreifen. Dann geleitete sie Ginger zu den anderen Anwesenden.

«Darf ich dir Karl, Hubert, Kiki, Angela, Martina und Renate vorstellen?» Lizzi zeigte mit der Hand auf die entsprechende Person, während sie deren Namen nannte.

In Sekundenschnelle nahm Ginger eine Einschätzung vor, wen sie alles vor sich hatte. Renate machte so etwas sicherlich zum ersten Mal mit, denn sie konnte ihr und den anderen kaum in die Augen sehen. Hubert fielen fast die Augen aus dem Kopf, als er Ginger sah, aber das beruhte nicht auf Gegenseitigkeit, denn er gefiel ihr nicht. Er war ihr zu feist, er sah ja fast aus, als wäre er im neunten Monat schwanger. Auf so etwas stand sie einfach nicht, mochte der Kerl dahinter auch noch so sympathisch sein.

Karl war auch nicht gerade der Knaller, wobei Kiki anscheinend angetan von ihm war, so wie sie ihre Haare zurückwarf, wenn sie ihn ansah, und ihren Hals zur Seite neigte und ihm somit ihre empfindsamste Stelle darbot.

Angela war schon ein wenig älter, und ihre Pfunde quollen sehr unvorteilhaft über ihr Bustier. Sie gehörte wohl zu den Frauen, die generell alles ein wenig zu klein kauften, um sich jugendlicher zu fühlen, als sie waren.

«Darf ich euch Ginger vorstellen?»

Musik perlte leise aus den Lautsprechern. Eine französische Stimme sang gedämpft von der verlorenen Liebe und untermalte dieses Treffen völlig Fremder, die sich gleich auf aufregende Weise näherkommen würden. So hoffte es Ginger jedenfalls.

«Unterhaltet euch noch ein wenig, es wird pünktlich losgehen. Ich hole die letzten Gäste vorne ab», und schon verschwand Lizzi.

Für Ginger war es nicht unangenehm, halbnackt und aufreizend vor diesen Menschen zu stehen, aber Martina und Renate sahen aus, als hätten sie am liebsten die Flucht ergriffen. Warum sie wohl hierhergekommen waren, wenn sie sich doch so offensichtlich unwohl fühlten? Sie flüsterten miteinander, und Ginger begriff, dass die beiden Freundinnen waren.

Dann trat Lizzi wieder ein, gefolgt von drei Männern. Auch Lizzi war inzwischen in einen Hauch von Nichts geschlüpft, ein durchsichtiges, weinrotes Negligé, das ihre Rundungen hervorragend betonte. Wenn Lizzis Begleiter wirklich die letzten Gäste waren, dann würde die Zahl der Männer und Frauen genau aufgehen, überlegte Ginger.

Lizzi stellte die Männer der Gruppe vor. «Das hier ist Carlo.» Sie zeigte auf einen unverkennbar spanisch aussehenden Mann, der um die dreißig sein musste. Der andere hieß Jakob, hatte einen Waschbrettbauch und trug einen Lendenschurz. Wie originell und passend, dachte Ginger. «Und das hier ist Luka.» Er war der Größte der drei und maß sicherlich seine eins neunzig. Alle hatten ihre Decken noch in der Hand oder unter den Arm geklemmt.

«So, meine Lieben», Lizzi schüttelte ihre Decke und breitete sie aus, wobei ihr ein paar der Anwesenden halfen, «breitet doch eure Decken um meine herum aus, aber setzt euch bitte in einem engen Kreis auf meine Decke», sie unterstrich ihre Aufforderung mit eindeutigen Handbewegungen, sodass jeder wusste, was zu tun war.

Auch Ginger breitete ihre Decke aus und setzte sich unauffällig zwischen Carlo und Luka. Carlo sah so rassig aus, und bei Luka hatte es ihr die Größe angetan.

Wie es wohl weitergehen würde?

Ginger war erregt, und Spannung lag in der Luft. Manche sahen sich unverhohlen an, wieder andere konnten den Blicken nicht standhalten.

«Mein Freund wird gleich auch noch kommen», hob Lizzi an, «aber wir fangen schon einmal an. Es gibt klare Regeln. Wenn jemand einen anderen anfassen möchte, dann muss er erst um Erlaubnis fragen. Möchte der Gefragte von ihm angefasst werden, sagt er ja, wenn nicht, dann sagt bitte eindeutig nein. Ihr dürft euch streicheln, aber bitte noch nicht die Kleidung ablegen.»

In diesem Moment kam der Mann herein, der Lizzis Freund sein musste – und Ginger fielen fast die Augen aus dem Kopf: Es war Horst!

Ihr Ex!

Stimmt. Hatte sie nicht gehört, er hätte eine neue Freundin, der ein Buchladen gehörte? Aber damit hatte sie nun wirklich nicht gerechnet.

«Das ist mein Freund Horst», verkündete Lizzi. Danach stellte sie ihm die anderen Anwesenden vor. Erst jetzt bemerkte Horst Ginger und war offensichtlich genauso überrascht wie sie, fasste sich jedoch gleich wieder.

Wie lange hatten sie sich nicht mehr gesehen? Zehn Monate? Ja, das dürfte in etwa hinkommen.

Er war doch immer so bieder gewesen, zumindest zu bieder für sie, und nun das?

Er war bei diesen Kuschelabenden dabei?

Das war kaum zu fassen.

Aber sie klärte die Situation nicht auf, im Gegenteil, es machte ihr einen Heidenspaß, dass er und sie in dieser seltsamen Situation gefangen waren. Das erhöhte für sie den Reiz sogar noch.

Ob er wohl dank Lizzi sexuell etwas dazugelernt hatte?

Er trug einen schwarzen glänzenden String, der gerade eben sein Geschlecht verhüllte. Er hatte abgenommen, wirkte durchtrainierter. Lizzi hatte etwas geschafft, das Ginger nicht gelungen war. Horst war heute eine absolute Überraschung für sie. Auch er schien sich entschlossen zu haben, sich nicht anmerken zu lassen, dass er Ginger schon kannte. Gut so! Auch wenn Ginger Lizzi – unter den gegebenen Umständen – sehr liberal einschätzte und davon überzeugt war, dass Lizzi bestimmt kein Problem mit der Situation gehabt hätte, genoss sie es einfach zu sehr, etwas zu wissen, was kein anderer wusste.

Luka fragte sie, ob er sie berühren dürfte. Sie sah ihm in die meergrünen Augen und bejahte. Er streichelte mit seiner Hand über ihren Oberarm. Wie kleine aufgeladene Luftteilchen wurde ihr Arm elektrisiert. Ein Schauer rann ihr über den Rücken, und sie spürte, wie sich ihre winzigen Härchen aufstellten.

Ganz zart streichelte er darüber, es kam fast einem zarten Flattern gleich.

«Darf ich dich auch berühren?», fragte Ginger Luka.

«Ja.»

Ginger berührte seine Haut, die sich glatt unter ihren

Fingern anfühlte. Aus den Augenwinkeln nahm sie wahr, dass inzwischen jeder einen Kuschelpartner gefunden hatte.

Seine Finger glitten über ihre Pulsader, und kleine Lustschauer ergossen sich über ihren Körper. Gleichzeitig fühlte sie seine starken Brustmuskeln, streichelte hauchzart mit ihrem Finger über seine Brustwarze. Dann spürte sie, wie seine Hand ihren Hals entlangfuhr – und gleichzeitig, wie die Blicke ihres Ex auf ihr ruhten. Wie ein Hitzepfeil schoss plötzlich die glühende Lust durch sie hindurch. Sie gab sich ganz den starken Händen hin, genoss es, wie sie alle Partien, die außerhalb des Intimbereichs lagen, ausführlich und mit Wonne streichelten. Dann kam er einer erogenen Zone nahe, streichelte ihre Brüste, verweilte dort. Zog ihre Rundungen nach, schob vorwitzig einen Finger unter ihr Oberteil und berührte ihre Brustwarze.

Sie liebte diese Spiele ... dieses Verharren ... diese Erwartung des Kommenden ...

«Ich möchte dich unten anfassen.» Dabei blitzten sie seine grünen Augen an. «Darf ich?»

Ginger nahm seine Hand und führte sie nach unten. «Ja.» Er legte seine ganze Hand fest auf ihre Mitte und drückte zu, sodass seine Finger den dünnen Stoff ihres Höschens ein wenig nach innen drückten. Sie rieb sich lustvoll an seiner Hand. Der Wunsch nach mehr keimte in ihr auf, während sie ihm über seinen prächtigen Brustkorb streichelte und mit der Hand tiefer wanderte. «Darf ich dich hier berühren?» Sie deutete mit ihren Augen auf seine überdimensionale Ausbuchtung.

«Es gehört ganz dir. Ja.» Dabei verzog sich sein schöner Mund zu einem leichten Lächeln.

Von oben griff sie mit ihrer Hand zu und bemerkte schnell, dass diese nicht groß genug war, um die volle Länge auf einmal zu fassen. «Nicht schlecht», sagte sie.

Geschickt hatte Luka einen Finger unter ihr Höschen geschoben und streichelte sie dort sehr bedächtig, während er ihr fest in die Augen sah.

«Du bist schon ganz feucht.»

Ginger schob nun ihrerseits ihre Hand unter seine winzige Hose und berührte seine pralle, glatte Haut. Fuhr sie mit nur einem Finger entlang, so wie er es bei ihr machte. Sein Finger, der ihre Furche entlangfuhr, ihren Kitzler berührte und kurz verweilte, ehe er wieder seine langsame Wanderung aufnahm. Ihre Augen spielten miteinander, so wie es ihre Hände ebenfalls taten. Am liebsten hätte sie seinen Finger in sich gesogen, aber sie beherrschte sich, spannte stattdessen ihre Beckenmuskeln an, damit die Hitze noch besser durch sie hindurchströmen konnte. Sanft fuhr sie mit ihrem Finger über seine glatte Spitze, über die zarte Furche, die sie teilte. Kurz schloss er seine Augen und sog hörbar die Luft tief in die Lungen. Als sein Blick sie wieder traf, waren seine Augen leicht verhangen, und nun drückte sie sich doch seinem Finger entgegen, der kurz nach innen rutschte, ehe er ihn wieder herausgleiten ließ und ihre Schamlippen streichelte, um sie herumfuhr.

Seine Finger bereiteten ihr schon jetzt große Lust, putschten ihr Adrenalin ins Unendliche auf. Hitze, überall, wo er sie berührte.

«Wir legen uns nun alle neben- und übereinander», kam überraschend die Anweisung von Lizzi.

Diese Anweisung und vor allem die abrupte Unterbrechung rissen Ginger aus ihrer Konzentration.

Zuerst war es ein Durcheinander, bis jeder eine einigermaßen bequeme Position gefunden hatte. So kam es, dass Ginger halb auf ihrem Ex zu liegen kam, während Luka mit seinem Unterkörper über ihrem rechten Bein lag. Neben ihrem Kopf befand sich die Taille von Carlo, der sofort begann, über ihren Kopf, ihre Augenlider und, zart wie ein Windhauch, über ihre Stirn, ihre Wangen und ihre Nase zu streichen. Eine Hand fuhr über ihre eine und dann über die andere Brust, nachdem er gefragt und sie mit Ja geantwortet hatte, während gleichzeitig Luka ihren Bauch streichelte und immer kurz vor der Intimzone aufhörte. Ginger war versucht, ihre Hand nach Lukas Mitte auszustrecken, da die Erhöhung dort sich immer noch prall und fest unter seiner winzigen Hose abzeichnete. Jede Kontur war erkennbar. Auch ihr Ex streichelte einen ihrer Arme, ihre Pulsader. Inzwischen hatte sie die anderen Personen aus ihrem Blickfeld verloren und aus ihren Gedanken ausgeschaltet, denn sie gab sich ganz dieser lustgefüllten Atmosphäre hin. Hie und da drang ein leises Stöhnen an ihr Ohr. Rundherum Arme, Beine, Rundungen – das alles war unglaublich erotisierend und wirkte stimulierend.

Ginger schloss kurz die Augen und wünschte sich, jemand würde sie weiter unten berühren, sie endlich auch dort streicheln. Da hörte sie eindeutige Klatschgeräusche, und sie drehte ihren Kopf. Die eher schüchtern wirkende Renate hatte sich als doch nicht ganz so schüchtern entpuppt.

Waren es nicht eher die Stillen, die am wildesten wurden?
Renates Brüste waren aus ihrem Bustier herausgerutscht, ihr Höschen war ein Stück heruntergeschoben worden. Sie kniete vor ihm, er hatte sie von hinten bestiegen. Ihre

Brüste schwangen im Takt jeder Bewegung von Jakob mit. Ginger richtete sich etwas auf, um einen besseren Blick auf die Vorstellung zu erhaschen. Es törnte sie an, zwei solch strammen Körpern beim Akt zuzusehen. Am liebsten sah sie, wie Jakob aus Renate herausglitt und dann wieder in sie stieß – dieser kurze Moment, wenn man sah, wie er in sie eindrang. Sie nahm.

Von hinten umschlangen Ginger Arme, Hände schoben sich unter ihr Oberteil, zogen es weiter nach unten, bis ihre Brüste freigelegt waren. Horst blickte zu ihr herüber, und es war ihm deutlich anzusehen, dass er scharf auf sie war. Damit hatte sie nicht gerechnet.

Zu ihrer Überraschung stellte Ginger fest, dass auch sie mit ihm schlafen wollte! Hier, in dieser Umgebung der Lust. Inzwischen saß Renate auf Jakob und ließ ihre langen Haare über seinen Brustkorb streicheln, während sie ihn ganz langsam ritt, fast schon in Zeitlupe. Renate stöhnte, und jemand flüsterte Ginger ins Ohr. «Ich will deine Möse spüren. Darf ich?»

Ginger drehte sich nicht um. Die Stimme gehörte Luka, und ihr Schoß zuckte vor Erregung. Sie konnte nur nicken. Aus den Augenwinkeln nahm sie wahr, dass Hubert inzwischen nackt war und gerade Angela aus ihrem zu engen Bustier herausschälte. Was Ginger dabei noch mehr antörnte als das Bild selber, war der Blick, mit dem Angela Hubert ansah. Plötzlich schoss ein Finger in Ginger, und vor Überraschung – und auch, weil sie so überempfänglich für Berührungen war – entfuhr ihr ein kleiner Schrei. Einige Augenpaare richteten sich auf sie, was sie wie elektrisiert registrierte.

Horst kniete sich ihr gegenüber hin und fragte: «Darf ich deine Brüste küssen?»

Lizzi war mit Kiki und Karl beschäftigt. Jeder streichelte jeden. Immer wieder hörte man ein Keuchen, ein Stöhnen, gehauchte Fragen und Wünsche. Lüsterner Sex lag in der Luft und ließ diese vibrieren.

Ginger kniete und hätte sich doch am liebsten hingelegt, um alles besser aufnehmen zu können. Erotische Düfte überall. Französische Musik. Die Sängerin hauchte die Worte, stöhnte. Es hörte sich an, als habe sie den besten Sex ihres Lebens, eine unwiderstehliche Einladung mitzumachen.

Sie erlaubte Horst, ihre Brüste zu streicheln.

Als wäre sie zerbrechlich, fuhr er über ihre Brüste, beinahe ehrfürchtig, während sie leise stöhnend auf Lukas Zärtlichkeiten reagierte. Langsam beugte Horst seinen Kopf tiefer und leckte ihre Brustwarze, die sofort steif wurde, dann saugte er daran, während er mit seiner Hand ihre andere Brust liebkoste, seinen Finger im Mund befeuchtete und dann die Knospe reizte.

Ineinander verschlungen wie ein Wollknäuel lagen sie neben- und übereinander. Der Duft von Horst und Luka stieg ihr in die Nase und brachte ihre Hormone zum Tanzen.

Luka hatte aufgehört, sie zu streicheln, dafür fasste Horst sie jetzt unten an. Zaghaft. Aber umso wirkungsvoller. Sie drückte sich seinem Finger entgegen. Er musste rein. Sie musste ihn in sich spüren. Hinter sich hörte Ginger, wie etwas aufgerissen wurde, und dann hörte sie, wie ein Kondom übergezogen wurde.

Schon bei dem bloßen Gedanken, Luka würde gleich in sie hineingleiten, lösten sich einige Lusttropfen, die Horst mit dem Finger auffing, dann strich er ihr mit diesem Finger über die Lippen und küsste sie. Kostete ihren Saft mit seiner Zunge.

Wie durch einen Nebel hörte sie Luka sagen: «Ich werde ihn ganz tief reinrammen. Sag, dass du es auch willst», wobei seine Stimme noch tiefer klang als ohnehin schon und ein heiserer Unterton mitschwang, der Ginger direkt in die Möse fuhr.

Sie drehte den Kopf. «Mach es. Ich will es unbedingt.»

Luka drückte sanft auf ihre Schulter, was sie als Zeichen verstand, sich hinzuknien und mit den Armen abzustützen. Sie streckte ihre Arme rechts und links von Horst aus, der sich seinerseits halb unter sie fallen ließ und einen Finger über ihre erhitzte Klit rieb, während Luka seine Hände auf ihre Hüften legte und in sie eindrang, wobei er mit einer Hand nachhelfen musste. Da er sehr gut gebaut war, musste er das letzte Stück mit einem kräftigen Stoß in sie hineinzwingen.

Es fühlte sich an, als hätte sie an ein undichtes Stromkabel gefasst, alle Nervenenden schwangen und vibrierten.

Martina wurde inzwischen von zwei Männern befriedigt. Sie lag zwischen Karl und Jakob, und ihre Wangen waren rosig, ihre Haut glänzte vor Schweiß, ihre Haare waren am Ansatz feucht, und Martina strich sie sich aus dem Gesicht.

Diese ganzen Eindrücke rasten in Sekundenbruchteilen durch Gingers Hirn. Sie nahm das Geschehen um sie herum als Kulisse wahr, während sie ganz auf das konzentriert war, was ihr selber widerfuhr. Ihr Hintern klatschte im Rhythmus gegen Luka, während Horst beharrlich seinen Finger unten liegen ließ, was Ginger fast in den Wahnsinn trieb. Um Himmels willen, das war so GEIL!!

Lukas riesiger Schwanz füllte sie bis an die Grenze des Erträglichen aus, und seine heftigen Stöße ließen sie nach Luft schnappen. Jeder Stoß ein Ansturm auf ihre Sinne. Jeder Stoß brachte sie näher an den Orgasmus. Und der Schrei, mit dem Karl in ihrer Nähe kam, befeuerte ihre eigene Erregung noch. Jetzt sah auch Karl zu ihnen herüber, und dieses zusätzliche Augenpaar, das sie beobachtete, brachte ihre Lust zum Überkochen. Vor fremden Augen genommen zu werden, war für Ginger das Höchste. Das Beobachtetwerden war ein zusätzliches Aphrodisiakum, es war ihre Droge, die sie in einen Sinnenrausch versetzte.

Ja. Oh, Hilfe! Wie soll ich das durchhalten?
Jeder Stoß ein kleiner Stromschlag, jeder Stoß ...
Jaaa. Oh. Mmmeine Güte ...
Nun streichelte Horst auch noch ihre Brust, biss sogar hinein. Wie Nadelspitzen prickelte das in ihrem Lustzentrum. Luka schlug sachte auf ihren Hintern, während er tiefer und tiefer in sie stieß und Horst versuchte, trotz des verschärften Tempos weiterhin ihre wippende Brust im Mund zu behalten. Inzwischen hatte er auch seine andere Hand zu Hilfe genommen, um ihre Brüste im Zaum zu halten, damit seine Zähne weiterhin sanft zubeißen konnten, was Ginger schier um den Verstand brachte. Und Luka war so riesig in ihr, so übergroß ... Diese Art der Lust grenzte fast an Schmerz, an wohltuenden Schmerz, süßen Schmerz. Wenn er ganz in sie stieß, wurde die Lust wie ein Laserstrahl gebündelt und durch ihren Körper gejagt. Weil sie so nass war, glitt er leicht heraus und wieder hinein. Schließlich spießte Luka sie ein letztes Mal auf, ehe er über ihr zusammenbrach und sie selbst die Umgebung um sie herum nur noch verschwommen wahrnahm. Ein einziger tanzender roter

Reigen flirrte vor ihrem Auge vorbei. Rundherum. Andersherum. Durcheinander. Kunterbunt.

Bevor sie sich von diesem Ritt erholen konnte, näherte sich ihr schon ein weiterer Mann.

«Ich werde dich in deinem hinteren Loch nehmen», flüsterte Carlo ihr rau ins Ohr.

Und obwohl sie gerade gekommen war, löste dieses Versprechen schon wieder Lust in ihr aus. Das Spiel konnte sie stundenlang durchhalten, denn so schnell erschöpfte sie Sex nicht.

Er berührte ihre nasse Möse, fuhr mehrmals mit seinem Finger in ihr triefendes Nass und umkreiste ihren Anus mit seinem von ihrem Saft feuchten Finger.

Ginger fragte: «Hast du nicht etwas vergessen?»

«Darf ich dich in dein hinteres Loch ficken?»

Natürlich durfte er ihr hinteres Loch ficken, aber dieses Frage-Antwort-Spiel gab ihr einen zusätzlichen Kick. Es hatte etwas Machtvolles an sich, jemandem erst die Erlaubnis zu erteilen, bevor er sie nehmen durfte.

«Ja, aber vorsichtig», antwortete sie huldvoll.

Luka, der sich bereits wieder erholt hatte, und auch Horst sahen ihnen zu, wobei Horst gleichzeitig wieder ihre Brüste verwöhnte. Da fuhr ganz sachte ein Finger in ihr dunkles Loch. Ganz vorsichtig – nur ein wenig. Umkreiste wieder die runzelige Haut. Inzwischen hatte sich Carlo ein Kondom übergezogen, und als er seinen harten Schwanz kurz in ihre Möse steckte, brachte sie das, nachdem sie erst gekommen war, sofort auf dreihundertsechzig. Er benetzte noch einmal seinen Finger an ihren nassen Lippen.

«Entspann dich», sagte Carlo.

Ihr war zuerst nicht klar, ob er es mit seinem Finger oder

mit seinem Schwanz probierte, denn beides war groß, groß für ihre kleine Pforte. Mit seinen Händen hielt er ihre Backen auseinander. Vorsichtig drückte sich etwas in sie. Vorsichtig und langsam. Stoppte. Probierte es noch einmal, und plötzlich schoss er in sie. Ungehindert. Schnell. Tief. Ein tiefer kehliger Laut entrang sich ihren Lippen.

Horst hatte währenddessen einen Finger in ihre Möse geschoben, und kurz fragte sie sich, ob er Carlos Schwanz spüren konnte. Und ob Carlo Horsts Finger fühlen konnte. Lustgewitter überkamen ihren Körper. Horst hatte jetzt mehrere Finger in ihr, und Ginger wusste nicht, was sie stärker fühlte. Doch, Carlo fühlte sie stärker, denn schließlich war sie dort hinten ausgesprochen empfindlich. Normalerweise gab es hier keinen Eintritt, und gerade diese Übertretung reizte sie – brachte ihrem Körper heftigen Feuerregen, der auf sie herniederprasselte, ungehindert, hemmungslos.

Es raubte ihr den Atem, wie er so in sie stieß. Sie so weitete, in einen intimen Bereich vordrang, den sie selten berühren ließ. Und er hieb in sie ... schneller ... schneller ... fester ... tiefer.

Horsts Finger streiften bei diesem Vor und Zurück immer wieder ihre Lustperle. Ihr knickten fast die Beine weg, so viele glühende Empfindungen brachen sich Bahn. Sie fühlte, dass sie gleich kommen würde. Gleich ... gleich ... Und da stieß sie einen Schrei aus. Es war zum Schreien schön. Die Empfindungen waren so intensiv, dass dieser Sex in einem Schrei enden musste, kein anderer Ausdruck wäre angemessen gewesen. Carlo hielt sie fest, hieb noch einige Male in sie, und dann spürte sie auch seine Erlösung. Und so ließ sich Ginger einfach auf den Boden fallen, mit zuckendem Unterleib, in dem die langsam abebbenden

Nachbeben noch immer Schauder der Lust durch ihren Körper jagten.

«Ich wusste, dass du eines Tages hier auftauchen würdest. Deshalb habe ich ein Verhältnis mit Lizzi angefangen. Es ist keine exklusive Beziehung und eine rein körperliche Sache, deshalb ist es ihr egal, dass ich eigentlich eine andere will. Ich liebe dich immer noch, Ginger», hatte Horst ihr nach diesem Abend gesagt. Und Ginger hatte ihn angelächelt. Seither hatten sie schon zweimal außergewöhnlich guten Sex gehabt. Mal sehen, wie es weiterging mit ihnen?

SOLL ICH ...
ODER SOLL ICH NICHT?

Immer wenn jemand Svenja fragte, was sie arbeite, antwortete sie: «Ich möchte in meiner Freizeit nicht von der Arbeit sprechen.» Bohrte jemand weiter, dann sagte sie: «In einer Fabrik, in der Nachtschicht.»

Das war natürlich eine glatte Lüge. Aber wer hakte schon nach, wenn man einen solchen Beruf angab?

Würde sie Model oder Journalistin sagen, wären ihr interessierte Nachfragen gewiss. In diesem Fall müsste sie richtige Lügengespinste aufbauen, das war viel zu anstrengend, und je komplizierter das Lügengebäude konstruiert wurde, desto leichter verirrte man sich darin und wurde beim Lügen ertappt.

Svenja wurde oft nach ihrem Beruf gefragt, denn bei ihrem Äußeren und ihrem Hüftschwung erregte sie schnell Aufmerksamkeit, besonders bei Männern. Gerade deshalb war es wichtig, nicht die Wahrheit zu sagen.

Für Svenja wurden ihre Lügen erst dann schlimm, wenn ihr ein Mann gefiel oder sie sogar hoffte, es könnte mehr daraus werden.

Heute hatte sie einen freien Tag, und deshalb genoss Svenja den herrlichen Sonnenschein an Deck eines Ausflugsschiffes, das über die spiegelglatte Alster schipperte. Den Erklärungen des Touristenführers, die aus den Lautsprechern schallten, schenkte sie keine Aufmerksamkeit. Stattdessen hatte sie die Augen unter ihrer großen, modernen Joop-Sonnenbrille geschlossen und hielt ihr hübsches Köpfchen in die Sonne. Für sie war es ein perfekter Tag.

Keine Frage, sie genoss ihren Job als Luxusstripperin für eine zahlungskräftige Klientel, aber zum Ausgleich brauchte sie immer wieder das normale Leben um sich herum. Oder – so wie heute – einige entspannende Stunden auf einem Ausflugsdampfer, auf dem Familien mitfuhren oder Touristen, die Hamburg einmal vom Wasser aus erleben wollten. Für Svenja war es unglaublich entspannend, sich in «ihrer» Stadt wie eine Touristin zu verhalten und Ausflüge zu unternehmen. Da reichten einige Stunden, und sie hatte das Gefühl, eine ganze Woche Urlaub genossen zu haben.

Bereits sehr früh hatte Svenja gemerkt, dass sie nicht in einem normalen Beruf arbeiten wollte. Schon immer hatte sie sich gern vor anderen ausgezogen. Selbst im Freibad hatte Svenja Aufsehen erregt, weil sie sich nicht einfach nur ausgezogen, sondern das Entkleiden regelrecht zelebriert hatte. Wann und wo auch immer sich eine Möglichkeit zum Ausziehen geboten hatte, Svenja hatte die Chance genutzt und eine Vorführung daraus gemacht.

Seit sie alt genug war, um als Stripperin arbeiten zu dürfen, arbeitete sie in diesem Gewerbe, und damit ihre Eltern davon nichts mitbekamen, war sie von Utrecht in den Niederlanden nach Hamburg gezogen.

Zu strippen war ein sinnliches Erlebnis für sie, und sie liebte es, wenn sie Musik hörte und jeden einzelnen dieser Töne in Bewegungen verwandelte, mit denen sie die Männer verführte, ihnen den Kopf verdrehte. Die Männer sollten ins Träumen geraten, sich wünschen, Svenja berühren zu können, sie ganz für sich zu haben.

Sie liebte es, im Mittelpunkt zu stehen, alle Augen auf sie gerichtet. Wenn sie in einem ihrer raffinierten Outfits das Séparée des Clubs betrat, vergaßen die Männer alle Sorgen dieser Welt. Das war ihre Aufgabe, die Last des Alltags verschwinden zu lassen, und sie nahm diese Herausforderung gerne an. Svenja sah zuerst niemand bestimmten an, denn sie hatte festgestellt, dass, wenn sie erst später Blickkontakt aufnahm, die Männer dann bereits so in ihrem Bann waren, dass jeder das Gefühl hatte, sie zog sich nur für ihn allein aus. Aber Svenja tanzte immer nur für einen. Wer das war, das legte sie fest, sobald sie vor dieser Gruppe tanzte. Manche Gäste kamen mit ihren pubertierenden Söhnen, um sie mit der weiblichen Verführungskunst vertraut zu machen. Damit sie erlebten, was Sinnlichkeit bedeutete. Manche kamen auch mit ihren Geschäftsfreunden.

Und dann war da noch Adir aus Arabien, der so reich war, dass er mehrere Flugzeuge und Häuser auf der ganzen Welt besaß. Einmal im Monat kam er nach Hamburg, einzig und allein, damit er Svenja tanzen sehen konnte. Wenn er da war, dann war von vornherein klar, für wen sie tanzte.

Für ihn.

Sie nannte ihn für sich den «Mann mit der Maske», da er immer eine solche trug, sobald er dieses Etablissement betrat. Sie wusste also nicht, wie er eigentlich aussah, aber seine große, gutgebaute Figur war eine Versuchung für sie. Svenja fieberte jeden Monat diesem Besuch entgegen, und sie dachte sich immer ein neues Programm für ihn aus. Je öfter er kam, um sie zu sehen, desto mehr kribbelte ihr Bauch, allerdings verbot sie sich, darüber nachzudenken – zumindest bei Tag. Was das bedeuten möchte? Wenn sie für andere tanzte, dann hatte sie immer Adir vor Augen, seinen Körper, seine Ausstrahlung, die er trotz Maske verströmte. Einmal nur wollte sie ihn ohne Maske sehen und mit ihm sprechen. Allerdings würde sich wohl niemals eine Gelegenheit dazu ergeben. Und sie war viel zu sehr Profi, als dass sie von sich aus die Initiative ergreifen und sich an einen Kunden heranmachen würde.

Dieser Moment, wenn sie den schummrig beleuchteten Raum betrat und die Musik einsetzte, war für sie jedes Mal neu.

Jedes Mal wieder aufregend.

Jedes Mal wieder antörnend.

Aber wenn Adir kam …

Die Musik setzte ein, Svenja drehte sich mit dem Rücken zu Adir und bewegte sich zu den Klängen von «Je t'aime». Jede Bewegung lasziv, sinnlich. Die Luft im Séparée wurde sofort um einige gefühlte Grad heißer. Dieses Lied war ihr absoluter Lieblingssong, denn es ging tief in ihre Seele, und wenn sie dazu tanzte, machte es ihre Performance für sie mehr zu einem Seelenstrip denn zu einem rein körperlichen. Die erotisch gehauchten Worte des Songs streichelten ihren Körper, und jeder Ton war eine Liebkosung ihrer Haut. Und so räkelte sich Svenja im Takt, lockte Adir mit ihrem Leib, beflügelte seine Phantasie. Seine Augen folgten jeder ihrer Bewegungen, so als würden sie ihren Körper liebkosen. Sie streicheln. Dieser Gedanke, der ihr trotz ihrer Konzentration auf ihre Tanzschritte kurz in den Sinn kam, ließ sie feucht werden. Ließ sie nach mehr verlangen. Sie bewegte sich zur Musik und ließ schließlich die erste Hülle fallen. Adir hielt den Atem an.

Sie hörte es nicht, aber sie sah es. Sie sah ihm tief in die

Augen. Das Band, das dadurch zwischen ihnen geschlossen wurde, konnte nun nicht mehr gebrochen werden. Sie wusste, dass sie seine ungeteilte Aufmerksamkeit hatte. Seine dunklen Augen waren ganz auf sie konzentriert, seine schönen Lippen vor Lust leicht geöffnet. Svenja spürte die Spannung, die zwischen ihnen herrschte, und wieder hätte sie ihn am liebsten berührt – nicht nur mit ihrem Tanz.

Wunsch, Sehnsucht und Lust vereinigten sich in ihr und schossen durch ihren Körper wie Lava. Die Spannung war fast mit Händen zu greifen.

Als sie mit den Händen lasziv die Kurven ihres Körpers nachfuhr und sich dabei der Musik hingab, hörte sie Adir leise aufstöhnen. Ja, jetzt war er ganz nah bei ihr. Jeder seiner Gedanken würde um jeden Zoll ihres phantastischen Körpers kreisen.

Adir war ein Genießer.

Er brauchte keinen Sex mit ihr. Bei ihr holte er sich lediglich Appetit, vielleicht träumte er später noch ein wenig von ihr, aber gegessen würde zu Hause, vielleicht ja sogar in einer Art Harem, wenn es das noch gab. So stellte sie es sich zumindest vor.

Svenja trat ganz nah an seinen Sessel heran. Jede Bewegung fühlte sich an, als würde sie durch elektrisch geladene Luft tanzen. Dann berührte sie zart seine Schulter und schlängelte sich an ihm herab, während sie ihm tief in die Augen sah. Sie konnte seine Lust riechen. Mit ihrer Hand streichelte sie ihn zart wie ein Schmetterling von der Schulter bis zu seinem Gürtel, verweilte einige Sekunden … hielt seinen Blick fest … und legte ihre Hand auf sein Gemächt. Unter ihrer Hand pulsierte es. Zischend atmete er aus. Er wollte sie. Das war nicht zu übersehen.

Es war für sie immer erregend, wenn ihr Körper begehrt wurde, wenn sie in den Gesichtern der Männer sehen konnte, wie sie ihre Phantasie anregte, aber bei Adir kam noch etwas anderes hinzu. Da war eine tiefe animalische Kraft, die sie magisch zu ihm hinzog. Eine Kraft, der sie aus Professionalität widerstand, was den Reiz noch steigerte. So sehr, dass sie ein schmerzhaftes Ziehen in ihren Lenden spürte.

Sein Geruch, der sie einhüllte, löste ein unwiderstehliches Verlangen in ihr aus. Sie ließ ihre Hüften kreisen, ganz dicht über ihm, so als würde sie auf ihm sitzen, während er in ihr war, und seine Hitze schien sich durch ihre Hand, die noch immer auf seinem Gemächt ruhte, direkt auf sie zu übertragen. Mehr um ihrer, denn um seiner Beherrschung willen ließ sie los und richtete sich wieder zu ihrer vollen Größe auf. An seinen Augen konnte sie ablesen, dass er bemerkt hatte, warum sie losgelassen hatte, und auch, dass es ihn noch mehr für sie brennen ließ.

Jetzt wandte sie ihm den Rücken zu, tänzelte einige sexy Schritte, hakte mit geschickten Fingern den weißen Spitzen-BH auf, ließ Adir noch ein wenig den Anblick ihrer Rückseite genießen und drehte sich dann erst passend zur Musik zu ihm um. Tanzte verführerisch auf ihn zu, nahm seine Hand und führte sie für einen sinnlichen Moment an ihren Busen. Seine Finger fühlten sich warm und angenehm an. Augenblicklich wurde ihre Brustwarze steif, was einen Schauer über ihren Körper jagte und ihre Lust noch mehr steigerte. Etwas länger als geplant ließ sie deshalb seine Hand an ihrer Brust verweilen. Genoss diese intime Distanz. Diese kontrollierte Erotik. Wie hypnotisiert starrte er auf diese Stelle ihres Körpers, auch dann noch, als sie seine Hand wegnahm und sich wieder ein wenig von ihm entfernte.

Ja, er genoss jede ihrer Bewegungen. Er liebte ihren Körper aus der Ferne, und über die gehauchten Versprechungen der Sängerin legten sich seine eigenen geflüsterten Worte: «Ma sallah», das ist wunderbar. Diese fremdartigen Laute heizten ihre Lust weiter an. Ein Strip wie dieser – vor Adir – gab ihr das Gefühl, sie hätte Sex, so viel Nässe schoss in ihre Möse. Es war, als würde er mit den Augen seine Hände, seine Finger ersetzen. Als würden seine Finger ihre feuchte Spalte berühren, sie dort vorsichtig liebkosen, ehe sie tief in sie eintauchten.

Sie dort berührten.

Sie dort streichelten.

Sie nahmen.

Aber für Svenja lag der Reiz gerade darin, nicht mit dem Körper intim zu werden, sondern den Geist zu befriedigen. Dennoch war das hier für sie wie eine körperliche Vereinigung; als würde er sie nehmen, aber so, wie sie es wollte. Sie gab vor, was und vor allem wie schnell es geschah. Im Takt zu den rauchig gestöhnten Worten tänzelte sie wieder an seinen Sessel heran, zeigte ihm ihre vollen Brüste und spreizte lasziv ihre langen Beine.

Kurz zog sie seinen Kopf heran, ließ ihn ihre Lust riechen und wünschte, seine Zunge würde sie lecken, sie reizen und tief in sie eindringen. Sie musste sich zwingen, ihr Programm normal weiterlaufen zu lassen. Seine Zunge, tief in ihr. Wie er ihren Saft damit aufnahm, über ihre rosige Haut strich, nur um dann wieder tief in sie einzutauchen. Fest und hart.

Sie trat wieder etwas zurück, drehte ihm den Rücken zu und fuhr mit ihren Händen die Ränder des Höschens entlang, wobei sie am liebsten einen Finger in sich hineingesteckt hätte, tief hinein. Sie wackelte im Takt mit dem Po. Dann zog sie das Höschen mit einer schnellen Bewegung nach unten, wobei sie mit ihren Händen mitging und wie ein Klappmesser mit den Handflächen den Boden berührte. Dann hob sie den Kopf und sah ihm zwischen ihre Beine hindurch in die Augen, erst dann stieg sie heraus, streckte sich und kickte ihm mit einer gekonnten Drehung das Höschen ins Gesicht.

Gedankenverloren fing er es auf und roch daran, hielt es sich liebevoll ans Gesicht, während seine Augen sie weiter liebkosten. Sie stellte sich vor, dass er unter seiner Maske die Nasenflügel blähte, um ihren ganz eigenen Duft zu inhalieren. Ihren Duft tief in sich aufzunehmen. Die nassen Flecken auf ihrem Höschen fielen ihm gewiss auf.

Wieder tanzte sie mit Bewegungen, die einer Marilyn Monroe würdig gewesen wären, an den Sessel heran und nahm mit gespreizten Beinen vor dem Sessel Aufstellung. Nur ein kleines schwarzes Dreieck lag nun zwischen ihr und Adirs Gesicht, ein String, den sie noch unter ihrem Höschen trug. Svenja spielte mit seiner Sehnsucht, mit ihrer Sehnsucht, bis die Spannung den Höhepunkt erreicht hatte. Dann lenkte sie seine Aufmerksamkeit mit einigen gewagten Hüftschwüngen auf den String und zog ihn mit einem Ruck vom Körper, was Dank des Klettverschlusses möglich war.

Jetzt trug sie nichts mehr, war seinen leidenschaftlichen Blicken gänzlich ausgesetzt. Aber das Lied war noch nicht zu Ende, deshalb tanzte sie, wie Gott sie schuf, vor seinen Augen, direkt vor seinem Gesicht. Ihr Geschlecht auf Höhe seines Gesichts. Dann trat sie einen Schritt zurück. Streichelte erneut mit ihrer Hand über ihre Brüste, fuhr die Seiten entlang, kickte ihr Becken von rechts nach links, ließ es dann weiche Bewegungen vollführen und dann ... stoppte sie. Sie griff nach Adirs Händen, führte sie, während sie weitertanzte, in Zeitlupe an ihre Brüste und ließ seine Hände sanft darübergleiten. Ließ sie gefährlich langsam über ihren Bauch streifen, bis hinunter zu ihrer Scham und verharrte dort. Am liebsten hätte sie seine Finger in sich gestoßen. Sie dort verweilen lassen. Sie war wirklich in Versuchung, und ein großes Sehnen überkam sie, machte sie für den Bruchteil einer Sekunde willenlos.

Es kostete sie eine übermenschliche Anstrengung, es nicht zu tun. Stattdessen legte sie seine Hände auf ihre Schenkel, gleich neben ihre Scham. Sein Finger streifte sanft wie ein Lufthauch über ihre rosigen Lippen, gerade so, als geschähe es nur in ihrer Phantasie. Seine wärmenden Hände lösten prickelnde Wonneschauer bei ihr aus. Da sie sich im Rhythmus der Musik schlängelte, berührte sein Finger immer wieder ihre feuchte Mitte, hin und her. Sie ging so weit wie bei keinem Gast zuvor. Bisher hatte keiner sie berühren dürfen, auch Adir nicht. Gleich würde das Lied enden, und mit einem innerlichen Seufzen löste sie sich von ihm. Jetzt war es an ihnen beiden, diesen Moment der Lust auszukosten, sich daran zu laben, ehe das Lied ganz verklang.

«Darf ich mich zu Ihnen setzen?»

Svenja wurde unsanft aus ihren erotischen Tagträumen gerissen. Sie vernahm eine Männerstimme. Eine Stimme, die sie neugierig machte, denn sie klang distinguiert, ein Bariton, der sie angenehm streichelte. Träge öffnete sie die Augen und sah den Mann an, der sie angesprochen hatte.

Er war so dunkelhaarig wie sie blond. Seine Augen waren dunkel und tiefgründig wie ein geheimnisvoller See, und sie erinnerten Svenja an jemanden.

Aber an wen?

Er sah vornehm aus und roch förmlich nach Geld. Aber das alleine war es nicht, was ihr an ihm gefiel. Es lag an seiner Ausstrahlung, denn diese wirkte ungeheuer anziehend auf sie.

Sexy.

Was war es, das ihn so sexy auf sie wirken ließ?

Seine Stimme?

Seine Augen?

Jetzt wusste sie es. Es waren seine Augen. Der Mann ließ sie an «Tausendundeine Nacht» denken, vielleicht weil er einen arabischen Einschlag hatte. Sein Deutsch jedoch war perfekt.

«Ja, bitte setzen Sie sich.» Verhalten lächelte sie ihn an.

Er setzte sich neben sie, und ein dezenter, edler Duft kitzelte ihre Nase. Selbst Männer, die es sich wirklich leisten konnten, trugen selten einen so guten Duft.

«Mein Name ist Hami.» Er lächelte sie charmant an. «Und wie heißen Sie?»

«Svenja. Svenja Edelung»

Er nahm neben Svenja Platz, und beide blickten eine Weile schweigend auf die Luxusanwesen, die entlang der Außenalster das Ufer säumten. Eine Villa herrschaftlicher und schöner als die andere. Prachtbauten, die vom Reichtum ihrer Besitzer zeugten. Svenja überlegte, ob wohl einer dieser Villenbesitzer Kunde bei ihr war, denn Otto Normalverbraucher kam in den exklusiven Club, in dem sie arbeitete, erst gar nicht hinein.

«Machen Sie hier Urlaub?», wollte Hami wissen, wobei er unverändert auf die vorbeiziehenden Häuser schaute.

«Nein. Aber ich finde es herrlich, ab und an Ausflüge in der eigenen Stadt zu unternehmen, die sonst nur Touristen machen.»

Interessiert sah er sie an. «Darf ich fragen, warum?»

«Es ist doch so, man selbst kennt seine eigene Stadt am wenigsten. Man geht irgendwie immer in die gleichen Lokale, nimmt sich viel zu wenig Zeit neben der Arbeit, um Museen oder andere Sehenswürdigkeiten zu besuchen. Deshalb unternehme ich bewusst immer wieder Dinge, die auch ein Tourist machen würde.»

Sein Blick signalisierte ungeteiltes Interesse. «Dann ist heute mein Glückstag.»

Dieses Lächeln, als wäre es nur für sie alleine bestimmt, als würde er niemals jemand anderen so anlächeln. Und dann sah er ihr auch noch tief in die Augen.

Eigentlich hätte Svenja etwas auf seinen Kommentar antworten wollen, aber sie war so von seinem Lächeln und der Tiefe seiner Augen gefangen, dass sie diesen Augenblick nicht mit Reden zerstören wollte.

«Es hat mir gerade fast leidgetan, dass ich Sie gestört habe. Es hat so genießerisch ausgesehen, wie Sie vorhin hier gesessen haben – aber ich konnte nicht anders.» Dann folgte wieder dieser tiefe Blick. Inzwischen hatte Svenja vergessen, wo sie war. Es interessierte sie auch nicht besonders, denn der Blick von ihm, der jede Seite von ihr zum Klingen brachte, war in diesem Augenblick alles, was zählte. Sie leckte sich mit der Zungenspitze über die Lippen, die sich plötzlich trocken anfühlten.

Animalische Anziehung gab es, da war sie sich sicher,

und genau das war hier der Fall. Sie fragte sich kurz, ob sie wohl zusammen im Bett landen würden.

Sie wollte es.

Svenja schlief nicht oft mit Männern, denn selten stimmte die Chemie, die für guten Sex notwendig war. Außerdem stillte sie ihre Lust dreimal die Woche beim Striptease. Ihr Leben gefiel ihr so, und vorerst wollte sie es auf keinen Fall anders haben. Später konnte sie immer noch darüber nachdenken, was sie noch alles mit ihrem Leben anfangen könnte.

Wie er mit seinen Augen den Konturen ihres Kopfes folgte, ihre Lippen ansah, als würde er sie am liebsten küssen, und dann wieder in ihren Augen versank ... Nein. Sprechen war das Letzte, was ihr gerade in den Sinn kam, denn ihre Augen sprachen bereits zueinander.

Er investierte viel Zeit in den Sport, das hatte Svenja sofort gesehen. Durchtrainiert, aber nicht aufgepumpt. Auch sie verbrachte viel Zeit mit Sport, schließlich war ihr Körper ihr Kapital. Für Hami war Sport nicht für den Beruf wichtig, sondern bot nur einen schönen Freizeitausgleich, wie er ihr sagte.

Alles was sie nach diesem Nachmittag gemeinsam unternahmen, war wie ein Vorspiel. Jeder Blick, jede Geste. Dennoch war sie unsicher, ob sie heute noch seinen Körper an ihrem spüren würde.

Er war mehrmals im Jahr geschäftlich in Hamburg, wie er sagte. Näher ging er nicht darauf ein. Er sagte, er wolle sie nicht langweilen und mit ihr lieber über das Leben an sich sprechen. Normalerweise fragte Svenja den Männern Löcher in den Bauch, dann kamen sie nicht auf die Idee, ihr zu viele Fragen zu stellen, aber bei Hami war das alles ganz anders. Sie redeten über Gott und die Welt. Das gefiel ihr an ihm. Er wollte nicht alles über sie wissen, und das gefiel ihr auch. Die Gespräche drehten sich um Hobbys, wo sie ihren letzten Urlaub verbracht hatten und was der tollste Film war, den sie in letzter Zeit im Kino gesehen hatten.

Sie sprachen weder über seine noch über ihre Arbeit und waren schließlich zum Du übergewechselt.

Nach der Alsterrundfahrt lud er sie auf Kaffee und Kuchen ein, danach spazierten sie Hand in Hand zum Gänsemarkt, wobei sie sich geradezu albern benahmen, ausgelassen wie Kinder. Und dann ging sie mit zu ihm in sein Fünf-Sterne-Hotel.

Eine riesige Suite erwartete sie. Vom Eingang gelangte man in das Wohnzimmer, das gleichermaßen geschmackvoll wie gemütlich eingerichtet war. Gleich als sie den Raum betraten, roch sie seinen Duft, der in den Räumen schwebte. Sein geheimnisvoller Duft, der so anziehend auf sie wirkte.

Weiter ging es zu einem Schlafzimmer, in dem ein riesiges Doppelbett stand, ein Sekretär aus dunklem Holz und ein Tisch mit zwei Sesseln. Vor allem aber verfügte das Schlafzimmer über eine Fensterfront, die einen atemberaubenden Blick auf die Alster bot. Nicht umsonst war das Hotel in der Fünf-Sterne-Kategorie eingereiht. Sogar ein Balkon lud dazu ein, auf ihm einen schönen Abend zu genießen oder das Frühstück dort einzunehmen.

Im Schlafzimmer sahen Svenja und Hami sich abwartend an. Jetzt hatten sie es so lange hinausgezögert, waren umeinander herumgetanzt, hatten sich an ihren Blicken gewärmt. Nun, da der Augenblick gekommen war, die Karten auf den Tisch zu legen, zögerten sie es hinaus. Genossen die Elektrizität, die zwischen ihnen floss. Genossen diesen kurzen Augenblick, bevor es kein Halten mehr geben würde.

Ihr ganzer Körper war voller Begehren auf Hami, das den ganzen Tag über immer mehr gesteigert worden war. Nun würde es endlich passieren. Ihr Verlangen ließ ihr Blut wie eine heiße Fontäne durch die Adern schießen, und plötzlich fasste er sie an der Hand, sah ihr in die Augen und führte ihre Hand schließlich an seinen Mund. Seine Zunge berührte ihre erhitzte Haut, streichelte darüber, was ihr Begehren um ein Vielfaches steigerte. Diese träge Langsamkeit, diese dunklen, warmen Augen, die nun ebenfalls vor Lust sprühten. Mit einer sanften Bewegung dirigierte er sie näher zu sich, und in Zeitlupe näherte sich sein schön geschwungener Mund dem ihren. Es war, als hätte sie ein halbes Leben auf diesen Moment gewartet.

Ihre Lippen berührten sich, vorsichtig, tastend. Diese Sanftheit ließ ihr Höschen feucht werden, ihre Nackenhaare kribbelten – vor Wonne – vor Lust. Eigentlich hätte sie erwartet, dass jetzt alles schnell gehen würde, aber so war es nicht, und so war es viel schöner, aufregender! Sein Mund ... Sein Geruch ... betörten sie, machten sie samtweich und gefügig. Dieser Mann war wie für sie geschaffen. Sie küsste ihn so gerne, wie sie ihn ansah.

Anfangs hatte sie ihre Augen geschlossen gehalten, um die Empfindungen zu steigern, aber nun öffnete sie sie, und mit der Verzögerung einer Nanosekunde öffnete auch er die Augen, und ihre Augen lächelten sich an, kurz bevor wieder Begehren aufkeimte.

Endlich ... endlich ...

Das war alles, was sie dachte.

Sie gab sich hin und war eins mit dem Kuss, mit Hami. Wie sehr hatte sie sich den ganzen Tag nach diesem Kuss gesehnt. Wahrscheinlich hatten sie deshalb zuvor vermieden, sich zu küssen, weil sie ahnten, dass sie, wenn sie einmal angefangen hätten, sicherlich nicht mehr hätten aufhören können.

Seine Zunge streichelte über ihren Mund, neckte ihn, ehe er ihn, als wäre ein Schalter umgelegt worden, stürmisch nahm und sie mit jedem Zungenschlag das Gefühl bekam, ihre Leiber würden verschmelzen. Ihr ganzes Begehren drückte sich in diesem Kuss aus, ließ Hitze und Nässe in ihre Muschi sausen und den Wunsch, seinen Körper ganz zu spüren, noch stärker werden.

Sie wollte Hami fühlen, jede Stelle an ihm, jeden Millimeter. Sie wollte, dass er zu ihrer zweiten Haut wurde, dass kein Millimeter Luft mehr zwischen sie passte, und so schmiegte sie sich noch enger an ihn. Presste ihren Körper gegen seinen, wobei ihre Hände ständig in Bewegung waren. Sie wusste gar nicht, welchen Teil von ihm sie als Erstes anfassen sollte. Seinen Hals, der kräftig war, seinen Rücken, der Halt versprach, seinen Po, der knackig daherkam, oder vorne … wo sie gewiss gleich ungeahnte Freuden erwarten würden.

Die wilden Küsse ließen sie taumeln, sich drehen, gegen Wände stoßen, bis sie schließlich auf das Bett fielen, wo sie kurz innehielten, sich ansahen und dann im Blick des anderen versanken. Diese Sekunden des Innehaltens waren nötig, genau wie bei einem Thriller, der die Spannung hielt und hielt, ehe er wieder ein entspannendes Moment brachte, damit die Zuschauer sich erholen konnten. Genauso brauchten Hami und sie diese paar Sekunden der Orientierung.

Niemand hatte ein Kommando gegeben, aber gleichzeitig fielen sie wieder übereinanderher.

Wie gut er sich anfühlte. Unter ihren Händen spürte sie seine starken Muskeln. Wie wunderbar sein Körper roch, nach geheimnisvollen Hölzern und ewiger Weite. Sie wünschte sich zum ersten Mal, von einem Mann ausgezogen zu werden. Für sie ein bisher unbekanntes Gefühl, und schon öffnete Hami die kleinen Häkchen vorne an ihrer Kurzarmbluse und legte, so schnell er konnte, Zentimeter um Zentimeter ihrer Haut frei, als hätte er ihren Wunsch erahnt.

Ihr Körper erbebte bei jedem Häkchen, und Lustschauer bemächtigten sich ihrer. Zwischendurch fiel er wild über ihren Mund her, ehe er sich wieder ungeduldig dem nächsten Häkchen widmete. Sie half ihm, denn sie konnte es nicht mehr erwarten. Sie wollte seine wohlriechende Haut auf ihrer glatten Haut spüren. Wollte spüren, wie sie sich aneinander rieben, ohne lästige Kleidung. Endlich war es geschafft. Wieder ein Kuss, der sie schwindeln ließ, der ihr direkt in die Muschi fuhr.

Jetzt war Hami dran, und sie öffnete, so schnell sie konnte, die Knöpfe seines weißen Hemdes. Als es ein Stück offen war, fasste sie mit ihren Händen in die Öffnung und streichelte über seine harte Brust. Glitt über seine Brustwarzen bis zur Taille. Wieder ein Kuss, der sie hätte taumeln lassen, würde sie nicht liegen.

Umständlich zog er sein Hemd aus, während sie sich bereits an seiner Hose zu schaffen machte. Zwischendurch streifte er ihre Bluse ab und zerrte ihren Rock herunter. Der Rest flog nur so in den Raum – unbeachtet.

Sie hielten nur immer wieder inne, um sich zu küssen,

wobei man hörte, wie ihre Zähne zusammenstießen. Nichts war zart, alles war von Wildheit geprägt. Die Lust hatte sich Bahn gebrochen und konnte nicht mehr eingedämmt werden. Endlich hatten sie sich ihrer Kleidung entledigt und konnten sich ansehen, verschlingen.

Hami war nicht sanft, aber das hätte sie auch nicht gewollt. In diesem Moment brauchte sie diese hitzigen Gefechte, seine Attacken. Seine Zähne gruben sich in eine ihrer Brüste, was sie so feucht werden ließ, dass er nur so in sie hineingesogen werden würde, sollte er sie dort berühren. Ungestüm machte sich eine seiner Hände dorthin auf, während er weiter an ihrer Brustwarze saugte, leckte und sie genoss. Als er einen Finger in sie schob, stemmte sie sich ihm entgegen. Vor Geilheit drückte sie ihren Rücken durch, bog sich ihm weiter entgegen.

Es war ein Gefühl, als würde eine Herde Wildpferde durch sie hindurchrasen. Wild schossen seine Finger in sie und machten sie rasend. Rasend vor glühender Lust. Seine Zunge widmete sich inzwischen wieder einer ihrer Brüste, ehe sie seine Zähne spürte. Heiße Nadelstiche schossen in ihre feuchte Mitte, und jeder Biss, jeder Fingerstoß erhob sie weiter in die Lüfte.

Sie bot sich ihm an.

Wie sehr sie ihn wollte!

Nimm mich.

Hatte sie es gesagt? Gedacht? Wer wusste das schon. Wenn sie nur daran dachte, wie er mit seiner Rute in sie stieß, wurde sie verrückt vor Lust. Es fühlte sich an, als würden Abermillionen kleiner Champagnerbläschen durch ihren Körper katapultiert und dabei zerbersten. In einem immer schnelleren Rhythmus.

Er machte sich bereit, lag über ihr. Und stieß zu. Bohrte sich in sie. In ihre Mitte, in ihre Nässe. Verharrte dort. Es war, als würde er mit seinem Schwanz ganze Scharen von wilden Pferden durch ihren Körper treiben. Sie galoppierten, drehten Pirouetten, tänzelten unruhig auf der Stelle. Trieben ungestüm voran und brachten sie bis fast ans Ziel.

Wenn er in sie stieß. So geschwind. So tief in sie eindrang. Fühlte sie es bis in Mark und Bein. Ganz tief in sich fühlte sie es. Er berührte mehr als nur ihren Körper. Er nahm sie wie keiner zuvor. Sie fühlte es.

Mehrmals.

Immer wieder.

Hami krallte sich an ihren Armen fest, denn auch ihn schien die Vereinigung nahe ans Ziel gebracht zu haben. Einen Moment ruhte er sich aus, verweilte, genoss, ehe er sich wieder in ihr bewegte. Ehe er ihr mit seinen harten und tiefen Stößen zeigte, wie sehr er sie in diesem Moment begehrte. Immer wieder zog er sich kurz zurück, ehe er erneut tief in sie hieb. Diese unerträgliche Lust. Es gab keine Stelle an ihrem Körper, die keine erogene Zone gewesen wäre. Er ritt sie immer wilder und immer härter. Und sie stieß ihm ihren Unterleib entgegen, damit er bis in den letzten Winkel vorstoßen konnte. Damit es nichts gab, was er nicht berühren könnte.

Ja.

Sie wollte ihn.

Wollte ihn spüren.

Wollte ihn tief drinnen in sich spüren.

Und sie wollte kommen.

Wollte erlöst werden. Und gleichzeitig würde sie es am

liebsten noch ewig hinauszögern. Es fühlte sich an, als würde sie am ganzen Körper von einem Vibrator berührt. Alles kitzelte, vibrierte, prickelte. Und dann gab es keinen Weg mehr zurück. Die ganze Zeit beobachtete sie Hami dabei, wie er sie nahm. Sah sein Gesicht vor sich. Bestaunte die Kraft seiner Muskeln. Die seitlichen Stränge an seinem Hals traten hervor und sahen aus wie dicke, feste Seile. Es lag ein verklärter Ausdruck in seinen Augen, sein Tribut an die unbändige Lust. Gleichzeitig stießen sie einen Schrei aus, und es war, als würde die ganze Welt in ihr explodieren und sie über die Ziellinie hinauskatapultieren. Dann lagen sie ermattet nach der ersten Runde auf dem Bett und erholten sich von dem wilden Ritt.

Drei Tage war Hami in der Stadt, danach musste er wieder weiter. Sein nächster Trip ging in die USA. Er würde erst wieder in zwei Monaten in Deutschland sein. Svenja war hin und her gerissen. Sie überlegte, ob sie ihm beichten sollte, dass sie als Stripperin arbeitete, oder doch besser nicht. Frauen gegenüber log sie, weil diese ihren Beruf zuerst aufregend fanden und dann, mit der Zeit, nichts mehr mit ihr zu tun haben wollten, da sie Angst um ihre Männer hatten. Männer fanden natürlich toll, was sie machte, aber als Freundin wollte sie auch keiner von ihnen haben. Eine Stripperin als Freundin war nichts, was sie in ihr gutbürgerliches Leben lassen wollten. Wunsch und Realität drifteten hier weit auseinander.

Die drei Tage, die Hami und Svenja zusammen verbrachten, waren ein Festmahl für die Sinne. Dieser Mann hatte Stürme bei ihr ausgelöst, und sie konnte es nicht fassen, dass sie tatsächlich überlegte, für einen Mann ihren Job aufzugeben. Aber darauf lief es hinaus. Noch hatte sie Zeit für eine Entscheidung. Bei seinem nächsten Besuch wollte sie Hami alles beichten.

Eine neue Vorführung, und wieder einmal war Adir in ihrem Séparée, und als sie fertig gestrippt hatte, nahm er die Maske ab.

Svenjas Gesichtszüge entgleisten. Vor ihr saß kein anderer als Hami, oder wie auch immer er heißen mochte.

Ihre Gedanken schlugen Saltos. Hami wollte doch erst in einigen Monaten kommen? Wieso war er jetzt schon da? Wieso Hami? Adir?

Endlich war sie gefasst genug, um eine Frage zu stellen.

«Was soll das?»

Am liebsten wäre sie fortgelaufen. Verarschen konnte sie sich auch selbst. Sicher hatte er sich totgelacht über sie. Der Witz des Jahrhunderts.

Hami wollte sie an der Hand anfassen, entschied sich aber dann doch dagegen.

«Ma sallah.»

Wieder dieser Blick, der alles in ihr zum Schmelzen brachte. An ihrem inneren Auge zogen Bilder von glücklichen Stunden mit Hami vorbei.

«Es tut mir leid, dass ich dir diese Charade vorgespielt habe.»

Er machte eine Kunstpause und sah sie bittend an.

«Ich habe mich in dich verliebt, schon das erste Mal, als ich hierherkam. Aber ich wollte dich in einem anderen Umfeld kennenlernen. Und mein Name ... Ich heiße Adir Hami, Hami ist mein zweiter Vorname. Obwohl ich hier immer mit einer Maske saß, war ich mir nicht sicher, ob du mich ansonsten erkennen würdest. Aber, meine Liebe, du hast ‹Hami› auch nicht erzählt, dass du hier arbeitest.»

«Aber du wolltest doch erst in ungefähr einem Monat wieder hier sein. Warum bist du schon hier? Ich verstehe das nicht.»

«Weil ich oft in Hamburg wohne.»

Seine Stimme klang souverän, es lag kein bisschen Zögern darin. Kein schlechtes Gewissen war zu erkennen. Nur dieser eindringliche Blick, so, als müsste sie ihm glauben, so, als gäbe es keinen Zweifel.

«Wie ... du wohnst oft in Hamburg?»

«Es tut mir so leid. Ich hasse Lügen, aber ich wusste wirklich keinen anderen Weg, um dich kennenzulernen. Und ich habe mich diese Wochen nicht sehen lassen, weil ich wissen wollte, ob meine Gefühle bleiben, wenn ich dich nicht sehe. Es war furchtbar, mich von dir fernzuhalten, dich nicht zu sehen.»

Svenja hatte noch niemals so schöne Worte gehört.

«Bitte, sag, dass dir diese drei Tage auch etwas bedeutet haben. Dass ich mich nicht geirrt habe», sagte Hami.

Svenja war sich sicher, sie liebte ihn. Denn niemals zuvor hatte sie einen Menschen so sehr vermisst, wie Adir ... Hami? Seine Arme waren dieselben, und in ihnen wollte sie heute Abend liegen.

HEISSE WÜNSCHE

Während sich David rhythmisch in Arabella bewegte, schweifte ihr Blick zum Paravent, auf dem sie bestanden hatte, als sie zu ihm in seine geschmackvoll eingerichtete Jugendstilvilla gezogen war. Besonders schön fand sie die nackten Leiber, die sich auf bordeauxrotem Hintergrund in ästhetischen Posen vergnügten. Das Prachtstück war von einem Künstler eigens für sie angefertigt worden.

Als David hauchzarte, verspielte Küsse auf ihren Brüsten verteilte, musste sie wieder an ihren heimlichen Wunsch denken.

Sie stellte sich vor, es wäre noch ein anderer Mann anwesend, der ihnen beim Liebesakt zusehen würde. Mit lüsternem Blick würde er sie beobachten, würde jede Regung wahrnehmen, und dies wiederum würde auch seine Lenden zum Glühen bringen. Allein bei dem Gedanken daran, dass ein anderer ihrem Treiben zusehen würde, stöhnte sie auf. In diesem Moment hob David seinen Daumen an ihren Mund und ließ ihn hineingleiten. Arabella saugte an ihm, zog ihn in ihren Mund, neckte und leckte ihn mit der Zunge.

Athletisch und mit gelocktem schwarzem Haupthaar lag David auf ihr und ließ seine Zunge über ihre harten Nippel gleiten, feucht und träge, gänzlich ohne Hektik. Die nasse Spur ließ sie erschaudern, und gerade weil er sich so viel Zeit ließ, fühlte sie, wie eine Hitzewelle sie umschloss, sie einhüllte in die rote Lust und die Luft anfüllte mit dem Duft, der von ihrer Intimität zeugte. Ihre Nippel waren so empfindlich, dass auch die kleinste Bewegung seiner Zunge Elektroimpulse durch ihren Körper jagte.

Wenn sie sich nur trauen würde, David ihren Vorschlag zu unterbreiten, damit dieser Wunsch, der sich immer wieder in ihre Gedanken schlich, zumindest ein einziges Mal erfüllt werden würde. Sie wollte wissen, wie es wohl wäre, wenn jemand zusah, wie sie sich mit David vereinigte, wie sie sich paarten und dabei auch ihm, dem Dritten im Bunde, zu seiner Erfüllung verhalfen.

David veränderte seine Position und zog sie mit sich, rollte sich unter Arabella; so verharrten sie kurz, bevor Arabella sich mit glänzendem Leib aufrichtete. Sie mochte es, auf David zu sitzen und ihn zu reiten, liebte es, zwischendurch die Kontrolle zu übernehmen. Genauso gern war sie von Zeit zu Zeit die Unterworfene. Dies galt im Grunde für alle Lebensbereiche, sie wollte keinen Einheitsbrei, sondern Aufregung und Abwechslung.

Ihre Hände glitten über die glatte Haut seiner Brust, während sie seine Männlichkeit mit ihrer Weiblichkeit umhüllte, ihn damit massierte.

Sanft massierte, stärker massierte, ihr Becken kreisen ließ. Mit seinem Schwanz in ihr. Dabei fühlte sie ihn in sich, groß und hart. Seine Hände lagen auf ihren Brüsten, kneteten sie und neckten ihre Brustwarzen. Tief sah er ihr dabei in die Augen, und sein Begehren spiegelte sich in seinen fast schwarzen Augen. Er hauchte: «Das ist gut. Sooo gut.» Ohne den verzehrend langsamen Rhythmus aufzugeben, lächelten sie sich an. Er liebte es, wenn sie ihn mit ihrer nassen Muschi aufsaugte und ihn massierte, das hatte er ihr nicht nur immer wieder gesagt, das ließ er sie auch spüren.

Wie gern sie mit ihm spielte – er in ihr – sie auf ihm – er auf ihr.

Mit ihrem Becken vollführte sie kleine kreisende Bewegungen, während sie mit einem ihrer rotlackierten Fingernägel seine Brustwarze reizte. Sie hörte, wie er zischend die Luft einsog, und als sie ihn wieder ansah, wirkte sein Gesicht fast schmerzverzerrt. Seine geheimnisvollen, dunklen, leicht verhangenen Augen waren verzückt auf sie gerichtet, und Arabella konnte darin ablesen, wie er es gleich am liebsten haben würde.

Und schon wieder schweiften ihre Gedanken ab, ließen ihr keine Ruhe.

Warum sie sich wünschte, ein anderer Mann würde ihrem Liebesspiel zusehen, war eine Frage, auf die sie selbst keine Antwort geben konnte. Nur eines wusste Arabella mit Gewissheit: Dieser Wunsch bestand schon seit ihrer ersten Liebe, und auch damals hatte sie nicht darüber gesprochen. David und sie probierten wahrlich viele Stellungen und Praktiken aus, aber bisher waren es nur Varianten gewesen, die man eben zu zweit ausübte. Beide spielten gerne Spielchen miteinander, kreierten Situationen, die sie antörnten – aber noch niemals hatte einer von ihnen den Wunsch geäußert, eine dritte Person an ihrer Lust teilhaben zu lassen.

David bäumte sich unter ihr auf. Das signalisierte ihr, dass er gleich kommen würde. Auch sie spürte, wie die Lust ins Unermessliche stieg. Wie sie den Rhythmus nicht mehr einhalten konnte, weil es in ihren Schenkeln zuckte, ganz tief in ihr ein lustvolles Ziehen sich ihrer bemächtigte.

Verzehrende Blicke.

Begehrende Blicke.

Heiße Blicke.

Heizten beide an.

Obwohl sie bereits seit zwei Jahren ein Paar waren, knisterte es zwischen ihnen immer noch wie am ersten Tag. Sie konnte nicht sagen, ob es hauptsächlich an ihrer beider Neugier und Begeisterungsfähigkeit – auch hinsichtlich ihrer Sexualität – lag, aber es war gewiss nicht hinderlich, dass sie sich darin einig waren. Während ihr erhitzter Körper nun wie hingegossen auf seinem lag, sie ihn umschlang, ihn heiß küsste und zwischendurch, wenn sie die Küsse unterbrachen, in seine Augen blickte, bewegte sie sich immer schneller. Rutschte auf und ab an seinem Schwanz, nahm ihn ganz in sich auf und ließ ihn tief in ihre feuchte Muschi rutschen. Ihn hineingleiten in ihre süße Hitze, in ihre feuchte Hitze, die ihn so anmachte. Was sie so anmachte. Wie sie ihn fühlte. Wie sie es genoss, kurz bevor sie kam. Wie sie es genoss, wenn er sich mit einem heißen Strahl in sie ergoss. Sie stand kurz davor, es war ein unvergleichliches Gefühl, ein Gefühl, das sich mit nichts auf der Welt messen ließ. Langsam rollten die bunten, stürmischen Wellen ihrer Leidenschaft heran. In ihr sein Schwanz, tief in ihr, hart und groß. Der sie in die Brandung warf. Wie ein Surfer glitt sie auf die perfekte Welle zu, erreichte sie, surfte darauf, ließ sich einhüllen von diesem tosenden Nass, bis die Welle langsam ausrollte und sich in der Brandung verlor.

«Arabella, erinnerst du dich noch daran?»

David und Arabella betrachteten Fotos von ihrer letzten Urlaubsreise nach Mallorca. Eng aneinandergekuschelt saßen sie auf der weißen Couchlandschaft in dem geräumigen, behaglich eingerichteten Wohnzimmer. David streichelte ihre Schulter liebevoll und selbstvergessen.

«Eric, wie er leibt und lebt», erwiderte Arabella und lächelte David kurz an, ehe sie wieder auf das Foto blickte. «Obwohl wir ihn erst da kennengelernt haben, passt ihr zwei ganz gut zusammen – habe ich den Eindruck.»

David sah sie überrascht an. «Wie kommst du darauf?»

Neckisch zog Arabella ihre Augenbrauen in die Höhe. Natürlich wusste sie, wie pfiffig und auch ein wenig diabolisch das wirkte.

«Du weißt doch, wir Frauen haben da dieses komische Ding», schmunzelte sie, «Intuition genannt.»

Nun war David derjenige, der sie spitzbübisch anlächelte, was das Grübchen an seiner rechten Wange zum Tanzen brachte. Sie hatte ihm nie gesagt, wie anziehend sie das fand, schließlich musste er nicht alles wissen.

«Intuition. So, so. Du meinst wohl die gleiche Intuition, die dir gesagt hat, ich wäre ein eingebildeter, reicher Schnösel?»

Sein Aftershave zog auf angenehmste Weise an ihrer Nase vorbei. «Das ist unfair. Außerdem hattest du diese aufgepumpte, schlauchbootlippengespritzte Frau an deiner Seite», Arabella formte mit ihren Lippen eine Schnute, «was ja nicht unbedingt für dich als Mann und deine Intelligenz gesprochen hat ...»

«Das schon wieder», unterbrach er sie. Bei diesen Worten verdrehte David gespielt genervt seine Augen. «Das habe ich dir doch schon hundertmal erklärt», schob David nach, wobei er sich ein Lächeln nicht mehr verkneifen konnte.

Aus den Augenwinkeln sah Arabella, wie der leichte Sommerwind die blendend weißen Vorhänge träge blähte, ehe sie wieder sanft zur Ruhe kamen und dem See, der still im Hintergrund lag, einen schönen Rahmen gaben. Übermütig drückte Arabella David einen Schmatzer auf die Lippen, was einen überraschten Ausdruck auf sein Gesicht zauberte.

«Wofür war das jetzt?»

«Nun, für deine Intelligenz. Weil du dich in mich verliebt hast – und diese aufgepumpten Geschöpfe nicht nötig hast. Abgesehen davon weiß ich ja, dass du kein Schnösel bist. Aber damals hast du all diese Klischees erfüllt.»

Als sie David kennengelernt hatte, war Arabella tatsächlich voreingenommen gewesen, denn sie war nur einer Freundin zuliebe mit in dieses überstylte Schickimicki-Lokal gegangen, wo er sie dann angesprochen hatte. Normalerweise mied sie diese Art von Lokal, sie fühlte sich dort unwohl. Nicht weil sie sich nicht hätte benehmen können, sondern weil sie lieber in einer gemütlichen Lounge saß, nachdem sie den ganzen Tag im Büro auf unbequemen Bürostühlen herumgesessen hatte. Außerdem störte sie die kühle Atmosphäre in solchen Läden. Sie mochte lieber warme Räume und einen Haufen buntgemischter Leute aus allen Gesellschaftsschichten mit unterschiedlichen Kleidungsstilen. Dort fühlte sie sich einfach mehr zu Hause.

Die Türglocke läutete.

«Das wird er sein.» Noch während Arabella sprach, stand sie auf, wobei sie zärtlich mit ihrer Hand über Davids Wange strich. Beim Vorbeigehen fühlte sie seine Hand auf ihrem Po. Sie ging weiter, drehte ihm aber den Kopf zu und grinste David frech an. Auch er stand auf und folgte ihr zum Eingang, wobei er nicht umhinkonnte, sie in ihren Allerwertesten zu zwicken.

«He, beherrsch dich!»

Arabella öffnete die Tür. «Eric, schön dich zu sehen! Komm rein.» Arabella trat zur Seite, damit er eintreten konnte.

«Hi, Eric.» Kraftvoll schüttelten sich die beiden Männer die Hand. «Wie war dein Flug?»

«Ein paar Turbulenzen beim Abflug, sonst ganz okay.»

Nachdem Eric Arabella einen anerkennenden Blick zugeworfen hatte, anscheinend gefiel ihm, was er sah, schulterte er seine Reisetasche und folgte ihnen ins Haus.

«Schön habt ihr es», meinte er mit Kennerblick, den er als Immobilienmakler ganz gewiss hatte. Arabella bedankte sich und zeigte Eric danach sein Schlafzimmer und das Gästebadezimmer und ließ ihn dann allein, damit er sich frischmachen konnte.

Von der Terrassentür wehte ein angenehmes Sommerlüftchen herein, das die Geräusche des späten Abends herbeitrug. Arabella saß auf der Couch, wieder an David gekuschelt. Da ihre Jugendstilvilla etwas außerhalb lag und auf der Rückseite an Wiesen, Felder und ein kleines Wäldchen angrenzte, hatten sie manchmal Besuch von Rehen, Hasen oder Füchsen. Weiter rechts lag, teilweise von den Bäumen verdeckt, der See mit einer eigenen Anlegestelle, an der ihr Segelboot vertäut lag. An schönen Abenden sprangen sie gern noch einmal in den See und nahmen ein kühles Bad, bevor sie sich zu Bett begaben. Und oft schon hatten sie danach wie Teenager herumgealbert und sich hinterher geliebt, manches Mal sogar unter der Weide, die schon seit einigen Jahrzehnten dieses Fleckchen Erde zierte.

Kräftige Männerschritte näherten sich, und kurz darauf stand Eric im Wohnzimmer. «Hast du alles gefunden?», wollte David wissen.

«Klar habe ich alles gefunden. Das ist ja das reinste Paradies. Sogar frische Blumen und aktuelle Zeitungen sind im Zimmer.» Eric lächelte Arabella an. «Das ist wohl dein Verdienst?»

Eric war einige Zentimeter kleiner als David, sein Haar war glatt, und im Gegensatz zu Davids tiefdunklen Augen waren seine so blau wie die Kornblumen, die hier vereinzelt am Wegesrand wuchsen. Und obwohl Eric auf den ersten Blick nicht gut aussah, so hatte er Arabella doch mit Charme und Witz für sich eingenommen. Er hatte etwas an sich, was Frauen anzog und Männer Vertrauen fassen ließ.

«Ich hoffe, ich habe deinen Geschmack getroffen.» Arabella erhob sich vom Sofa.

«Sehr sogar! Du siehst übrigens phantastisch aus», bei diesen Worten schmeichelten seine Blicke Arabella erneut.

Eric trug eine modische Bluejeans, dazu ein schwarzes T-Shirt, das seine Augen noch mehr zur Geltung brachte. «Lass uns rausgehen, dann zeige ich dir unseren herrlichen Garten.»

Ein würziger Geruch lag in der Luft, der von all den wildwachsenden Blumen auf den Wiesen, von den englischen Rosen aus ihrem Garten, dem Jasmin, dem Rosmarin, den Gräsern und Blumen rundherum verströmt wurde.

Arabella sog diese reine, herrlich duftende Luft tief in ihre Lungen. Sie war mitten in der Stadt aufgewachsen, wo einem gar nicht auffiel, wie wenig gut es dort roch, bis man einmal herauskam aufs Land und von der guten Luft dort fast trunken wurde. Nun lebte sie hier draußen, und der gute Duft fiel ihr trotzdem auf, obwohl sie ihn jetzt jeden Tag hatte. Das kam sicher daher, dass sie immer versuchte, möglichst alles Schöne um sich herum bewusst wahrzunehmen.

«Ja, es geht nichts über eine Villa, die in so traumhafter Kulisse liegt. Nur, hier wäre mir das Klima nicht warm genug, deshalb lebe ich auf Mallorca. Aber sonst ...» Eric machte eine ausladende Handbewegung und fuhr fort: «Ich hätte euch keine schönere Immobilie verkaufen können, wirklich, die Villa ist ein Juwel.»

«Bier, Wein, Alkoholfreies, was möchtest du?», wollte David wissen, der ihnen in den Garten gefolgt war. «Oder hast du Hunger?»

«Nein, danke, ich hatte erst im Flieger etwas zu essen. Aber ein Glas Rotwein – hätte ich gerne, wenn ihr auch mittrinkt.» Arabella und David waren dazu sehr gerne bereit. Eric nahm in einem der Korbsessel Platz. Auf jedem der Sessel lag ein anderes Kissen in fröhlich buntem Design.

David drehte sich um und ging ins Haus, um Wein und Gläser zu holen.

«Wenn David nicht so ein netter Kerl wäre, würde ich dich ihm glatt abspenstig machen», raunte Eric ihr zu. Arabella lachte, ging aber nicht weiter darauf ein.

Auf dem alten Holztisch, den sie eigens für den Garten hatten zimmern lassen, lag eine weiße handgewebte Tischdecke, die David und sie in einem winzigen Antiquitätenladen in einer Seitenstraße in Barcelona erstanden hatten. Ein Kandelaber mit weißen Kerzen stand darauf, den Arabella gern anzündete, sobald es dämmrig wurde.

«Und was hast du so gemacht in der letzten Zeit?», fragte Arabella. «Dir scheint es ja recht gutzugehen, jedenfalls siehst du so aus», schob sie nach, da sie aus den Augenwinkeln wahrnahm, dass David auf dem Servierwagen den Wein und die Gläser heranschob.

Eric lächelte, was die Zahnlücke zwischen seinen oberen Schneidezähnen zum Vorschein brachte. «Ja, das stimmt.»

David stellte den Wein ab, den er bereits in eine Dekantierkaraffe gefüllt hatte, und, nachdem er alle Gläser verteilt und auch an Dinge wie alkoholfreie Getränke, geschnittenes Weißbrot und Olivenöl gedacht hatte, schenkte er sich einen Schluck von dem Brunello ein, um ihn zu kosten. Nachdem er ihn für gut befunden hatte, füllte er auch Arabellas und Erics Glas mit der rubinroten Köstlichkeit. Die bauchigen Kristallgläser funkelten, und als sie sich zuprosteten, hallte der warme Klang in die ländliche Stille hinein.

«Ein edles Tröpfchen», bemerkte Eric.

«Ja, mein reicher Schnösel», bei dem Wort Schnösel malte Arabella Anführungsstriche in die Luft, «hat überhaupt einen guten Geschmack.»

Eric deutete ein leichtes Kopfschütteln an. «Also, eines würde ich zu gerne wissen: Was hast du eigentlich immer mit diesem Begriff? Das ist mir schon auf Mallorca aufgefallen.» Er griff erneut zum Glas und trank. Man sah Eric an, wie sehr ihm der Wein mundete.

«Stimmt, das haben wir dir gar nicht erzählt», kommentierte Arabella.

«So nennt sie mich, seit wir uns kennengelernt haben», schob David ein. Dabei streichelte er liebevoll über Arabellas Hand, die auf dem Tisch lag. Arabella bemerkte sehr wohl den Blick von Eric, als er sie beide bei dieser Geste beobachtete. Genauso voll selbstloser Freude über das Glück der anderen hatte sie früher Pärchen beobachtet, die so liebevoll miteinander umgegangen waren.

«Und warum Schnösel? Was hat das für einen Grund?», hakte Eric nach.

«Weißt du, Arabella hatte eine unsägliche Abneigung gegen ‹stinkreiche› Dreißigjährige. Sie dachte, wir alle würden uns vom Reichtum unserer Väter nähren und den lieben langen Tag nichts anderes tun, als deren sauer verdientes Geld auf unsinnige Weise zu verjubeln. Weib, Wein und Gesang.» Dann lächelte er Eric an. «Du kennst das ja auch.» Er zwinkerte ihm zu, und die beiden Männer lachten schallend, was einige Amseln und Spatzen aufschreckte, die daraufhin schimpfend in den Himmel schossen.

Als Eric sich wieder beruhigt hatte, sagte er: «Aber ich dachte, alle Frauen wollen nichts lieber, als einen reichen Mann, und sei er noch so alt.» Dabei tat er so, als wäre es ihm ernst damit.

Arabella lächelte, denn sie kannte diese Einstellung, aber bei ihr traf dies weiß Gott nicht zu. Ihr Leben sollte angefüllt sein mit Arbeit. Sie liebte es, ihr kluges Köpfchen einzusetzen, zu pokern, zu gewinnen. Sie war kein schlechter Verlierer, dennoch liebte sie im Leben und in der Arbeit, wenn die Karten gut für sie gemischt waren.

«Wenn jemandem mein Geld schnuppe ist, dann Arabella.»

Eric musterte sie nachdenklich. «Ich verstehe. Und du sagst deshalb Schnösel zu ihm, weil du ihn aufziehen willst.»

Der blaufunkelnde See lag verlockend kühl in der glänzenden Abendsonne.

«Natürlich will ich ihn aufziehen. Nicht wahr, mein Schnösel?» Arabella lächelte David an, legte ihre Hand in seine und streichelte mit ihrem Daumen über seinen Handballen. Dann schaute sie Eric an, aber der nahm sie gar nicht wahr, denn sein Blick war gebannt auf die Ferne gerichtet.

Wovon mochte er so fasziniert sein?

Sie folgte seiner Blickrichtung und sah dort ein junges Liebespaar, das bis zu den Hüften im See stand und sich selbstvergessen küsste.

Der junge Mann hob gerade die barbusige Frau auf seine Arme und trug sie ans Ufer. Ihr Lachen erfüllte die Luft. Arabella sah zu David hinüber, um ihn auf Erics Abgelenktheit aufmerksam zu machen, aber der hatte es selbst schon bemerkt. Verschwörerisch lächelten sie sich an und sahen dann händchenhaltend dem Liebespaar zu.

Der junge Mann hatte inzwischen die Frau ganz sachte ins Gras gleiten lassen und legte sich halb über sie. Wassertropfen glitzerten auf ihren jungen Körpern. Sie küssten sich so, als könnte es der letzte Kuss ihres Lebens sein, und seine Hand wanderte suchend, schnell tiefer, unter ihr knallgelbes Bikinihöschen.

In Arabellas Lenden schoss bei diesem Einblick die Hitze ein.

Das Paar lag vielleicht hundert Meter weit weg von ihnen, und auch wenn sie auf diese Entfernung nicht alles klar erkennen konnten, so sahen sie doch die eindeutigen Bewegungen. Wie sie keinen Gedanken an ihre Umwelt verschwendeten, ihre jungen Körper geschmeidig aneinanderrieben, sich entdeckten und die Finger keinen Moment voneinander lassen konnten!

Arabella bekam einen trockenen Hals, als sie ihnen dabei zusah. Am liebsten hätte sie selber dort gelegen und wäre den Blicken Fremder ausgesetzt gewesen. In ihr regte sich eine solche Sehnsucht. Wenn Eric nicht da gewesen wäre, dann hätte sie am liebsten David jetzt gleich vernascht – obwohl, ihr wäre es schon recht, wenn Eric ihnen dabei zusähe, aber David wäre wahrscheinlich entsetzt, und das wollte Arabella keinesfalls riskieren. Diese Liebesszene in der freien Natur wirkte so idyllisch und natürlich, und vielleicht gerade, weil man nicht alles genau sah, umso sinnlicher und aufreizender. Eric schien hin und weg zu sein. Ihm fiel nicht einmal auf, dass keiner mehr ein Wort sprach. Wie in Trance saß er da.

Inzwischen schob sich der Jüngling weiter am Körper der Nixe nach unten, und was er dort vorhatte, war unschwer zu erraten. Aber die junge Frau gebot ihm Einhalt und drehte ihn stattdessen schwungvoll und hungrig so, dass er auf dem Gras zum Liegen kam und sie sich gemächlich und herrlich aufreizend auf seinem Körper nach unten vorarbeiten konnte. Wieder drang Lachen zu ihnen herüber.

David drückte ihre Hand fester, und so fiel ihr erst jetzt auf, wie entrückt sie zugesehen hatte und wie viel Lust in ihr geweckt worden war ... Sie sah David an, und auch ihn schien nicht kaltzulassen, was da vor ihren Augen passierte.

Gerade schob die Frau die Badehose ihres Begleiters herunter und machte sich liebevoll, ja, fast ehrfürchtig über das her, was ihm aus der Hose sprang. Ganz offensichtlich wussten die beiden nicht, dass sie bei ihrem Liebesspiel beobachtet wurden. Oder es war ihnen einfach egal.

Zu gerne hätte Arabella mit ihnen getauscht. Aber sie hatte beschlossen, ihren geheimen Wunsch niemals auszusprechen, denn wegen dieses unsinnigen Wunsches wollte sie ihre Beziehung nicht aufs Spiel setzen. Und wie oft entpuppte sich ein ehemals leidenschaftlicher Wunsch als schal und leer, wenn er dann erfüllt worden war. War es nicht auch schön, von einer Phantasie zu träumen, die man nur für sich hatte, mit keinem anderen teilte?

Inzwischen hörten sie leises Stöhnen, da die Nixe dem Jüngling ausgiebig den Schwanz leckte. Ihre Kopfbewegungen ließen erahnen, wo die Nixe gerade war, und welche Lust er empfand, hörten sie.

Fast meinte Arabella, den Duft seines Schwanzes zu riechen. Ihn in ihrem Mund zu fühlen. Auch David liebte es, ihr zuzusehen, wenn sie seinen Schwanz im Mund hatte.

Die junge Frau unterbrach ihr Liebesspiel, stellte sich hin und zog über seinem Brustkorb stehend ihre Badehose aus, kurz drohte sie das Gleichgewicht zu verlieren, als sie aus dem Höschen stieg, aber sie fing sich sofort wieder. Überraschend ließ sie ihm das Höschen sanft ins Gesicht fallen. Er drückte es fest an seine Nase und roch ausgiebig daran. Die Nixe blieb stehen, ließ ihre Hände an ihre Möse wandern und zog ihre Schamlippen auseinander. Da sie ihren Zuschauern halb den Rücken zuwandte, war zwar nicht alles zu sehen, aber sie stand stolz da, und immer noch blitzten im Sonnenlicht vereinzelte Wassertropfen auf ihrer sonnengebräunten Haut auf. Ihr Freund fasste mit seiner Hand an ihre Möse und ließ seine Finger darübergleiten. Streichelte darüber und tauchte dann einen Finger in sie hinein. Was sie leicht in die Knie gehen ließ, ehe sie sich wieder gerade hinstellte und den Kopf in den Nacken legte.

Arabella wurde es heiß und heißer … fast fühlte sie selber die Hand bei sich unten. Er sollte nicht aufhören, seine Finger in diese Frau zu stecken. Tief hinein. Die Nixe nahm die Hand des Jünglings und führte sie so an ihrer Möse hin und her, wie es ihr gutzutun schien. Inzwischen bewegte sie ihr Becken im Takt seiner Handbewegungen und zuckte zusammen, als er wieder einen Finger in sie tauchte.

Ja, steck deine Finger in sie. Hau sie rein. Ja, so ist es gut, dachte Arabella.

Die Nixe blieb weiter stehen und zuckte nur zwischendurch zusammen, presste ihre Möse der Wohltat des Fingers entgegen. Ihre Hände streichelten über ihren nackten Busen. Sie presste jede Brust mit der Hand, während sie sich immer wieder seiner Hand entgegenstreckte.

Das ist so heiß. Das ist so gut, dachte Arabella, und wieder meinte sie zu spüren, wie jemand ihre Muschi traktierte.

Jetzt nahm er seine Hand weg und sagte etwas zu ihr, anscheinend forderte er sie auf, sich zu ihm ins Gras zu legen. Er rollte sich über sie, leckte mit der Zunge über ihre eine Brust, dann über die andere; langsam, ausgiebig zog seine Spur langsam nach unten, bis er da war, wo es sie besonders reizen würde. Nach der Bewegung zu urteilen, tauchte seine Zunge ein, tief in sie hinein. Leckte er wie eine Katze darüber und tauchte wieder ein. Immer wieder wurden leichte Schmatzgeräusche zu ihnen herübergetragen. Erfüllten die Luft, die vor Lust vibrierte. Man sah, wie sich sein Kopf zwischen ihren Schenkeln auf und ab bewegte. Man ahnte, was da vor sich ging.

Die Nixe stellte ihre Beine auf und spreizte sie weit, damit er besser an ihren Nektar kam. Während ihre Hände sich im Gras verkrallten, lagen seine ausgestreckt auf ihren Brüsten, kneteten und neckten sie. Kleine spitze Schreie drangen zu ihren heimlichen Zuschauern herüber, und ehe sie sich versahen, rutschte er nach oben und rammte seinen Luststab in sie hinein. Stieß zu und spießte sie auf.

O ja, so war es gut. Endlich stößt er zu, dachte Arabella.

Der Kopf der jungen Frau flog wild hin und her, während sie immer noch vor Lust schrie. Man konnte gut erkennen, wie sich seine nackten Arschbacken bei jedem Stoß zusammenzogen. Wie sie sich immer wieder zusammenzogen. Wie er immer wieder in sie stieß. Wie sich ihr Körper unter seinen Hieben wölbte. Wie sie es genossen und von der Lust getrieben wurden. Jeder Stoß von ihm fuhr Arabella direkt in ihre Muschi. So, als würde sie es treiben und nicht diese Nixe mit dem Jüngling. Schließlich fiel der Jüngling schwer auf die Nixe, und der Zauber verflog.

«Endlich allein mit dir.» Während David sprach, streifte er das transparente kleine Schwarze von Arabellas Schultern. Die Terrassentür war aufgeschoben und gab einen herrlichen Blick auf den See und den Garten frei, wo sie bis gerade eben noch mit Eric gesessen hatten. Daneben stand der Paravent, der immer Arabellas Sinne beflügelt hatte.

Der Fremde.

Sich räkelnde Leiber.

Arabella dachte wieder an das Liebespaar am See, das sich so selbstvergessen unter freiem Himmel geliebt hatte.

Das Negligé glitt ihren Körper herunter, was eine zarte Gänsehaut auf ihren Körper zauberte, ehe der dünne Stoff locker und duftig zu ihren Füßen landete. Arabella stellte sich auf die Zehenspitzen und bot David ihren Mund dar. Sie fühlte so viel Wärme und Lust, die wie zähflüssiger Ahornsirup auf ihren Körper geträufelt wurde und daran herunterrann, ihre Gedanken auf ein schwereloses Nichts reduzierend. Sein Kuss fühlte sich an wie Schmetterlingsflügel, so zart und zerbrechlich, und sie fühlte sich willenlos wie eine Puppe, die sich in jegliche Richtung dirigieren ließ. Eine Puppe, die sich jeder seiner Bewegungen anpasste. Als seine Hand über ihre Armbeuge und dann weiter über ihre empfindsame Haut strich, war es, als würde alles an und in ihr langsam wie Vanilleeis in der Sonne dahinschmelzen.

Da er nur seine knappen Boxershorts trug, konnte sie alle Stadien der Erregung, die David durchlief, genau an ihrem Bauch erspüren. Es erregte sie ungemein. Er ging etwas in die Knie, damit er sich an anderer Stelle an ihr reiben konnte, was sie innerlich in Brand setzte. Sie zog ihm seine Boxershorts herunter, und er stieg heraus, während sie sich küssten. Ein tiefer Kuss, der die Sinne anregte.

Wie ein Sternenfunkeln durchbrachen diese Gefühle die Trägheit, die sie Sekunden zuvor noch beherrscht hatte. Zusammen landeten sie auf dem Bett aus der Gründerzeit, das mit wunderbaren handgeschnitzten Blumen verziert war. Jede Bewegung wurde von ihr mit Freude angenommen und pariert. Sie liebte die Textur seiner Haut, die sich warm, ja geradezu erhitzt, an ihrem Körper rieb.

Die leichten Sommerdecken brauchten sie nicht, da es eine warme Nacht war. Auf dem Nachttisch stand ein Kandelaber, seine Kerzen warfen mit ihren züngelnden Flammen weiches Licht in die Dunkelheit und ließen Licht und Schatten auf der Zimmerdecke tanzen.

Plötzlich spürte Arabella ein seltsames Prickeln im Genick, so als ob sie jemandes Blicke spürte. Einem Instinkt folgend öffnete sie die Augen.

Und da stand er.

Eric!

Sein Kopf lugte ein klein wenig über dem blickdichten Paravent hervor. Wenn dieses Prickeln in ihrem Nacken nicht gewesen wäre, ob sie ihn überhaupt wahrgenommen hätte?

Was würde geschehen, wenn David ihn bemerkte?

Die unterschiedlichsten Gefühle bestürmten sie. Es war wie ein Funkenregen, der durch sie hindurchfegte. Sie sah ihm direkt in die Augen, und da Eric sich nicht beschämt zurückzog, was sie eigentlich erwartet hätte, hatte sie keine Wahl, als einfach alles Weitere geschehen zu lassen.

Hatte sie es denn wirklich erwartet?

Dass er einfach wieder ging?

Ihr Herz hämmerte vor Aufregung und schlug noch einige Takte schneller. Jetzt war es also so weit, ihre Phantasie wurde Wirklichkeit. Es war so, wie sie es sich vorgestellt hatte.

Nein, viel besser.

Bisher hatte sie sich immer vorgestellt, dass es ein Fremder sein sollte, damit sie sich danach garantiert nicht mehr über den Weg laufen würden.

Aber war es so nicht noch viel aufregender?

Arabella ließ sich von David verwöhnen, während die Blicke von Eric auf ihrer Haut brannten und dort Hitzespuren hinterließen. Alles war viel intensiver und berauschender als je zuvor. Ihr Körper fühlte sich an, als wäre er in eine Feuersbrunst geraten, würde von Davids Zunge, seinen Fingerspitzen und seiner Männlichkeit regelrecht versengt werden. Die Blicke von Eric gaben ihrer Erregung noch mehr Feuer, ließen sie lichterloh brennen. Von dem Kerzenschein, der seltsame Schattengebilde ins Zimmer warf, wurde er in warmes Licht getaucht, das seine Augen funkeln ließ.

Noch vor kurzem hatte sie dem Liebespaar am See zugesehen, nun hatte sie selbst einen Zuschauer.

Eric sollte alles sehen, was aber in der jetzigen Position nicht möglich war, deshalb rutschte sie unter David langsam etwas mehr in Erics Richtung. David hielt es wohl für ein neues Spiel, deshalb lächelte er sie an und folgte ihr. Als David in sie gleiten wollte, hielt sie ihn zurück. «Ich möchte», brachte sie mit heiserer Stimme hervor, «dass du mich unten leckst.» Bereits als sie es aussprach, durchschoss sie ein erneuter Hitzepfeil. Sie fühlte jeden Millimeter ihres Körpers, der vor Begehren brannte. Das Feuer wurde genährt von Davids Händen und von Erics Augen, die die Szenerie aufnahmen. Alles genau beobachteten.

David kniete sich aufs Bett und zog Arabella zu sich heran. Er hob ihre Beine über seinen Nacken und hielt mit seinen Händen ihren Hintern genau vor sein Gesicht. «Du möchtest, dass ich dich lecke?»

Dann schoss seine feuchte Zunge über ihre Muschi, gefolgt von einem erneuten Hitzepfeil.

«So.» Wieder schoss seine Zunge über ihre feuchte Spalte.

Sie konnte nichts sagen, nur ein Stöhnen kam heraus.

Aus ihrer Position konnte sie sehen, wie er wieder seine Zunge über ihre Möse schlecken ließ, und sie spürte es fast einen Bruchteil früher, als sie es sah. Das war die Erregung. Die Aufregung. Arabella schaute unauffällig zum Paravent hinüber, sie wollte sehen, ob Eric immer noch da stand.

Er stand noch immer da und hielt seinen Schwanz in der Hand. Er war ebenfalls entbrannt. Kein Wunder, dachte sie. Plötzlich drang Davids Zunge tief in sie ein, und es war, als ob ihr ganzer Körper sich an diesem Punkt sammelte, dorthin floss. Eric ließ seinen Blick auf ihrem Körper ruhen, während seine Hand ganz sachte seinen Schwanz massierte.

Und sie war so geil wie niemals zuvor in ihrem Leben, und sie hatte schon oft megageilen Sex mit David gehabt. Aber das hier übertraf alles.

Davids Zunge war so intensiv, und jede Bewegung sandte Wellen von Hitze aus, die sich in ihrem Körper Bahn brachen. Dann fühlte sie es ... sie fühlte es ... es kam ... Und dann war es so weit.

Ein wahrer Funkenregen sauste auf sie herab und versengte ihren Körper, riss ihn mit in den Abgrund und erhob sie gleichzeitig in die Lüfte. Ein Gefühl, das schier unerträglich war. David streichelte ihr sanft über den Bauch und legte sich neben sie, während er sich genüsslich über den Mund leckte, der nass glänzte von ihrem Saft.

«Ich werde dich nicht zur Ruhe kommen lassen», flüsterte er. Da endlich die flirrenden Sterne vor ihren Augen verschwunden waren, drehte sie den Kopf zur Seite und sah David an. Zuerst sah sie ihn nur verschwommen, aber dann klarte sich ihr Blick auf, und sie lächelte ihn an.

Matt fragte sie ihn: «Wieso, was hast du vor?»

«Denkst du, du kannst noch eine Runde mitmachen?» Dabei lächelte er sie schelmisch an.

«Das lasse ich mir doch nicht entgehen.» Wobei sie nicht nur David die Antwort gab, sondern auch Eric, der immer noch seinen Schwanz in der Hand hielt, der im Kerzenlicht samten schimmerte.

«Bist du schon wieder in der Verfassung, dich umzudrehen?» David lächelte sie genießerisch an.

Umständlich und kraftlos drehte sich Arabella auf den Bauch und kniete sich dann ebenso umständlich und kraftlos hin.

«So?»

«Du wirst gleich ganz fertig sein, aber erst, wenn ich mit dir fertig bin.»

«Hm ... Das werden wir dann schon sehen.»

Eric stemmte sich ebenfalls auf die Knie und rutschte dann hinter sie, dabei strich sie kurz über seinen glatten, harten Schwanz.

«Es macht dich wohl an, wenn ich so fertig bin?», wollte sie wissen.

David leckte gerade mit seiner Zunge über eine ihrer Hinterbacken und zwickte sie dann zart mit den Zähnen. Biss mit den Zähnen in die empfindsame Haut neben ihrer erotischsten Zone. Was Feuerwellen durch sie hindurchkatapultierte. Noch ein Biss. Es war, als würde sie über glühende Kohlen laufen, ohne sich tatsächlich daran zu verbrennen. Und noch ein Biss. Sie zuckte zusammen, und Lust ergriff sie, machte sie nass, ließ Wellen kleiner Orgasmen durch sie hindurchfegen.

«Hm ...»

Seine Hände strichen über ihre Arschbacken, und dann spürte sie ihn. Wie er seinen Schwanz an ihre Muschi hob. Anklopfte. Sie sah sich um, und so sah sie gleichzeitig David, wie er hinter ihr kniete, und Eric, der nun ein wenig aus seiner Deckung gekommen war, da David ihn in dieser Position nicht sehen konnte. Als sie ihre beiden Schwänze sah, schoss bereits wieder heiße Lust in ihre Lenden.

Sie stützte sich so ab, dass sie unter ihren gespreizten Beinen durchsehen konnte. So hatte sie beide Männer, beide Schwänze im Blickfeld. Und da drückte sich Davids Schwanz an ihre Muschi und flutschte augenblicklich hinein. Wurde aufgesogen von ihrer Hitze, ihrer nassen Spalte. David hielt sie an den Hüften fest. Während er seinen

Schwanz in ihr ruhen ließ, wanderte seine Hand tiefer, und er streichelte sie, was sie noch mehr an ihn drängen ließ. Es war ein so starkes Gefühl, dass ihr ein Stöhnen entfuhr.

«Mach's mir! Jetzt!»

«Nicht so schnell. Du musst dich schon noch ein bisschen gedulden.»

Sie wimmerte leise vor sich hin, denn es war ... sie wollte ... sie konnte nicht warten ... Wenn seine Finger sie vorne streichelten, während er gleichzeitig mit seinem Schwanz tief in ihr drin steckte, dann war es, als würde er sie durchstoßen ... Sie durch sie hindurch berühren ... Es war so intensiv, so gegenwärtig.

Eric sah ihnen zu, und auch er ließ sich Zeit. Hielt nur seinen Schwanz in der Hand und rieb ihn ab und an. Und dieses Bild, Eric hinter dem Paravent, wie er sich selbst berührte, da schossen die Feuerpfeile nur so durch Arabellas Körper.

«Ich komme gleich», wimmerte sie.

«Nein, noch nicht. Ich bin noch nicht mit dir fertig.»

Bei diesen Worten hob David seine Hand an ihre Hüfte, während Eric sie genau beobachtete. Seinem Blick entging nicht die kleinste Bewegung. Es machte sie an, ließ sie kurz erschaudern. Jetzt bewegte sich David in ihr. Er hieb in sie in kurzen, harten Stößen.

Genussvoll.

Hart.

Tief.

Und noch tiefer. Bis er jeden Zoll ihrer Muschi ausfüllte und nur noch sein Schwanz für sie zählte. Wie er in sie hieb. Heftig. Stark. Langsam. Ehe er es ihr mit kraftvollen, immer schneller werdenden Stößen so richtig besorgte und sie immer mehr auf das Feuer zutrieb, das in ihr so lichterloh brannte.

Erics Hand flog über seinen Schwanz, so schnell, dass sie die einzelnen Bewegungen gar nicht mehr unterscheiden konnte. Wie gebannt starrte er auf die Szenerie. Ihnen zuzusehen machte ihn offensichtlich ebenso heiß wie sie, und da seine Lippen fest aufeinandergepresst waren, war Arabella sicher, dass er jeden Augenblick kommen würde und ...

David war unglaublich, er hatte erkannt, wie sehr sie inzwischen am Rande des Buschfeuers stand und nur noch auf ein wenig mehr wartete. Es brandete auf in ihr und fegte über sie hinweg, und in dem Moment, als der Feuersturm auf sie traf, sah sie Eric in die Augen, ehe sie sie vor tiefster Lust wieder schloss. Aber dieser Bruchteil einer Sekunde hatte ausgereicht, um zu sehen, wie Eric in die Nacht hinaustrat und sich gleichzeitig ein Schrei von ihren Lippen löste. Sie kam. Und kam.

«Eric hat gerade angerufen, er ist gut gelandet», sagte David, während er ins Bett schlüpfte, nur mit Boxershorts bekleidet.

«Das ist gut», sagte Arabella.

Wieder einmal fiel ihr auf, dass David inzwischen einen winzigen Bauchansatz bekam, aber es störte sie nicht. Im Gegenteil, sie mochte Dinge und Menschen, die nicht perfekt waren und nicht der Norm entsprachen.

Arabella lag schon seit einiger Zeit im Ehebett und dachte über das Gespräch nach, das sie am Morgen zwischen Eric und David belauscht hatte. Ein Gespräch, das für sie voller Überraschungen gewesen war und ihr wieder einmal gezeigt hatte, wie notwendig es war, über alles zu sprechen, was wichtig war.

Die Bettstatt ruckelte ein wenig, bis David eine bequeme Position gefunden hatte, aber dann griff er nach ihrer Hand.

Sie drehte sich ihm zu und kuschelte sich an ihn, eine Stellung, die sie typischerweise einnahm, wenn sie noch etwas mit David zu bereden hatte. Aber zuerst drückte sie ihm einen kleinen Kuss auf seine Lippen. «David, ich habe heute ein Gespräch zwischen dir und Eric mitbekommen.»

Sofort sah sie, wie es in Davids Kopf arbeitete. Er sagte nichts, aber sein Finger, der eben noch ihren Handballen liebkost hatte, hörte abrupt damit auf.

«Du und Eric ... ihr hattet das vorher geplant. Er sollte uns hier zusehen.» Dabei deutete sie mit ihren Augen auf das Bett. Sie hatte es nicht als Frage, sondern als Feststellung formuliert. Es schien, als würde er die Luft anhalten – und er versteifte sich.

Endlich raffte er sich zu einer Antwort auf. «Da hast du bestimmt etwas falsch verstanden, meinst du nicht?» Es klang sehr vorsichtig, wie er es sagte. Ob sie ihn noch ein wenig zappeln lassen sollte? Wenn sie gemein wäre, würde sie es so machen.

«Du sagst ja gar nichts.» David war die Verunsicherung anzumerken.

«Ich überlege noch, wie ich es am besten formuliere.» Dann hielt sie es nicht mehr aus und lachte, bis ihr die Tränen kamen, was David sichtlich irritierte. Er verstand wahrscheinlich die Welt nicht mehr. Arabella lachte immer noch. Als sie sich etwas beruhigt hatte, sagte sie: «Das war phantastisch! Das habe ich mir schon immer gewünscht, ich habe mich nur einfach nicht getraut, dich darauf anzusprechen.» Sie neigte ihren Kopf und gab David einen innigen Kuss, den er zuerst nicht erwiderte, was ihr durchaus verständlich war. Aber dann, als diese Neuigkeit etwas gesackt war, erwiderte er ihn aufs innigste. Schließlich löste Arabella sich wieder von ihm und lächelte ihn liebevoll an. «David, wir haben schon wieder eine Gemeinsamkeit entdeckt. Noch etwas, das uns miteinander verbindet.»

WIE MAN SICH BETTET ...

Duvessa saß mit Andrea im *Luigis*, dem tollsten Restaurant, das die Stadt zu bieten hatte. Duvessa trug wie immer die neueste Mode und einen unverbindlichen Gesichtsausdruck. Andrea war die einzige Bekannte, die es mit Duvessa aushielt, aber nur deshalb, weil Duvessa noch keine Gelegenheit dazu gehabt hatte, Andrea den Freund auszuspannen. Allerdings gab es derzeit auch keinen Mann in Andreas Leben, und bei den Männern davor hatte Duvessa gerade immer eine bessere Beute in Aussicht gehabt.

Duvessa bedeutet «die schöne Schwarze», ein irischer Name, den ihre Mutter Tessa ihr gegeben hatte. Ein ausgefallener Name, der rassig, aber auch ein wenig blasiert klang. Es kam ganz darauf an, wer ihn aussprach und in welcher Stimmung derjenige gerade war. Ihre Mutter hatte den Namen wider alle Tradition in der Familie ihres Exmannes ausgesucht. Seine Familie hätte «Martina» oder «Gerlinde» bevorzugt, Namen, die «einen Wert besaßen», einen christlichen Hintergrund hatten, aber dagegen hatte Tessa sich mit Händen und Füßen zur Wehr gesetzt. Außerdem, so sagte sie immer, habe sie schon damals gewusst, dass ihre Tochter etwas ganz Besonderes war. Sie und Duvessa lebten mit ihrer Großmutter in einem Haus, das groß genug wäre, um vier Generationen Frauen zu beherbergen, drei stellten da keine Herausforderung dar.

Sie waren Frauen, die auffielen, wo immer sie auftauchten. Trotz ihres hohen Alters stach ihre Großmutter aus einer Gruppe von gleichaltrigen Frauen heraus wie eine edle, rassige Rose zwischen halbverwelkten Wiesenblumen. Duvessas Großmutter erzählte immer wieder gerne, dass der saufende Frank nichts für sie gewesen war. Zu einer Zeit, in der es üblich war, dass Ehepartner auf Biegen und Brechen zusammenblieben, hatte sie sich scheiden lassen, selbst da war ihre Oma ihrer Zeit weit voraus gewesen. Immer noch die klügste Entscheidung ihres Lebens, wie sie ebenso oft wie gerne erzählte.

Tessa war genauso hübsch anzusehen wie Duvessa. Alle drei Frauen waren schwarzhaarig mit einem edlen, rassigen Gesicht von auffallender Schönheit. Wenn sie einen Raum betraten, hielt die Umgebung den Atem an. Und das bildeten sie sich nicht nur ein, nein, es war ihnen oft genug gesagt worden.

Allerdings waren sie ein Haufen nymphomanischer Weiber, wie ebenso gerne erzählt wurde. Nichtsdestotrotz fielen immer wieder Männer auf sie herein, verschenkten ihr Herz an sie, wo sie nichts weiter wollten, als die Jagd um des Jagens willen und ein wenig Abwechslung. Ihre Großmutter und Mutter hatten beide ihre Männer verlassen. Ihre Mutter allerdings aus einem anderen Grund. Sie hatte ihren Mann nur geheiratet, damit Duvessa einen Vater hatte, aber schon nach einigen Jahren war Tessa seiner überdrüssig geworden und hatte sich wieder ihrer Lieblingsbeschäftigung zugewandt, nämlich Männer zu sammeln wie andere Frauen Topflappen.

Man könnte vermuten, dass ein solcher Schlag Frauen nicht geeignet sei, ein Kind großzuziehen, noch dazu ein Mädchen. Weit gefehlt.

Duvessa liebte ihre Mutter heiß und innig und ihre

Großmutter nicht minder. Und die wiederum liebten einander. Natürlich war ihre Art zu leben und mit Männern umzugehen nicht spurlos an Duvessa vorübergegangen. Das mochte vielleicht für sie der Grund gewesen sein, warum sie sich geschworen hatte, nur ein reicher Mann wäre ihrer würdig. Denn sollte sie sich von einem solchen trennen, dann hatte sie wenigstens etwas davon. Hier, bei einer so wichtigen Angelegenheit, wollte sie keine halben Sachen machen. Alle anderen Männer, mit denen sie sich in der Zwischenzeit vergnügte, waren nur Übungspartner für das große Finale.

Bei *Luigi* traf man immer wieder gute Leute, was für Duvessa nichts anderes hieß, als dass eine Frau ausgesorgt hatte, wenn sie sich einen Mann angelte, der dort verkehrte. Dafür war das Lokal über die Grenzen der Stadt hinaus bekannt. Neben ihr saßen die Sass', er war Bankdirektor, einen Tisch weiter ließ es sich Herr Gnädter, der größte Bauunternehmer weit und breit, gutgehen. Und es war noch einiges mehr an lokaler Prominenz anwesend. Dazwischen saßen Touristen, um zu gucken, und Menschen, die von weit außerhalb gekommen waren, um hier ein besonderes Ereignis stilvoll zu feiern. Was sie sich einiges kosten ließen.

Der Laden war für solche Feiern bestens geeignet: Dunkler Holzboden mit einer schönen Maserung, eine Decke mit eingelassenen Holzbalken, dazwischen edles mediterranes Ambiente. Nichts war kitschig oder überladen, alles war sehr geschmackvoll eingerichtet. Abgerundet wurde das Ganze von Kellnern, die gut bei den Damen ankamen und gleichzeitig unaufdringlich ihrer Arbeit nachgingen.

«Hast du schon gehört, dass Kathrin ihren Mann in flagranti mit ihrem neuen Au-pair erwischt hat?» Andrea hatte ihre Stimme gesenkt.

«Ach ja? Und was hat sie gemacht?», fragte Duvessa, nicht sonderlich interessiert. Sie schob vornehm den nächsten Bissen ihres Spargels in den Mund, der exquisit mundete.

«Sie hat das Mädchen sofort gefeuert und ihren Mann vor die Tür gesetzt. Was denkst du denn?» Andrea beugte sich näher, damit sie noch leiser sprechen konnte. «Sie hat erst gar nicht lange gefackelt, sondern sofort ihren Fotoapparat geschnappt und Fotos für den Anwalt gemacht. Damit hat er», Andrea formte eine Null mit den Fingern, «keine Chance. Der ist vernichtet.» Dabei zeigte sie mit ihren Fingern, was sie meinte. Zwischen Daumen und Zeigefinger hätte nicht einmal mehr eine Laus Platz gefunden.

Andrea hatte das gleiche Gericht bestellt wie Duvessa und aß nun selber einen Bissen von dem Spargel.

Duvessa nahm noch einen weiteren Happen, ehe sie antwortete: «Mein Gott, was die alle haben. Der ist doch schon immer untreu gewesen, wozu sich jetzt so darüber aufregen. Völlig umsonst.» Dazu machte sie eine Handbewegung, als würde sie eine lästige Fliege vertreiben.

Für sie war es unverständlich, warum manche Frauen um Seitensprünge so ein Aufhebens machten. Männer gingen immer fremd, wenn die Gelegenheit passend war. Davon war sie überzeugt, und war sie nicht der lebende Beweis dafür, dass es so war? Sie konnte doch geradezu jeden Mann um den kleinen Finger wickeln, egal, ob verheiratet oder sonst wie vergeben. Pah! Wenn die Gelegenheit stimmte, und dafür konnten Frauen wie sie mühelos sorgen, dann hatte kein Mann auch nur den Hauch einer Chance. Vergebene Liebesmüh.

Andrea hielt inne, und die Gabel, die gerade auf dem Weg zu ihrem Mund war, blieb in der Luft stehen. «Das würde dir nichts ausmachen?», wollte Andrea irritiert wissen. Dann erst schob sie den Bissen in den Mund.

«Ich würde ihn bereits beim ersten Mal rauswerfen und nicht jahrelang warten. Außerdem heirate ich sowieso nur einen reichen Mann, und wenn er fremdgeht, dann bitte schön.» Begleitend zu ihren Worten breitete Duvessa ihre Arme aus. «Soll er, es gibt genügend andere, und gleichzeitig könnte ich es mir gutgehen lassen.»

Andrea sah sie verständnislos an. «Nun, von dem Geld, das er mir dafür zahlen müsste», schob Duvessa nach, «falls ich seiner dann auch überdrüssig wäre.»

An ihnen wurde gerade Essen vorbeigetragen, und alleine für den Geruch müsste man eigentlich Eintritt zahlen, schoss es Duvessa durch den Kopf. Und dazu noch die jungen Kellner, die auch wirklich zu gut aussahen. Einer eine größere Augenweide als der andere.

«Und du denkst, das würde reichen?», fragte Andrea ungläubig. «Was ist mit der Liebe? Mit dem Vertrauen, das verlorengeht?»

«Was soll damit sein?», fragte Duvessa.

«Ja, aber … Ich meine, wenn du jemanden liebst, dann schmerzt es doch, wenn er fremdgeht.»

Duvessa winkte ab. «Ich werde nicht aus Liebe heiraten. Was soll ich mit Liebe?»

«Ja, aber …»

Duvessa unterbrach Andrea. «Nichts aber. Liebe macht einen verletzbar.» Verächtlich fügte sie hinzu: «Schwach.

Nein. Ich will Sicherheit. Geld ist alles, was am Schluss zählt. Was hat man schon von Gefühlen. Davon kann ich mir nichts kaufen.»

Andrea warf ihr einen Blick zu, als würde sie nicht glauben, was Duvessa gerade von sich gegeben hatte. Als könnte sie nicht glauben, dass sie wirklich so dachte.

«Jetzt schau mich nicht so an. Das ist meine Meinung. Nur so werde ich handeln.»

Dann erregte jemand am Eingang ihre Aufmerksamkeit. Sie wäre nicht Duvessa, wenn sie nicht sofort gesehen hätte, dass da ein Rassepferd den Stall betrat. Ein Mann mit Geschmack, der zwar bequeme Kleidung trug, die aber von Hugo Boss. Ihn konnte sie sich auch gut in Galakleidung vorstellen. In einem Anzug, der seiner Figur schmeichelte. Eine gewisse Lässigkeit ging von ihm aus. Hier aus der Gegend war er nicht, der wäre ihr längst aufgefallen.

Wer er wohl war?

Das würde sie schnell herausbekommen. Dann sah er sie. Aber er streifte sie nur kurz mit einem Blick. Er biss nicht an.

Wie konnte das sein?

Normalerweise, wenn Männer sie sahen, dann konnte sie bereits in deren Blick erkennen, wie sehr sie sie wollten.

Wieso er nicht?
Sie wollte ihn.
Sie musste ihn haben.

Einen Tag später hatte sie herausgefunden, um wen es sich handelte. Er hieß Henning Stresemann. Das hatte sie von einem der jungen Kellner erfahren. Nach und nach hatte sie die Informationen gesammelt, die sie benötigte, auch wenn sie nicht viel über ihn in Erfahrung bringen konnte. Henning, was für ein vornehmer Name. Henning ... Seit einigen Tagen kreisten ihre Gedanken um ihn. Das kannte sie schon von sich, denn so erging es ihr immer, wenn ihr Interesse an einem bestimmten Mann geweckt worden war. Wenn sie sie zu langweilen begannen, servierte sie die Männer eiskalt ab und verschwendete anschließend keinen Gedanken mehr an sie. Aber irgendetwas sagte ihr, dass es bei Henning etwas anders sein würde. Ach, papperlapapp, tat sie es gleich ab.

Duvessa hielt einige Kilometer entfernt auf einer Anhöhe und ließ das Panorama auf sich wirken. Von hier aus hatte sie einen guten Überblick über das Gut, das Henning, wie sie ihn in Gedanken bereits vertraut nannte, laut ihren Informanten vor einer Weile gekauft hatte.

Hier könnte sie sich wohl fühlen. Zumindest für eine Weile. Er wusste es noch nicht, aber sie hatte ihn sich auserkoren. Er würde der Mann werden, den sie zu ehelichen gedachte. Liebe? Völlig unwichtig!

Auf die Ziele, die man hatte, kam es an. Alles andere war Nebensache.

Sie startete den Motor und fuhr weiter.

Als sie vor dem Gut ankam, trat Henning gerade auf den Hof. Er trug Arbeitskleidung, aber selbst darin sah er verdammt sexy aus, wie sie zugeben musste. Denn so ganz unwichtig war es ihr dann doch nicht, wie ihr Zukünftiger daherkam. Warum sollte sie einen nehmen, der kahl und klein war, womöglich noch dick, wenn sie doch einen haben konnte, der gut in Schuss war. Gewisse Ansprüche stellte sie in der Hinsicht schon, schließlich hatte sie auch einiges zu bieten. Mit einer Frau wie ihr konnte ein Mann sich sehen lassen. Sie würde niemals fett werden, gute Gene besaß sie ebenfalls, und Konversation machen konnte sie auch. Mit ihr langweilte sich so schnell keiner.

Sie hob ihre wohlgeformten Beine, die schon so mancher gerühmt hatte, aus dem schnittigen Cabriolet und stieg aus dem Wagen. Absichtlich hatte sie darauf verzichtet, vorab mit ihm einen Termin zu vereinbaren. So konnte sie sich am besten ein Bild von ihm machen, ob er alleine lebte, ob er irgendwelche schlechten Angewohnheiten hatte oder ob sonst etwas mit ihm vielleicht nicht stimmte. Ihr war es immer lieber, so etwas gleich zu Anfang zu klären.

Henning ging auf sie zu, und sie sahen sich einen Augenblick an. Da er nichts sagte, ergriff sie das Wort.

«Herr Stresemann. Mein Name ist Duvessa Lieblich.» Sie streckte ihm graziös ihre Hand entgegen. Immer noch sah er sie einfach nur an. Er hatte einen Blick, der sie etwas verunsicherte, aber das würde sie ihn niemals merken lassen. Noch gab er ihr die Hand nicht.

«Guten Tag», sagte er schließlich und gab ihr endlich die Hand.

Wieder vergingen einige Sekunden, in denen nichts geschah. «Möchten Sie nicht fragen, was Sie für mich tun können?», fragte sie.

«Bei passender Gelegenheit werden Sie es mir schon noch sagen.» Seine Augen lächelten spöttisch.

Es schien, als würde sie es bei ihm nicht ganz so einfach haben.

Ein wenig ärgerte sie sich über sein Desinteresse, aber gleichzeitig forderte es sie heraus.

Das weitläufige Gelände des Guts war zwischen Wiesen und Feldern eingebettet. An einem Ende wurde es von einem kleinen Wäldchen gesäumt. Sanfte und dennoch saftige Farben, so weit das Auge reichte. Ein herrlicher Besitz. Keine Frage. Wobei sie in dieser Einöde wahrscheinlich auf Dauer eingehen würde und sich sehr schnell um Ablenkung kümmern müsste.

Sie zog einen Mundwinkel nach oben – was ihr, wie sie wusste, ebenfalls einen spöttischen Ausdruck verlieh –, ehe sie sprach.

«Ein schönes Fleckchen Erde haben Sie sich hier ausgesucht.»

Wieder sah er sie nur an. Seine stille Weigerung spornte sie tatsächlich noch mehr an.

«Dürfte ich mir Ihre Schreinerarbeiten ansehen? Ich spiele mit dem Gedanken, mir ein neues Schlafzimmer von Ihnen anfertigen zu lassen.»

Wieder erntete sie ein spöttisches Lächeln.

«Kommen Sie.»

Mehr sagte er nicht, sondern ging einfach voraus in ein Nebengebäude, das direkt an das Haupthaus anschloss. Er schob das große Holztor auf, und sogleich schlug ihnen der kräftige, warme Duft von Hölzern entgegen. Sie war überrascht, wie angenehm ihr der Duft war. Männlich ... Der Raum und das Gut passten zu ihm, und er passte in diese Umgebung genauso gut wie ins *Luigis*. Warum nur war ihr dieser Mann nicht mehr aus dem Kopf gegangen?

«Das dort hinten ist ja ein herrliches Stück», meinte sie und zeigte euphorisch mit ihrer Hand darauf.

Seine Stimme klang niedergeschlagen, als er antwortete: «Ja, es ist fertig und wird bald abgeholt.»

«Das klingt aber traurig.» Sie sah ihm in seine tiefblauen Augen.

«Ich denke, das kommt daher, dass ich mich immer nur schwer von meinen Möbeln trennen kann.» Nachdenklich wandte er seinen Blick ab und sah zu dem besagten Möbelstück hinüber.

Es standen allerlei Gerätschaften im Stadel, die sie gar nicht zuordnen konnte, außer der Kreissäge hätte sie nichts beim Namen nennen können.

«Für wen ist der Schrank?», wollte sie wissen.

«Für einen Prinzen aus den Arabischen Emiraten.»

Damit sie besser beurteilen konnte, ob er sich einen Scherz mit ihr erlaubte, sah sie ihm in die Augen. Aber nein, es war kein Scherz.

«Haben Sie mehrere solcher Kunden?», wollte sie wissen, während sie beide weiter in den Raum hineingingen.

«Ja.» Dieses Gespräch schien ihm nicht wichtig zu sein. Unbeteiligt fragte er: «Und was brauchen Sie?» Erst jetzt sah er sie wieder an, jedoch war der spöttische Ausdruck aus seinem Gesicht verschwunden.

«Ich möchte gerne, dass Sie sich mein *Schlafzimmer* ansehen», dabei sprach sie das Wort Schlafzimmer extra doppeldeutig aus. «Vielleicht könnten Sie mir Skizzen davon anfertigen, was für Ideen Sie für mein *Schlafzimmer* haben. Ich habe gehört, dass Sie wunderschöne Möbel anfertigen, und jetzt habe ich es mit eigenen Augen gesehen.»

Sie näherte sich Henning und sah ihn intensiv an. Diesem Blick hatte bisher noch kein Mann widerstehen können, und das kostete sie weidlich aus, aber wieder war seinem Blick nicht zu entnehmen, ob er mehr von ihr wollte. Jedoch würde ihm sein abweisendes Verhalten letztendlich nichts nützen. Der Duft, den er verströmte, war erdig und sehr angenehm, er sah gut aus, und wenn sie ihn ansah, gerieten ihre Hormone in Wallung.

«Es ist schön hier», hauchte sie.

Henning lächelte sie wissend an und legte beide Hände auf ihre Schultern. Dieses Mal sah er sie intensiv an und meinte: «Lassen Sie uns doch du sagen – Duvessa, nicht wahr?» Seine Stimme war um ein paar Nuancen dunkler geworden. «Ich bin Henning.» Dann nahm er seine Hände wieder weg. Erst jetzt bemerkte sie, wie warm sie gewesen waren.

Diese Wendung überraschte sie. Das hatte sie nicht kommen sehen.

Versagten ihre Instinkte?

«Darf ich dich morgen Abend zum Essen einladen?»

Wieder eine Wendung, die noch unverhoffter gekommen war.

Sie drehte sich um und ging einige Schritte weg. Sie wollte ihm den Anblick ihres wohlgeformten Hinterns bieten, und sie wollte einige Sekunden so tun, als würde sie überlegen, um ihn noch ein wenig im Unklaren zu lassen.

O ja, sie beherrschte das Spiel mit den Männern. Für sie hatten sie nichts Mysteriöses oder Geheimnisvolles an sich, sie waren so einfach gestrickt, dass es für sie kinderleicht war, an sie heranzukommen. Diese braven Hausmütterchen hatten einfach gegen ihre Raffinesse keine Chance. Die würden niemals kapieren, wie ein Mann tickte, und das war ihr Vorteil.

Henning hatte ihr Schlafzimmer gleich am nächsten Tag ausgemessen. Sie hatte heftig mit ihm geflirtet, und beide hatten sich in Doppeldeutigkeiten ergangen und waren umeinander herumgeschlichen, und langsam schien er anzubeißen, obwohl er sie immer noch zappeln ließ. Sie würde ihre ganze Raffinesse einsetzen müssen.

Eine wirkliche Herausforderung für sie.

Wieder hielt sie auf der Anhöhe, damit sie das Gut und die Szenerie auf sich wirken lassen konnte. Bald würde sie hier die Königin sein, und er würde ihr jeden Wunsch von den Augen ablesen. Und wer weiß, es kamen viele reiche Männer vorbei, um Henning ihre Aufträge zu erteilen, und vielleicht war einer darunter, der ihr noch mehr zusagte als er.

Inzwischen war sie zehn Minuten zu spät, aber das war Kalkül. Sie legte den Gang ein und fuhr die Anhöhe hinunter. Vor seinem Gut hielt sie an. Kaum stand das Auto, trat Henning aus der Tür. Im Türrahmen blieb er stehen und machte keinerlei Anstalten, ihr die Autotür aufzuhalten. Das würde sie ihm schon noch beibringen, schneller als er bis drei zählen konnte. Manchmal fragte sie sich allerdings, warum sie so wenig über ihn in Erfahrung bringen konnte, aber dann verdrängte sie diesen Gedanken wieder.

Für das heutige Treffen hatte sie sich extra ein neues Kleid gekauft, das schulterfrei war, von einem Neckholder gehalten wurde und leicht glockig bis zu den Knien fiel. Das Knallrot schmeichelte ihr, das wusste sie genau, und es bildete einen wunderbaren Kontrast zu ihren dunklen langen Haaren.

«Hallo, Duvessa. Lass uns durchs Haus gehen. Ich habe allerdings im Garten gedeckt. Ich hoffe, das ist dir recht?» Er gab ihr die Hand. Seine Haut fühlte sich warm an, der Händedruck war fest, und sie war verwundert, dass sie keine Schwielen vom Arbeiten an seiner Hand spürte.

Nichts ließ erkennen, ob es mehr als ein Abendessen werden würde.

«Ich gehe voraus.» Sein Lächeln gefiel ihr.

Im Haus roch es nach frischgemähtem Gras, dieser Duft war wohl beim Lüften durch die Räume gezogen. Die meisten Türen, die von der Diele abgingen, waren geschlossen, aber die Diele war so lang, dass man sich ausmalen konnte, wie geräumig das Haus sein musste. Eine wunderbar gearbeitete Holztreppe führte ins obere Stockwerk, und die Tür zur Küche stand offen. Eine Küche, in der sich die meisten Frauen wohl gefühlt hätten. Sie dagegen hatte nie gerne gekocht und würde es bei Henning bestimmt nicht anfangen. Die Küche war mit allerlei Gerätschaften ausgestattet, unter anderem natürlich Geschirrspüler, Kühlschrank und Gefriertruhe, alles auf dem neuesten Stand, und dazu Schränke und Arbeitsflächen aus helllackiertem Holz.

Er führte sie zu einer Tür, die wundervolle Schnitzereien aufwies, und als er sie öffnete, tat sich vor ihr eine riesige Terrasse auf, hinter der sich die freie Natur erstreckte.

Der Grill war bereits angeworfen, und auf ihm lagen Speisen, die in Alufolie gepackt waren, wahrscheinlich Kartoffeln, überlegte sie. Ein Holztisch stand auf Steinplatten, an dem gut und gerne zehn Personen Platz finden konnten. Er war für zwei Personen gedeckt.

«Hast du den Tisch selbst geschreinert?», wollte sie wissen.

«Ja, der ist aus meiner eigenen Werkstatt.»

Sie sah ihn an. «Immer wenn ich Menschen kennengelernt habe, die ein Handwerk ausübten, dann haben sie ausschließlich für andere etwas gemacht, nur für sich selbst nicht. Das scheint bei dir anders zu sein.»

«Das hast du gut erkannt. Wenn du möchtest, setz dich. Ich brauche nur noch das Fleisch aufzulegen. Was möchtest du? Nackensteak oder lieber Würstchen?»

Sie lächelte. «Lieber das Steak.»

Er legte zwei Steaks und Würstchen auf. Bis das Essen so weit war, nahm sie auf der großen Holzbank Platz, auf der ein Polster lag, dessen Stoff mit fröhlichen Sommerfarben bedruckt war. Sie achtete darauf, dass Henning ihre Beine zu sehen bekam. Wie sie wusste, waren sie perfekt geformt, und sie nutzte diesen körperlichen Vorteil gerne aus. Wie so viele andere auch.

«Darf ich dir einen Rotwein anbieten, oder möchtest du lieber Bier?»

«Lieber Rotwein.» Sie besah sich das Etikett. «Nicht schlecht. Ein Barolo aus dem Piemont. Guter Geschmack.»

«Man tut, was man kann.» Er schenkte ihr Glas voll, in seinem war bereits Rotwein. Anschließend ging er zurück zum Grill und wendete die Würstchen. Dabei hatte sie wieder einmal die Gelegenheit, ausgiebig seine Figur zu bewundern. Seine Jeans umschloss seinen Hintern wie eine zweite Haut, seine Taille war schmal, und sein Brustkorb breit. Lange Beine.

«Ich nehme an, dass du keine Freundin hast?», versuchte es Duvessa.

Er hob den Kopf, sah sie an, lächelte, gab aber keine Antwort. Dann sah er wieder zum Fleisch und wendete eines der Stücke.

«Du erzählst wohl nicht gerne von dir?»

Wieder sah Henning sie an. «Da gibt es nicht viel zu erzählen.» Er wandte sich wieder dem Grill zu.

«Wo hast du vorher gelebt?»

«Duvessa.» Sein Lächeln sagte ihr, dass sie sich die Zähne an ihm ausbeißen würde. «Vergiss es. Ich bin hier. Mehr gibt es nicht zu berichten.»

Es war wie verhext. Normalerweise bekam sie schnell über jeden etwas heraus, aber nicht über ihn.

Das gegrillte Fleisch roch phantastisch. Eine Schüssel mit Salat stand auf dem Tisch bereit. Außerdem gab es noch jede Menge verschiedener Soßen und frisches Baguette.

«Du liebst es wohl geheimnisvoll, was?» Sie lächelte ihn an, als er wieder den Kopf hob und sie ansah.

«Und du gibst wohl nie auf?» Das Fleisch schien fertig zu sein, denn er spießte es auf, legte es auf einen Teller, der auf einem Servierwagen bereitgestanden hatte, und kam damit zurück zum Tisch. Selbstverständlich waren ihr die Servietten aufgefallen, die schön gefaltet auf dem Tellerrand bereitgelegen hatten. Er hatte wirklich an alles gedacht. Er legte ihr ein Steak auf den Teller und dann das andere auf seinen. Nochmals mischte er den Salat, ehe er ihn servierte. «Mehr?», fragte er sie. Es war nur ein einfaches Wort, aber mit seiner Stimme brachte es ihr Blut in Wallung.

«Viel mehr», hauchte sie zurück und sah ihm tief in die Augen, die plötzlich aufblitzten.

«Ich hätte nun doch gerne ein *Würstchen*.»

Henning legte es ihr auf den Teller. Sie schnitt ein Stück davon ab, tauchte es in den Senf auf seinem Teller und schob es sich so lasziv wie möglich in den Mund, wobei sie nicht zuließ, dass er wegsah. Sein Adamsapfel hüpfte, als sie das Würstchen mit ihrer Zunge entgegennahm und es so in den Mund gleiten ließ.

«Da möchte man doch gerne ein Würstchen sein.»

Sie schluckte erst hinunter und lachte dann schallend. «Das lässt sich machen. Meinst du nicht, Henning?»

«Du gehst ganz schön ran, meine Liebe.» Wieder konnte sie nicht erkennen, ob er an ihr Interesse hatte oder nicht.

«Was kann ich dafür?», schnurrte sie. «Du hast damit angefangen. Das Essen. Du kochst. Wir zwei ganz *alleine*. Da kann frau schon auf Ideen kommen.» Aus der Ferne drang das Hacken eines Spechtes zu ihnen heran. Über ihnen segelten Mauerschwalben dahin, Bienen summten. Alles in allem eine Idylle wie aus einem Bilderbuch, dachte Duvessa.

Absichtlich legte sie eine ihrer gepflegten und frischmanikürten Hände in die Mitte des Tisches, und wie beabsichtigt, aber nicht unbedingt vorhersehbar, legte er seine darauf. Er streichelte ihren Handrücken, was ihre Hormone noch mehr in Wallung brachte.

Solange sie um einen Mann buhlte, stand ihr Körper die ganze Zeit unter Strom. Sie wollte genommen werden, wollte spüren, dass Leben durch ihren Körper pumpte. Diese Erregung, die sie fühlte, wenn sie auf der Pirsch war, diese Geilheit, die sie die ganze Zeit über befiel, war für sie ein sehr wichtiger Bestandteil ihres Lebens. Das alles brauchte sie. Außerdem wollte sie begehrt werden, hungerte ständig danach. Na und, dann war sie halt geltungssüchtig. Sie konnte damit leben. Was andere davon hielten, war ihr vollkommen egal.

Als Henning ihre Hand streichelte, prickelte ihr ganzer Körper. Sie drehte seine Hand, bis ihre oben lag, dann fuhr sie mit ihren Fingern seinen Zeigefinger entlang, während sie noch einen Bissen von dem Würstchen in ihren Mund gleiten ließ.

Nachdem sie gegessen hatten, stand er auf, kam um

den Tisch herum, half ihr beim Aufstehen und führte sie zu einer Couch, die unter einer Glasüberdachung mit Blick ins Grüne stand. Er setzte sich, zog sie auf seinen Schoß, und sie spürte die riesige Ausbuchtung unter sich. Sofort breitete sich mehr Hitze in ihrem Körper aus.

«Ich dachte, wir essen nur gemeinsam», sagte sie.

«Ich habe dich absichtlich ein wenig im Unklaren gelassen, denn ich wollte das Spiel ein wenig interessanter gestalten», sagte er rau an ihrem Rücken.

Normalerweise war sie die Manipulatorin, er beherrschte es aber genauso gut, wie es schien. Es wurde immer interessanter.

Sie spürte, wie er ihre Haare zur Seite schob und ihren Nacken küsste, ehe er seine Hände in den Ausschnitt ihres Kleides gleiten ließ und ihre Brüste knetete, ihre Nippel hart machte, sie mit dem Fingernagel noch härter werden ließ. Dabei küsste er sie verspielt auf die Schulter. Lustschauer rannen über ihren Rücken.

Ja, das war, was sie sich die ganze Zeit ausgemalt hatte. Seine Zunge, die über ihre Schulter streichelte, die sie massierte, während seine Hände ihre Brüste kneteten und sie seinen steifen Schwanz unter sich fühlte. Heißes Verlangen pochte in ihrer Möse, und sie stellte sich vor, wie sie seinen Schwanz in sich aufnahm, ihn in sich hineintrieb, weshalb sie sich nun wollüstig an ihm rieb, mit ihrem Hintern die harte Länge seines Schwanzes abfuhr. Den Moment herbeisehnte, wenn er endlich in sie eindrang. Allein dieser Gedanke ließ sie feucht werden – bereit, bereit für den Sex mit ihm.

Sex. Sex. Sex.

Mit ihm.

Eigentlich hatte sie nicht damit gerechnet, dass es so schnell gehen würde. Er hatte sich nicht in die Karten schauen lassen und nun bekam sie doch, was sie schon seit Tagen ersehnt hatte.

Ihn.

Und hatte er erst einmal Sex mit ihr, würde er ihr bald völlig ergeben sein. Das war ein Gedanke, der sich in ihrem Kopf wie ein Kreisel drehte und sie noch feuchter werden ließ.

«Du fühlst dich gut an», flüsterte Henning zwischen leichten Küssen. Mit einer Hand streichelte er über dem Kleid ihren Bauch. Ließ seine Finger langsam über ihren Bauch wandern, etwas nach unten und dann wieder nach oben, was ihren Wunsch nach Sex ins Unerträgliche steigerte. Aufreizend langsam fuhr er an einem ihrer Beine entlang, ehe er mit der Hand unter das Kleid glitt. Sie könnte es kaum noch erwarten. Wann würde er sie endlich da unten anfassen?

Sie endlich nehmen?

Er bestimmte den Rhythmus, sie gehorchte.

Er streichelte an ihrem glatten Schenkel entlang, bis er am Stringtanga ankam. Verharrte.

Wann endlich würde er sie mit den Fingern an ihrer Nässe berühren?

Betörend langsam fuhr er einfach mit seinen Fingern unter dieses winzige Stoffteil, das ihre Muschi notdürftig verhüllte, schob es achtlos zur Seite. Berührte sie kurz.

Ganz kurz.

Was all ihre Nerven zum Klingen brachte. Er wartete einige Sekunden – ließ die Finger auf ihrer rasierten Scham liegen, was sie lustvoll aufstöhnen ließ. Wie bereit sie war.

Schließlich hatte sie seit Tagen keinen anderen Gedanken mehr gehabt, ständig war Sex, Sex mit ihm, durch ihren Kopf gegeistert. Wie eine Katze schnurrte sie in seinen Armen, lehnte sich mit ihrem Oberkörper weiter zurück, damit er leichter an ihre empfindsamste Stelle herankam. Sie schob das Kleid über ihre Hüften, hielt es fest, damit sie seine Finger beobachten konnte. Sie wollte alles sehen. Wollte sehen, wenn er die Finger in sie stieß. Als er endlich mit ihnen in sie eindrang, war ein einziges Bersten in ihrem Körper zu spüren. Sie streckte sich ihm entgegen, wollte mehr.

Viel mehr.

Wollte ihn einsaugen. Dort behalten. Ihn nicht mehr loslassen. Sie war so empfindlich, am liebsten hätte sie sich einfach rittlings auf ihn gesetzt, aber dennoch wollte sie noch etwas warten, es hinauszögern. Ihre Möse pulsierte heftig, pumpte Blut mit Hochdruck hinein, machte sie empfindlich für jede seiner Bewegungen. Während er sie streichelte, bekam sie nichts mehr von ihrer Umgebung mit. Mit jeder Bewegung seiner Finger wurde sie geiler, williger.

Es tat so gut.

Genauso wollte sie es. So sollte er sie anfassen.

Mal streichelte er sie gegen den Strich, mal mit dem Strich, mal etwas schneller, dann wieder aufreizend langsam. Es war, als würde er geübt ein Instrument spielen, würde diesem Ton um Ton die schönsten Melodien entlocken.

Eine Hand ließ er an ihrer Brust, liebkoste diese weiter, gleichzeitig leckte er langsam ihren Hals, wo sie sein heißer Atem kitzelte. Seine Zunge zauberte sofort eine Gänsehaut herbei. Wie intensiv sie alles spürte. Sein Finger, der sie antrieb, der sie anpeitschte, der ihr das Gefühl gab, sich ganz in ihrem pulsierenden Körper zu verlieren.

Sie roch ihn, und er roch erdig und nach Hölzern. Er roch verdammt gut für einen hart arbeitenden Mann. Er hatte große Finger, große Hände. Zarte Hände. Und immer wieder verschwanden die Finger in ihr. Dass Finger solche Gefühle auslösen konnten. Den Körper zum Brennen brachten. Jede Faser entzünden konnten. Und sie taten es.

Ihr Atem ging stoßweise, und ihre Füße schlugen einen unruhigen Takt, während er sie mit seinem Finger vögelte, in sie eindrang, um wieder von ihr zu lassen, ehe er erneut in sie hieb. Sie an ihrer vorwitzigen Perle streichelte und auf sie klopfte, als wäre sie eine winzige Trommel. Und dann fühlte sie etwas Großes. Es schoss auf sie zu, und als er mit seinem Finger erneut in sie stieß, durchschlug es sie, vereinnahmte sie.

Als sie gekommen war, ließ sie sich neben ihm auf die Couch fallen, öffnete matt seinen Gürtel, zog ihm das Hemd aus der Hose und öffnete den Reißverschluss seiner Jeans, während sich ihre Möse immer noch vor Lust zusammenzog und wieder weit öffnete. Er zog die Hose samt Boxershorts herunter und ließ sie zu Boden gleiten. Mit den Beinen streifte er seine Schuhe ab, ließ die Hose zu Boden fallen, kickte sie weg.

«Leck meinen Schwanz!» Er berührte leicht mit seiner Hand ihren Kopf und drückte ihn auf seinen Schwanz.

«Knie dich hin! Ich will sehen, wie deine Lippen ihn ficken.» Dass er ihr Befehle erteilte, ließ sie noch feuchter werden, als es ohnehin schon der Fall war. Ihre Lippen lagen fest um seinen Schwanz, und sie saugte ihn ganz in sich auf, obwohl er eine beachtliche Länge hatte. Um ihn noch besser reizen zu können, schloss sie eine Hand um ihn. Zwängte ihn ein. Hielt ihn fest, während ihre Lippen sich über ihn stülpten.

Sie schmeckte seine Frische, nahm sie auf mit ihren Sinnen, und plötzlich spürte sie, wie sein großer Zeh in ihrem Loch verschwand. Sie setzte sich fest darauf, damit er nicht gleich wieder herausrutschte. Sein Zeh wackelte in ihr, bewegte sich. Mit beiden Händen umfing sie seinen Luststab und kreuzte die Finger, und so ließ sie nun die Hände auf und ab gleiten, während sie mit ihrer Zunge über die glatte Spitze flatterte.

«Beiß rein. Sanft. Ich will es spüren.» Dann stieß er noch fester mit dem Zeh in sie. Drehte ihn in ihr. Sie konzentrierte sich auf seinen Befehl, was ihr sehr schwerfiel in Anbetracht seines Zehs in ihr, der sie selbst bis aufs äußerste reizte, was sie dumpfe Laute an seinem Schwanz ausstoßen ließ. Tiefe kehlige Laute.

Sie knabberte an ihm.

«Fester. Etwas fester.»

Während ihre Hände ihn umfangen hielten, biss sie härter zu. Rundherum. Vorsichtig. Glitt mit ihren Zähnen vorsichtig an seinem Schwanz nach unten und wieder nach oben. Dabei spürte sie jede Rille, die unter der glatten Haut verborgen war. Sie hatte fast Angst, ihm wehzutun, da sie immer wieder Lustwellen durchfuhren und ihr die Kontrolle nahmen.

Wie sehr sie ihn reizte, merkte sie daran, in welcher Weise sein großer Zeh sich in ihr bewegte. Ob er zustieß, in sie hieb, oder ob er sich drehte oder gar ruhte.

Wellen der Lust umtosten sie, brandeten durch ihren Körper, während sie versuchte, ihm Lust zu spenden.

«Fick ihn!»

Wieder ließ sie ihre Lippen an ihm auf und ab gleiten, nahm die Zunge zu Hilfe, und sein tiefes Atmen zeigte ihr, dass auch er es genoss. Ihre Blicke trafen sich über seinen Schwanz hinweg, der in ihrem Mund steckte, und er lächelte sie fast spöttisch an. Da biss sie ihn wieder etwas fester, was ihn tief aufstöhnen ließ, und trotzdem war da immer noch dieses leicht spöttische Lächeln.

Mit einer Hand schaukelte sie seine prallen Eier, streichelte sie kurz, nur um sie dann wieder in ihrer Hand zu wiegen, während ihr Mund ihn aufnahm, ihn in ihre Wärme saugte und ihn gierig leckte. Ein Tropfen war wohl herausgetreten, denn es schmeckte nach köstlichen Austern, und sie leckte nun fester, ehe sie ihn wieder aufnahm, ihn saugte und ihn biss.

Einer ihrer Finger bewegte sich zwischen der glatten schmalen Länge zu seinem Anus. Er zuckte kurz auf, genauso wie sein Zeh in ihr. Vorsichtig ließ sie ihren Finger in sein winziges Loch gleiten, was ihm einen kleinen kehligen Schrei entlockte. Sein nur halbherziger Abwehrversuch zeigte ihr, wie sehr sie seinen Geschmack getroffen hatte.

Immer noch sah er sie spöttisch an, wobei er inzwischen heftiger atmete, und an seiner Härte spürte sie, dass er gleich so weit sein würde, dass er gleich seinen Saft in ihren warmen und feuchten Mund spritzen würde. Und sie würde ihn aufnehmen und schlucken. Würde den letzten Tropfen aus ihm heraussaugen, und schon hörte sie seinen erlösenden Schrei. Heftig pumpte er seinen Saft in ihren Mund, und sie schluckte, wie sie es gewollt hatte. Er krümmte sich leicht, und seine spöttische Miene war einem entrückten Gesichtsausdruck gewichen. Sein Schwanz zuckte heftig in ihrem

Mund, als sie immer wieder an ihm saugte, bis sie all seinen Saft geschluckt hatte. Bis sein Atem ruhiger ging.

Aber das war noch nicht alles, was sie wollte. Sie wollte ihn in sich spüren, sie war noch nicht vollkommen befriedigt. Aber zuerst musste sie etwas trinken. Der Wein stand noch auf dem Tisch, deshalb stand sie auf, schritt zum Tisch, füllte die Gläser nach und brachte sie zur Couch. Ein Glas reichte sie Henning, prostete ihm zu und trank in einem gierigen Zug, während er sie nicht aus den Augen ließ und ebenfalls vom Wein kostete. Nachdem sie getrunken hatten, stellte sie beide Gläser etwas entfernt auf dem Boden ab. Sie stellte sich vor ihn hin und zog ihr Höschen herunter, ehe sie zu ihm auf die Couch kam.

Sie kniete sich über ihn, nahm seinen Liebesstängel in die Hand und rieb ihn an ihrer feuchten Möse. So schnell sie konnte, fuhr sie ihn an ihren nassen Lippen hin und her, und ehe sie sich versah, wurde er wieder härter, immer härter, bis er wieder mit neuem Leben gefüllt und bereit für sie war.

Ganz langsam sank sie auf ihn herab, ließ ihn in sich gleiten, ehe sie sich plötzlich ganz herabfallen ließ. Sie sahen sich in die Augen, jeder sah den Triumph in den Augen des anderen. Worüber er triumphierte, hätte sie nicht sagen können, aber bei ihr war es, weil sie ihn endlich so weit hatte. Weil endlich ihr tagelanges Ersehnen in Erfüllung ging. Es fühlte sich gut an, ihn nach diesem langen Warten zwischen den Schenkeln zu spüren. Ihn in sich aufzunehmen. Zu spüren, wie er sie ausfüllte. Wie er in ihr noch größer wurde. Sie stützte sich an seinen Schultern ab und ritt ihn, ganz langsam, auf und ab. Aufreizend langsam. Klemmte ihn mit ihren Muskeln ein, wippte mit ihrem Hintern vor und zurück. Er ließ den Kopf auf das Rückenpolster fallen, wobei er die Augen offen ließ, sie nur ab und zu schloss.

In seinen Augen las sie pure Lust. Sie öffnete den Reißverschluss ihres Kleides am Rücken und zog es langsam hoch, verweilte kurz unterhalb der Brust, ehe sie es sich mit einem Ruck über den Kopf zog. Währenddessen ruhte sie auf ihm, mit seinem Schwanz in ihr. Sie ließ das Kleid achtlos auf den Steinfußboden fallen. Auf einen BH hatte sie heute verzichtet, und nun nahm sie seine Hände und legte sie auf ihre Brüste.

Seine Hände auf ihren Brüsten – sein Schwanz in ihr.

Er ließ es sich nicht zweimal zeigen, sondern begann, ihre Nippel zu liebkosen, nahm die ganze Brust in die Hand und drückte sie, als würde er den Reifegrad einer saftigen Frucht prüfen. Er wog sie in der Hand und streichelte dann wieder darüber.

Eine Gänsehaut überzog erneut ihren Körper, da jede Bewegung ihren Körper noch heißer werden ließ. Als er seine Zunge über einen der Nippel führte, stöhnte sie auf. Sein Speichel kühlte ihre erhitzte Haut. Und ihn gleichzeitig in ihrem Körper zu spüren, das war ein Gefühl, wie zum Mond zu fliegen. Sie hob mit ihren Händen ihre langen Haare nach oben, hielt sie einen Moment über dem Nacken fest und ließ sie wieder fallen. Seine Hände streichelten ihre Seiten, ihren Rücken, ehe sie sich erneut ihren Brüsten widmeten.

Vor Lust zogen sich die Muskeln ihrer Möse zusammen, als sie ihn so ritt. Langsam, genüsslich. Schon wieder erfüllte ihren Körper dieses Sehnen nach Erlösung, aber nach dem schnellen Akt vorhin wollte sie es jetzt langsam.

Ganz langsam.

Seine ganze Länge steckte in ihr, und es schmerzte fast, wenn sie ganz auf ihn sank. Wenn er sie aufspießte und sie ihn ganz in sich aufnahm. Sie kostete es weidlich aus. Wieder schloss sie ihre Muskeln fest um ihn, massierte ihn damit. Dieses Zusammenziehen der Muskeln ließ sie stöhnen und ihn keuchen.

Ein leichter Luftzug kühlte ihre erhitzte Haut und fächelte ihr langes Haar auf. Seine Zunge leckte über eine Brust, und dann zwickte er mit seinen Zähnen ihren Nippel, was ihr fast den Atem raubte. Zischend stieß sie die Luft durch ihre Zähne. Sog die frische Luft ein, tief ein in ihre Lungen. Wartete, bis die Welle vorbeiging und die Hitze ihren Körper durchfegte. Sich hineinbohrte, während sein Schwanz das Gleiche tat. Sich in sie hineinbohrte, in ihr steckte.

Sie wollte ihn.

So sehr.

Er musste ihrer werden. Er sollte nicht mehr von ihr loskommen. Sie presste ihre Brust an seinen Mund, und er nahm sie auf. Zog sie hinein und ließ wieder etwas los. All die Nerven, von denen sie durchzogen war, freuten sich über diese Behandlung, und wie ein Wetterleuchten fuhren die Hitzestrahlen durch Duvessa hindurch.

Sie liebte es. Nie war sie mehr bei sich als beim Sex. Ihr Körper wurde gieriger, und so ritt sie ihn schneller und noch schneller. Dabei stützte sie sich bei ihm ab, und er half ihr, indem er mit den Händen ihren Po hielt und ihn tiefer presste. Er presste ihn so fest auf seinen Schwanz, dass sie keine Luft mehr bekam, schwer atmete. Sie beugte sich vornüber und küsste ihn, ganz tief, so tief, wie er in ihr steckte.

Diese hitzigen Küsse lösten ein Beben in ihr aus, das in jede Pore drang. Von ihr Besitz ergriff. Ja, jetzt fühlte sie wieder, wie dieses große Etwas auf sie zukam, sie mit Beschlag belegte, und sie war sich all ihrer einzelnen Nerven bewusst, die sich mal gegen die Hitzewellen zu sträuben schienen und es dann wieder zuließen. Dieses große Etwas fiel über sie her und ergriff sie, erschütterte sie bis in den letzten Winkel ihres Körpers, und als er seinen Samen in sie ergoss, ließ er einen rauen Schrei los, der sie ebenfalls mit hinwegspülte.

Henning hatte sich nicht mehr gemeldet, seit sie vor drei Tagen mit ihm gevögelt hatte.

Das war sie nicht gewöhnt, denn normalerweise liefen ihr die Männer nach.

Was war nur mit ihm los, hatte sie sich gefragt.

Immerhin hatte sie einen Vorwand, zu ihm zu fahren, denn der Entwurf für ihr Schlafzimmer müsste inzwischen fertig sein. Zwar hatten sie noch keinen Termin für die Ausfertigung vereinbart, aber er hatte ihr gesagt, dass er etwa eine Woche brauchen würde. Also fuhr sie wieder zu seinem Gutshof.

Henning kam nicht heraus, als sie ihr Auto abstellte. Zuerst sah sie in den Stadel, um zu sehen, ob er vielleicht dort arbeitete.

Abgeschlossen.

Der Geruch nach gegrilltem Fleisch hing in der Luft, also ging sie um das Haus herum, denn auf diesem Weg gelangte man ebenfalls zu seinem Garten, in dem er für sie gegrillt hatte.

Die ganzen letzten Tage hatte sie sich als Braut an seiner Seite gesehen.

Es gab keinen Mann, der ihr widerstehen konnte.

Aber wieso meldete er sich nicht?

Das hatte sie ganz verrückt gemacht.

Sie bog um die letzte Ecke. Ein Auto, das sie nicht kannte, parkte hier. Sie hatte es von der Straße aus nicht sehen können.

Er saß nicht, wie vermutet, mit jemandem am Tisch.

Nein!

Er wälzte sich nackt, wie Gott ihn schuf, mit einer Frau auf dem Sofa.

Sie trat schnell wieder einen Schritt zurück, um nicht entdeckt zu werden. Und dann hörte sie die Stimme der Frau.

«Ach, Liebling, ich habe dich so vermisst. Ich bin so froh, dass mein Jahr im Ausland vorüber ist. Endlich können wir wieder zusammenleben.»

«Du bist wunderschön. Ich habe dich so vermisst.» Das war Hennings Stimme.

Dieser Schuft!

Lügner!

Sie hatte genug gesehen und gehört. Sie wandte sich ab und lief zurück zu ihrem Wagen. Ihren Traum von Henning als ihren Ehemann konnte sie aufgeben. Er hatte also doch eine Beziehung! Mit ihm würde sie nie wieder schlafen. Normalerweise hatte sie bei vergebenen Männern keine Hemmungen, aber einen, der ihre Pläne so schmählich vereitelt hatte, sollte sehen, wo er blieb. Sie startete den Motor und ließ das Gut und alles, was dort geschehen war, zurück.

LOCKENDE VERSUCHUNG

Jessica gehörte ein kleines, aber feines Theater in Köln. Es war ihres, und nur das zählte für sie. Ihre spezielle Liebe galt dem experimentellen Theater, und deshalb war ihr Programm kunterbunt gemixt.

Jeder kannte das *Freie Theater*, und es hatte bereits fünfundzwanzig Jahre überstanden, eine lange Zeit in dieser so unsicheren Branche.

Jessicas Herz gehörte der Kunst.

Leider hatte sie selbst keinen Funken Talent für die Bühne, auch wenn sie es gerne gehabt hätte. Allerdings war ihr eines schon immer klargewesen: Wollte sie im Theater etwas erreichen, dann sicherlich nicht auf der Bühne, denn ihr lag mehr das Organisatorische, die Motivation, der Blick für das Ganze, und das war eindeutig eine Begabung, die hinter den Kulissen gefragt war. Und so hatte sie nach und nach genügend Geld zur Seite gelegt, damit sie ihr *Freies Theater* eröffnen konnte – ihren Lebenstraum.

Meist traten Darsteller auf, die ganz am Anfang standen, Darsteller, die noch von der großen Karriere träumten, daran glaubten, dass genau auf sie einmal die Scheinwerfer großer Bühnen gerichtet sein würden. Die meisten von ihnen waren gute Künstler, manche auch sehr gute, und dennoch mussten sie sich meistens mit allerlei Nebenjobs herumschlagen.

Weil sie so notorisch knapp bei Kasse waren, brauchte Jessica sich nicht um Reinigungspersonal zu sorgen, denn unter ihren Darstellern und Darstellerinnen fand sich immer jemand, der sich auch fürs Putzen nicht zu schade war, wenn er sich damit ein bisschen was dazuverdienen konnte.

Jessica war eine Frau, die Schludrigkeit nicht ausstehen konnte. Künstler waren eine besondere Spezies, und für die schnöden Arbeiten des Lebens waren sie meist nicht besonders geeignet. Wenn allerdings ein Künstler bei Jessica putzte, dann hatte trotzdem alles blitzsauber zu sein.

Künstler hin oder her.

War das nicht der Fall, oder konnte sie sich auf jemanden nicht verlassen, war es kein Problem für sie, einen anderen für diese Aufgabe zu finden. Schließlich warteten genug hungrige Mäuler auf eine zusätzliche Bezahlung. Das hatte sich herumgesprochen, und so versuchten alle, es Jessica recht zu machen.

Für Jessica stellten Kunst und Sauberkeit keinen Widerspruch dar, schließlich sollte alles zusammen ein schönes Bild ergeben, wenn die Gäste ihr gutes Geld für die Vorstellung ausgaben. Da sollte nicht ein benutztes Taschentuch herumliegen oder schmierige Fingerabdrücke die Klappsitze verunstalten.

Derzeit zeigten sie im *Freien Theater* Tanzszenen, die an Tänze afrikanischer Stämme erinnerten, mit vielen Trommeln, Bongos und was sonst noch dazugehörte. Wenn die Tänzer einer Ekstase gleich über die Bühne wirbelten, dann war es um die Zuschauer geschehen. An dieser Stelle gab es immer brandenden Applaus.

Einer der Tänzer, Fred, der schon seit seiner Geburt in Köln lebte, hatte es Jessica ganz besonders angetan. Er war ihr ganz persönlicher Star in dieser Saison und das gleich in mehrerlei Hinsicht.

Dieser Mann war ein Geschenk Gottes.

Sein Körper eine einzige Versuchung.

Wenn sie nur an ihn dachte, wurde sie feucht.

Gut, er war fünfunddreißig Jahre jünger, aber was war schon dabei. Schließlich guckte sie ja nur. Jessica liebte es, wenn er mit diesem Feuer in den Augen und in jeder seiner Bewegungen über die Bühne fegte. Nur mit diesem winzigen, afrikanisch anmutenden Lendenschurz bekleidet, der an den Seiten von Lederriemen gehalten wurde.

Was für ein Körper.

Jung, straff, jeder Zoll voller Leben.

Jessica hatte ihn ausgewählt, ihm den Schlüssel für das Theater anvertraut, damit er es sauber hielt. Das Geld konnte er sehr gut brauchen.

Ihre Wohnung lag direkt über dem *Freien Theater*, und was wirklich niemand wusste und auch niemals jemand erfahren durfte, war, dass sie ein Loch durch ihren Wohnzimmerboden gebohrt hatte, damit sie ins Theater heruntersehen konnte.

Zuerst war es nur so eine Schnapsidee gewesen, ein liebevoller Spleen. Jessica wollte den Tänzern bei der Arbeit zusehen, nicht weil sie sehen wollte, ob sie alles sauber hielten, sondern damit sie beim Tanzen ihre Bewegungen, ihr Muskelspiel beobachten konnte. Seit sie jedoch mitbekommen hatte, dass ihre Putzkräfte die Angewohnheit hatten, nach getaner Arbeit ihre Liebchen ins Theater zu locken, war das Beobachten für sie regelrecht zur Sucht geworden.

Sozusagen ein Theater vor dem Theater.

Jessica fand sich selbst unmöglich, aber sie konnte sich

meist nicht dagegen wehren. Selbst ihr etwas schlechtes Gewissen beruhigte sie immer wieder schnell.

Komischerweise holen sich ihre weiblichen Putzkräfte niemals Jungs ins Theater, um sich dort mit ihnen zu vergnügen. Die Jungs jedoch konnten wohl nicht widerstehen. Jessica erklärte sich das so: Die jungen Männer wollten voll Stolz ihr Revier zeigen und nutzten ihren Status als Schlüsselträger des Theaters aus. Dieser Schlüssel war – im wahrsten Sinne des Wortes – ihr Schlüssel zum Erfolg bei den jungen Frauen.

Wahrscheinlich erzählten sie ihnen sogar, dass das Theater ihnen gehöre, aber das sollte Jessica egal sein.

Früher hatte sich Jessica auf den Fußboden gelegt, um alles zu beobachten, heute brauchte sie das nicht mehr. Inzwischen hatte sie längst eine Videocam installiert und direkt mit dem Fernsehapparat verbunden, weshalb an den Putztagen den ganzen Tag über der Fernseher ohne Ton lief. Die eingelegte Videokassette überspielte Jessica immer mit dem neuesten Erlebnis. Es wäre ihr zu peinlich gewesen, wenn eines Tages jemand zufällig darüber gestolpert wäre. Kaum auszumalen, was dann passieren würde.

Jessica hielt sich bevorzugt in ihrem Wohnzimmer auf. Es war nur für ihre ganz private Lust. Zeigte sich eine Bewegung auf dem Fernseher, ging ein Adrenalinschub durch ihre Adern, als würde ein Spaceshuttle starten, und sie kämpfte mit sich, ob sie nun zusehen sollte oder nicht.

Jeden Mittwochmorgen kam ihre eigene Putzfrau. Da baute Jessica vorher die Konstruktion ab und legte alles in ihren Tresor. Gleich am ersten Arbeitstag hatte sie ihrer Reinigungsfrau Aishe erzählt, dass dieses Loch schon im Fußboden gewesen wäre, als sie in die Wohnung eingezogen war, und da darunter nur das Theater war, sei es für Jessica nicht weiter schlimm, denn schließlich war sie ja die Besitzerin desselben. Außerdem läge sowieso immer ein Teppich über dem Loch, damit es die Harmonie des Wohnzimmers nicht störte. Ihre Reinigungsfrau hatte sicherlich keinerlei Interesse an experimentellem Theater. Außerdem konnte Aishe ihren Hintern darauf verwetten, dass Jessica jeden Mittwochnachmittag anwesend sein würde, wenn sie putzte. Und das tat sie nun schon seit über zwanzig Jahren.

Was Jessicas Augen schon über die Videocam gesehen hatten ...

Da war Juan gewesen. Ein feuriger Spanier, der wirklich jeden Putztag eine neue Eroberung mit ins Theater gebracht hatte. Bei ihm hatte sie gar nicht jedes Mal zugesehen, denn er war ihr oft zu schnell gewesen bei seinen Eroberungen. Sie bevorzugte schon eher den Genießertyp.

Und jetzt gab es diesen Schnuckel Fred. Er war mit einer sensationellen Figur gesegnet, was sie bei dem Namen nicht unbedingt vermutet hätte, dachte sie dabei doch irgendwie sofort an Fred Feuerstein. Dieser Fred jedoch hatte einen sehnigen Körper, jeder Muskel zeichnete sich unter seiner Haut ab, die so glatt war, dass Jessica immer in Versuchung war, sie anzufassen.

Darüberzustreicheln.

Sie zu fühlen.

Was sie natürlich niemals tat. Aber in Gedanken ... das konnte ihr schließlich keiner verwehren.

Sein Körper war für Jessica wie ein wunderbares Gemälde.

Wenn er putzte, hatte er meist sein T-Shirt ausgezogen, und Jessica konnte das Spiel seiner Muskeln bewundern. Um seinen Kopf hatte er oft ein rotes Stirnband gebunden.

Heute war wieder Mittwoch, die Putzfrau würde in zwei Stunden kommen, und Jessica musste noch alle verräterischen Spuren beseitigen. Plötzlich tat sich auf dem Bildschirm etwas. Jessica setzte sich schnell in den Sessel, um ja nichts zu verpassen. Sie warf einen Blick auf die Uhr.

Etwas Zeit hatte sie schon noch.

Sie sah zu, wie Fred mit dem Lappen die Stühle abwischte. Jede Bewegung war pure Kraft, und fast meinte sie, seinen Körperduft wahrzunehmen. Niemals zuvor hätte sie es für möglich gehalten, dass Putzen sinnlich sein könnte, bis sie ihre Tänzer hatte putzen sehen. Fred hatte Kopfhörer aufgesetzt, ein MP3-Player war an seine abgeschnittene Jeans geklemmt, und er legte immer wieder Tanzschritte beim Putzen ein. Sein Knackarsch in der Jeans wirkte wie modelliert, kein Bildhauer hätte ihn schöner gestalten können.

Er tanzte die Schritte zu dem Stück, bei dem er mitwirkte. Er beugte seinen Oberkörper, auf dem sich ein leichter Schweißfilm gebildet hatte und der deshalb glänzte wie pures Gold, dann machte er schnelle und viele Drehungen, Spannung im gesamten Körper, ehe er sich wieder aufrichtete und tänzelnd die nächsten Stühle abwischte. Sein Körper war die ganze Zeit in Bewegung, es gab keinen Stillstand, die Bewegungen waren fließend. Einige seiner widerspenstigen dunklen Haarsträhnen hatten sich aus dem Tuch gelöst und hingen ihm nun in die Stirn, aber ihn schien es nicht zu stören.

Sie brauchte keinen Ton, ihr reichten die Bilder. Jede seiner Bewegungen war von Kraft und Liebe zur Musik erfüllt.

Seit Jessica zum ersten Mal durch Zufall einen Jungen in der Schule dabei beobachtet hatte, wie er sich umgezogen und dabei ein Lied auf seinen Lippen dahingeträllert hatte, war sie diese Sehnsucht niemals wieder losgeworden. Diese Sehnsucht danach, einem Mann beim Ausziehen zuzusehen.

Auch beim Akt.

Wenn er kraftvolle Stöße ausführte.

Fred wirbelte gerade auf eine besonders kunstvolle Art über die Bühne, ehe er sich wieder mit weiten Sprüngen den Stühlen näherte und diese abwischte. Die Sehnen seiner Waden waren angespannt. Diese Eleganz!

Ob er heute wieder diese kleine Dunkelhaarige hereinlassen würde?

Jessica spürte, wie ihre Möse feucht wurde.

Sie fasste sich nur da an, wo die Darsteller sich anfassten, und auch erst dann, wenn sie sich anfassten. Das hatte sie sich von Anfang an vorgenommen. Einerseits weil sie sich bis zuletzt wegen ihres schlechten Gewissens weigerte, das zu tun, andererseits weil sie sich dann meist doch nicht beherrschen konnte. Außerdem steigerte dies ihre Lust ins Uferlose. Dieses kleine Verbot.

Ob sie dem Ganzen heute widerstehen konnte?

Auch als Fred den Boden wischte, beobachtete sie ihn. Schließlich war er fertig und verschwand in der Umkleidekabine. Dorthin hatte sie keine Leitung gelegt, das wäre ihr doch zu intim und verboten vorgekommen. Allerdings war es ihr sehr schwergefallen, es nicht zu tun. Aber so war jedes

Mal die Spannung erhöht, denn in dieser Zeit des Wartens schlug ihre Phantasie Purzelbäume.

Aber ehe sie sich versah, kam er heraus und öffnete mit dem Schlüssel das Theater. Das nächste Bild auf Jessicas Fernsehbildschirm zeigte eine dunkelhaarige junge Frau, die Fred bei der Hand nahm und mit Schwung ins Theater zog. Wie er die Tür zuknallte, sie absperrte und dann die Frau in seine Arme riss!

Also doch die Dunkelhaarige, dachte Jessica.

Jessica meinte, sie könne seine Lippen spüren. Sie wusste genau, wie sie aussahen, selbst mit geschlossenen Augen hätte sie sie zeichnen, mit dem Finger die Linien nachziehen können. Sie sahen aus, als könnten sie gut küssen. Sie waren wunderbar geschnitten und wirkten immer so, als würde Fred gleich loslachen wollen. Wie weiche Kissen würden seine Lippen sich anfühlen. Der jungen Frau, die sicher keine fünfundzwanzig Jahre zählte, schien es zu gefallen, was er damit anstellte. Sie streckte ihren rechten Fuß ein wenig nach hinten und hob die Ferse an.

Eine edle Geste.

Wie zart sie war.

Bereits bei der nächsten Sequenz vergaß Jessica alles um sich herum.

Tauchte ein in die Szenerie.

Verschmolz mit ihr.

Mit der Hand fuhr Fred durch die lange Mähne der jungen Frau. Verschloss wieder ihren Mund mit seinem …

Küsste sie voller Inbrunst und mit Ausdauer, wobei seine Hände immer wieder durch ihre Haare fuhren. Fest zugriffen und ihr damit jedes Entkommen unmöglich machten.

Eine Geste der Stärke.

Der Unterwerfung.

Schließlich löste er sich von ihr, nahm sie bei der Hand und führte sie zu einem Stuhl in der ersten Reihe. Er küsste sie kurz auf die Lippen, ehe er behände auf die Bühne sprang und eine kurze Tanzeinlage zum Besten gab. Die Sprünge, die er mit gestreckten Beinen vorführte, waren vollendet ausgeführt, und mit nur wenigen dieser Sprünge schaffte er es über die ganze Länge der Bühne. Die Drehungen, die er danach zeigte, rissen sie förmlich mit, und sie konnte die Augen nicht abwenden vor so viel Vollkommenheit. Vor dieser Einheit – Körper und Kunst.

Auch die Dunkelhaarige klatschte euphorisch in die Hände, als er den Tanz beendet hatte, und sie war sichtlich beeindruckt.

Er hatte nur für sie getanzt.

Nur für sie.

Fred tänzelte ein Stück weg, verschwand für einen Augenblick hinter einem Bühnenbild, und als er wieder nach vorne kam, hatte er einen Picknickkorb in der einen und eine große Decke in der anderen Hand. Er stellte den Korb auf der Bühne ab und schüttelte die Decke auf, legte sie auf den Boden. Trat an den Rand der Bühne, streckte ihr die Hand entgegen und zog sie hinauf.

Ein paar Schweißtropfen funkelten auf seinem Oberkörper im künstlichen Licht wie kostbares Geschmeide.

Mit Geschick und Eleganz zauberte er Teller, Getränke, Gläser, Besteck und allerlei Köstlichkeiten aus dem Picknickkorb hervor, während sie sich setzte. Alles nacheinander landete auf der Decke und verbreitete einen gar köstlichen Duft, da war sich Jessica sicher.

Die Erdbeeren sahen saftig aus, fast konnte sie deren Süße riechen, ihren Geschmack am Gaumen spüren.

Als er auf der kuscheligen Decke saß, bot er der Dunkelhaarigen Prosecco an. Er schenkte zwei funkelnde Sektkelche voll, zog ihren Kopf heran und hauchte ihr einen Kuss auf die Lippen, ehe er ihr eines der Gläser reichte. Sie prosteten sich zu, wobei sie in seine strahlend blauen Augen sah. Als sie einen Schluck getrunken hatte, wollte sie gerade zu einem mit Parmaschinken umwickelten Grissini greifen, als er liebevoll ihre Hand stoppte, selbst danach griff und ihr diese Köstlichkeit an den Mund führte. Sie öffnete ihn, und er zog es wieder ein wenig weg, ehe er es ihr lachend ganz langsam ein Stückchen hineinschob und fasziniert zusah, wie sie mit ihren Zähnen das Grissini umschloss. Sie blickte ihn an und biss erst dann ab.

Wie er sie ansah ...

Wie er mit den Augen ihren Mund betrachtete.

Sehnsüchtig darauf schaute.

Kaum hatte die Dunkelhaarige geschluckt, wiederholte er diese Zeremonie, und wieder biss sie ab, beobachtet von seinen Augen, die Jessicas Lenden zum Glühen und ihren Nektar zum Überlaufen brachten.

Die Luft zwischen ihren Körpern war wie elektrisch aufgeladen, gereizt von ihren Blicken, ihren Gesten und ihrem Begehren, das selbst Jessica auf ihrem Zuschauerplatz fühlte.

Gemeinsam nahmen die beiden das lukullische Mahl ein und fütterten sich immer wieder gegenseitig.

Hungrig.

Hunger lag in ihren Blicken.

Fred nahm eine Erdbeere, tauchte sie in ein Sahneschälchen und führte sie ganz langsam an den Mund seiner Eroberung, und diese schleckte zuerst über die Sahne, wobei sie ihre rosige Zunge geschickt einsetzte und sie Fred intensiv ansah. Dann biss sie in die Erdbeere, die er in seiner Hand hielt, und aß sie auf.

Mit Hingabe.

Ihren Blick auf ihn geheftet.

Er fasste in ihr Haar, nahm eine Strähne, die im Licht glänzte, kringelte sie um den Finger, während er ihr zusah, wie sie die Erdbeere verspeiste und er dabei ihren Mund beobachtete …

Als sie den Bissen geschluckt hatte, beugte sie sich vor und küsste Fred kurz und tief, ehe er den Rest der Erdbeere wieder in die Sahne tauchte und sie ihr spielerisch an den Mund hielt, sie kurz wegzog, ehe er sie ihr endgültig überließ. Wieder schleckte sie über die Sahne, was Fred sicher nicht kaltließ, und schluckte. Biss dann in die Erdbeere.

Aß.

Wie Magneten begegneten sich ihre Blicke, zogen sich an.

Fred tauchte einen Finger in die Sahne. Es war, als würde er Jessica unten anfassen, und sofort wurde sie noch feuchter. Spürte die Feuchtigkeit und das Ziehen, das sich wie ein Kreisel in ihrem Körper ausbreitete.

Sie kurz nach Luft schnappen ließ.

Fred fuhr mit der Sahne an seinem Finger den Mund der jungen Frau nach, bevor er ihn hineinsteckte … ihn mehrmals hinein- … und wieder herausgleiten ließ.

Die Luft schien zu knistern von Blicken, die voller Hingabe waren, von einer Körpersprache, die nichts als Begehren ausdrückte. Die junge Frau leckte Freds Finger, schlang die Zunge darum, leckte, saugte am Finger. Schaute ihm tief in die Augen, schlug ihn mit ihrem lüsternen Blick in den Bann. Während sie an seinem Finger saugte, fasste Fred über die Teller und Köstlichkeiten hinweg an ihre Brust. Als wäre er mit Macht davon angezogen worden. Ehrfürchtig griff er zu. Er knetete sie, sah ihr dabei in die Augen, bis sie sie vor Wonne schloss, sie wieder öffnete. Mit seinem Daumen streichelte er über einen ihrer Nippel, der sich deutlich unter der weißen, über dem Bauchnabel geknoteten Bluse abzeichnete. Magie lag in den Blicken, mit denen sie sich verschlangen, und diese Magie übertrug sich auf Jessica. Dann ließ er seine Hand langsam in ihren Ausschnitt gleiten, streichelte ihre Haut, liebkoste sie.

Ausgiebig.

Dies war der Moment, in dem Jessica klarwurde, dass sie auch diesmal auf keinen Fall würde widerstehen können, deshalb tat sie es ihnen gleich, fasste sich ebenfalls an die Brust und streichelte ihre Haut.

Freds Fingerspitzen berührten die Brust seiner Flamme, als wäre es kostbarste indische Seide.

Dabei fühlte Jessica, wie ihre Lust heftiger wurde. Danach gierte, endlich mehr anfassen zu dürfen.

Seine Hand wanderte zur anderen Brust und ließ auch dieser eine langsame und köstliche Behandlung zuteil werden.

Jessica war so versunken in diese Bewegungen, Berührungen, die ihr Begehren steigerten, dass sie aus einer regelrechten Trance gerissen wurde, als Fred ganz plötzlich aufhörte.

Mit ungeduldigen Bewegungen nahm Fred Teller und

alles, was sonst noch auf der Decke herumstand, und stellte es zur Seite. Die Dunkelhaarige half ihm dabei.

Als die Decke von allem befreit war, sagte er etwas zu ihr.

Sie erhob sich graziös und streifte ihre hochhackigen Schuhe von den Füßen, einen nach dem anderen, sich dabei durchaus der Blicke von Fred bewusst. Sie knotete anschließend langsam ihre Bluse auf, gleichzeitig öffnete er seinen Gürtel und den Reißverschluss. Als sie den letzten winzigen Knopf der Bluse öffnete, kurz wartete und dann mit Triumph beide Hälften mit den Händen auseinanderriss, entschlüpfte ihm ein Laut. Da sie keinen BH trug, ragten ihre Brüste, die ihm bestimmt gefielen, ihm entgegen, und die rosigen Nippel standen ab vor Erregung.

Erregung.

Begehren.

Lust.

Jessica leckte sich über die Lippen.

In diesem Augenblick war die Dunkelhaarige der einzige Mensch auf Erden für Fred, das sah Jessica ihm an. Während die junge Frau langsam die Bluse abstreifte und sie achtlos zu Boden warf, zog auch Jessica ihren Morgenmantel und ihren Slip aus.

Dann fasste die Dunkelhaarige mit den Fingern seitlich an ihren Hüftrock und streifte ihn Millimeter für Millimeter herunter, wobei sie ihre Hüfte kreisen ließ. Mit den Augen folgte Fred jeder ihrer Bewegungen. Darunter trug sie einen winzigen, durchsichtigen Tanga. Fred starrte auf diese Stelle – mehrere Sekunden.

Es war, als würde die Luft flüstern.

Worte formen.

Und dann war es, als würde selbst die Luft das Atmen vergessen.

Sanft nahm er ihre Hand und zog sie wieder zu sich auf die Decke. Er berührte zärtlich ihre Haut. Seine Hand glitt sachte vom Hals über ihr Schulterblatt, ihren linken Arm. Ließ los.

Jessica berührte sich ebenfalls am Arm, streichelte, wie von den beiden im Theater vorgegeben, über ihre eigene Haut, und da sie in die Szene eingetaucht war, wurde sie mit sinnlichen Gefühlen übergossen. Wobei sie hoffte, dass das Paar sich bald auch an anderer Stelle berühren würde.

Umständlich zog Fred im Sitzen seine Jeans aus.

Darunter war er nackt.

Völlig nackt.

Sein erigierter Schwanz war steil aufgerichtet, und die Dunkelhaarige konnte sich nicht daran sattsehen. Berührte ihn fast vorsichtig mit den Fingern. Nahm ihn in die Hand.

Umkreiste ihn.

Liebkoste ihn.

Es war, als würde sein Schwanz von einem unsichtbaren Magnet in ihrer Hand angezogen werden.

Ihr gehorchen und folgen.

Langsam beugte er sich zu ihr herüber. Küsste ihren Hals. Hinterließ mit seiner Zunge eine feuchte Spur.

Als Jessica mit ihrem Körper ihren Vorbildern folgte, jagten heiße Schauer über ihren Körper. Ließen Lust aufwallen.

Sanft streifte Fred mit seinen Lippen die empfindsame Haut des Halses der jungen Frau entlang, bewegte sich auf ihre Brüste zu, ehe er eine Knospe in den Mund sog und sich wie ein Schleckermäulchen daran gütlich tat. In einer eleganten Bewegung dirigierte Fred die Schönheit auf die Decke, ohne von ihr abzulassen.

Jessica meinte, seinen steifen Schwanz an ihrem Schenkel zu spüren.

Diese unendlich zarte Haut, die sich an ihr rieb, während er eine ihrer Brüste küsste und liebkoste. Die Luft blieb Jessica weg bei dieser Berührung, bei seinen kleinen Bissen, die sie so reizten, obwohl er es bei seiner Flamme tat.

Zarte Bisse.

Weiche Lippen.

Heiße Haut auf heißer Haut.

Hitze schoss durch Jessicas Körper, als die Dunkelhaarige sich unter Freds Liebkosungen sehnsuchtsvoll vor Lust wand.

Seine Lippen näherten sich wieder ihrem Mund, und während seine Zunge in sie eintauchte, war Jessica sich seines Schwanzes auf der Haut seiner Gespielin sehr wohl bewusst.

So bewusst.

Alles war Gegenwart und Hitze.

Sie waren regelrecht hungrig aufeinander, ein einziges Gewirr aus Händen und Bewegungen. Hände, die den anderen streichelten, berührten, ihm zeigten, wie sehr er begehrt wurde. Sie wälzten sich auf der Picknickdecke, und ihre Bewegungen wurden immer intimer, immer wilder, immer ungestümer.

Wie ein Knäuel der Lust.

Mit geschickten Bewegungen half Fred ihr, eine seitliche Stellung einzunehmen, und schmiegte sich an ihren Rücken.

Küsste ihren Hals, streichelte sie zwischen den Schenkeln, während diese sich für ihn öffneten und sich ihr Po seiner Hand entgegendrückte.

Sie schien begierig darauf zu warten, dass er seinen Schwanz in sie stieß, den sie an ihren Backen sicherlich spürte; der sich gegen sie drückte. Sie stellte ein Bein auf, damit Fred es leichter haben würde, und schon war es so weit. Jetzt musste sie spüren, wie er mit seiner Hand nachhalf – in sie schlüpfte.

Hineinkroch.

Da war er.

Versenkte sich in ihr.

Jessica hatte einen Dildo bereitliegen, den sie ganz tief in sich hineingeschoben hatte, und da sie nur machen durfte, was ihr vorgelebt wurde, war ein heißes Verlangen in ihr. Aber gleichzeitig reichte ihre Vorstellungskraft aus, um ein männliches Wesen in sich zu fühlen. Die Weichheit und dennoch Festigkeit eines echten Schwanzes in sich zu spüren.

Und als er in der jungen Schönheit war, stützte er sich so ab, dass er noch tiefer in sie eindringen konnte.

Ja.

Noch tiefer.

Tiefer.

Er reizte sie innen.

Füllte sie vollkommen aus.

Stieß zu. Und hieb fest in sie. Tief und fest. Ein Stoß nach dem anderen. Nachstoßen. Tiefer stoßen. Eine Hand am Becken der jungen Frau, damit sie ihm nicht entwischen konnte. Sie fühlte ganz gewiss jeden Stoß ... die Reibung ... das tiefe Eindringen.

Und die Lust war ihr Treibstoff. Die Stöße waren so tief,

dass ihr Körper von Druckwellen erfasst wurde. Die bis in die letzten Haarspitzen stießen und ihren Kopf fast durchschlugen.

Jessica stöhnte.

Sie stöhnte bei jedem Stoß, und mit jedem dieser Stöße wurden die Druckwellen heftiger. Ließen sie erschaudern. Sie lauter stöhnen.

Da biss Fred in die Schulter der Schönheit, und dieser Biss ließ Jessica einen Höhepunkt erleben.

So schnell.

So unglaublich schnell.

Und so heftig.

Sie japste nach Luft.

Und als Fred seinen Saft in sie schoss, stieß die Dunkelhaarige Laute aus.

Laute der Lust.

Und er pumpte seine letzte Kraft in sie.

Ließ Jessicas Wellen der Lust hochschlagen, katapultierte sie selbst ins Universum.

Jessicas Möse hatte getobt. Sie hatte gezuckt. Hatte ebenfalls Erfüllung gefunden. Jessica hatte alles gesehen, was sie hatte sehen wollen, und da sie jede Bewegung mitgemacht hatte, auch ähnlich gefühlt wie Freds Gespielin. Danach hatte sie wieder ihren Slip und ihren fliederfarbenen Morgenmantel angezogen und den Dildo in die Tasche des Morgenmantels gesteckt.

Jessica fühlte sich auf einmal gar nicht wohl.

Ein fürchterlicher stechender Schmerz lähmte ihren Körper, versteifte ihn unweigerlich.

Dieser Schmerz!

Ihr wurde gleichzeitig übel, und sie bekam keine Luft mehr. Jessica fasste sich ans Herz. Was ihre Augen als Letztes sahen, war, wie Fred und die dunkelhaarige Schönheit sich streichelten.

Ihr letzter Gedanke war: Schöner Fred.

Als Aishe die Wohnung betrat, kam es ihr seltsam vor, dass Jessica ihr keinen «Guten Morgen» entgegenrief.

Aishe holte einfach ihre Putzsachen und fing mit der Küche an, danach kam das Badezimmer an die Reihe, und als sie ins Wohnzimmer kam, erschrak sie fast zu Tode. Von der Tür aus sah sie, wie Jessica selig lächelnd im Sessel saß, mit offenen Augen. Aber als Aishe sie ansprach, kam keinerlei Reaktion. Dann bemerkte sie die Kabel, die in dem Loch im Boden verschwanden, das ihr schon immer etwas seltsam vorgekommen war, und als sie sich umsah, sah sie im Fernseher einen Theaterraum. Das Seltsame daran war, dass sich das Bild nicht bewegte.

Das war zu viel für Aishe.

Und was waren das für Kabel, die zum Fernseher gingen?

Aber zuerst zwang sie sich, zu Jessica zu gehen und ihren Puls zu fühlen. Schon davor war sie sicher gewesen, dass Jessica tot war, noch ehe sie die kalte Haut unter ihren Fingern spürte. Puls war ebenfalls keiner mehr vorhanden. Was auch immer hier vorgefallen war, konnte ihr eigentlich egal sein – war es aber nicht. Deshalb entfernte sie diese seltsame Konstruktion, und da sie normalerweise Männer für solche Aufgaben hatte, hoffte sie, dass es reichte, wenn sie einfach nur dieses Ding aus dem Loch zog und alles, was daran hing, entfernte. Sorgfältig legte sie den Teppich über das Loch.

Sie spulte die Kassette in der Videokamera ein wenig zurück und startete sie dann, so wie sie es bei ihren Söhnen schon gesehen hatte, und was sie dann auf dem kleinen ausklappbaren Monitor der Videokamera sah, ließ sie erschreckt an ihr Herz fassen, und dann sah sie, dass sich das Bild auch auf dem Fernseher zeigte. Schnell nahm sie die Kassette aus der Videokamera und steckte sie in ihre Handtasche, dann räumte sie den Rest auf. Erst danach rief sie den Notarzt und meldete eine tote Jessica Winter. Der Arzt stellte fest, dass Jessica an einem Herzinfarkt gestorben war.

Aishe vernichtete zu Hause die Kassette.

Das selige Lächeln von Jessica sagte Aishe, dass sie in einem glücklichen Moment von dieser Welt gegangen war.

Und ihrer Meinung nach sollte man nach dem Tod von niemandem schlecht reden. Also war ihr Geheimnis mit Jessica gestorben.

ANNES SÜSSE VERSUCHUNG

Anne war eine verheiratete Frau, und das war sie richtig gerne. Warum manche verheiratete Menschen fremdgingen, war ihr ein Rätsel, das sie nicht nachvollziehen konnte. Das wollte sie auch gar nicht. Hatte man sich für einen Partner entschieden, was brauchte man dann einen anderen im Bett? Und wenn es in der Ehe nicht mehr funktionierte – was heutzutage öfter vorkam –, dann trennte man sich eben wieder, ihrer Meinung nach zwar oft viel zu schnell, aber bevor man fremdging, lieber das. Niemand war in diesen Zeiten noch gezwungen, bei seinem Partner zu bleiben, zumindest in der westlichen Welt, also konnte man sich trennen, wenn man sich nichts mehr zu sagen oder sich im Bett auseinandergelebt hatte.

Anne war seit fünf Jahren mit Harald verheiratet, und ihr war vom ersten Moment an, als sie ihn zum ersten Mal im Supermarkt gesehen hatte, klargewesen: Das ist er. So etwas hatte sie vorher noch niemals erlebt. Und dieses Wissen, dass er der Mann für ihr weiteres Leben war, war so gewiss gewesen wie das Wissen darum, dass am Morgen die Sonne aufgehen und am Abend wieder untergehen würde.

Natürlich stritten sie sich manchmal, aber welches Paar täte das nicht. Außerdem waren ihr die Gemeinsamkeiten immer wichtiger gewesen als die kleinen Unterschiede in der Denkweise, und deshalb waren Streitereien immer schnell beigelegt.

Was sie körperlich am meisten an ihm mochte? Seine

Hände. Feingliedrig, wie Künstlerhände, liebevoll, und wenn sie nur daran dachte, wie er sie berührte, dann lief ihr auch nach sechs Jahren Ehe noch ein Schauer über den Rücken. Er war so geschickt mit seinen Händen – und, ja, auch im Bett.

Und genau dort sollte man einem Mann ein wenig Abwechslung bieten können, das war ihre Meinung, und deshalb erfand sie für ihn immer wieder kleine «Sauereien», wie sie es salopp nannte. Es musste nicht immer etwas Ausgefallenes sein, schließlich sollte Sex Spaß machen und nicht in aberwitzige Turnübungen ausarten. Damit ihr die Ideen nicht ausgingen, schaute sie von Zeit zu Zeit bei einem Sexshop vorbei und betrachtete all diese schönen Spielsachen, wobei es dort einiges gab, was auf Anne mehr abtörnend als antörnend wirkte. Nun ja, jeder wie er mag.

Wenn sie da war, dann beobachtete sie immer heimlich die Männer, die bei den Sexzeitschriften standen. Wie witzig sie es fand, wie gerade bei den Schmuddelzeitschriften die Männer ihre Köpfe einzogen, jeglichen Blickkontakt mieden und sich so gaben wie kleine Kinder, die sich die Augen zuhielten und dann dachten: «Ich sehe niemanden, also sieht mich auch niemand.»

Anne schämte sich nicht, eine stolze Anzahl von Sextoys ihr Eigen nennen zu können oder in Sexshops einzukaufen. Allerdings hatte sie nicht immer Lust auf ausgefallene Spiele, genauso mochte sie den ganz normalen «Blümchensex». Wieso auch nicht? Die Spielchen hob sie sich für besondere Gelegenheiten auf, die aber – so fand sie – auch nicht so wenige sein sollten, wie es Feiertage im Jahr gab. Sie war der Meinung, dass, wenn ein Mann unterfordert war, er eher auf den Gedanken kam, sich mal ein wenig anderweitig umzusehen.

Aber da Anne Sex liebte und auch diese schönen Spielchen, die es gab, war sie sicher, dass Harald keinen Grund hatte, den Verlockungen einer anderen Frau zu erliegen.

Sie kannte inzwischen jede Art von Seufzer von ihm.

Sein etwas stärkeres Durch-die-Nase-Atmen, das ihr sagte, er hatte die Hitze genossen und fühlte sich wohl.

Seinen gutturalen Laut, der fast klang, als würde ihm jemand den Garaus machen, o Mann, dann war er abgegangen wie eine Rakete und ebenso gekommen.

Den unterdrückten Schrei, der ihr signalisierte: Endlich erlöst, länger hätte ich es nicht mehr ausgehalten.

Ja, sie liebte es auch zu wissen, was für ihn was bedeutete, auch wenn es manchmal nur ein leichtes, sanftes Atmen war.

Anne setzte es mit ihren Orgasmen gleich. Es war schließlich auch bei ihr nicht immer der Megaorgasmus. Nur dass sie multiple Orgasmen bekommen konnte, das war definitiv ein Unterschied. Aber manchmal ging er zu wild ran, dann war sie froh, wenn sie kommen konnte. Manchmal kam sie ganz heftig, dann wiederum kam sie zwar, aber es war nicht dieses Feuerwerk, das den ganzen Körper mehrfach erfasste und Gefühle auslöste, als hätte man ihr eine Dosis reinsten Glücksstoffes in die Adern gespritzt.

Anne war klar, dass für sie der Sex so gut war, weil sie sich meist mit einem Ritual darauf vorbereitete. Wenn sie ihrem Körper jegliche Pflege angedeihen ließ, was dann schon mal eine Stunde oder mehr in Anspruch nehmen konnte, dann ließ der Gedanke an Sex sie nicht mehr los. Und das wiederum machte sie schon heiß, bevor Harald überhaupt den Kopf zur Tür hereinsteckte.

Sie war überzeugt, dass dieses Vorbereiten, dieses Pflegen, die hitzigen SMS, die versteckten doppeldeutigen Worte, dass das alles sie auf die sexuelle Liebe abfahren ließ. Und war es dann so weit, dann krachte es ordentlich. Sie fand, der Sex wurde für sie durch diese Vorbereitungen, die ihre Gedanken nur um dieses Thema kreisen ließen, und durch die Wartezeit, die zwischen dem Hübschmachen und dem Akt selbst lagen, noch um ein Vielfaches besser.

Es war auch eine Art positives Denken durch positive Einstimmung.

Und ihr war noch etwas aufgefallen: Wenn sie ihren Mann verwöhnte, dann dachte sie weder an den nächsten Arbeitstag noch an das Essen mit ihren Eltern oder an die Kinder, die gerade bei denen übernachteten. Anne verlor sich in der Erkundung ihres Mannes, und immer wieder war sie erstaunt, wie gut sie alles rund um sich herum ausblenden konnte. Stundenlang.

Manchmal kaufte sie auch Bücher, in denen Frauen erklärt wurde, welche Techniken einen Mann garantiert auf Touren bringen konnten. Wie immer suchte sie aus solchen Büchern das Beste für sich heraus, die anderen Sachen registrierte sie zwar, aber musste sie deshalb noch lange nicht selber anwenden.

Erst vor zwei Wochen hatte sie wieder so ein Spielchen mit Harald gespielt, und der Gedanke daran ließ sie lächeln. Die Kinder hatten sie zu ihren Eltern gegeben, damit sie Zeit für sich hatten. Das besagte Spiel hieß «Heiß und kalt». Aber zuerst hatte sie Harald eine SMS geschrieben:

Wenn du nach Hause kommst, dusche ausgiebig. Ich warte willig im Schlafzimmer auf dich. Ich mache das mit dir, was du am meisten liebst. A. PS: Und es gibt eine schöne Überraschung.

Anne wusste, dass er nach dieser SMS alles daransetzen

würde, pünktlich aus der Arbeit wegzukommen. Seine Gedanken würden nur noch um sie kreisen. Natürlich kamen mehrere SMS von ihm, in denen er versuchte herauszubekommen, was sie mit ihm vorhatte. Ihm war klar, dass noch mehr dahintersteckte, wenn Anne ihn auf so frivole Weise lockte. Aber statt ihn aufzuklären, heizte sie ihn nur noch mehr auf mit kleinen, versteckten Andeutungen. Immer wenn ihr Handy brummte, wurde sie noch feuchter. Es machte sie heiß, dieses Warten darauf, seine Vermutungen, seine Fragen …

Als er das Schlafzimmer betrat, sah er Anne. Sie war ungeschminkt, ihr langes Haar hatte sie hübsch zurechtgemacht. Mit halterlosen schwarzen Strümpfen und in ihren High Heels stand sie im Zimmer. Harald liebte ihre Brüste, liebte es, wenn sie sich nicht schminkte. Tagsüber trug sie immer ein wenig Wimperntusche und einen zarten Lippenstift, erst abends schminkte sie sich ab. Sein Blick zeigte ihr, wie sehr sie ihm gefiel, wie sehr sie ihn anmachte.

Er stand in einem weißen Bademantel vor ihr, der seine breiten Schultern und die schmalen Hüften betonte. Anne öffnete den Bademantel, sah Harald in die tiefblauen Augen. Als ihr Blick auf seinen Unterleib fiel, bemerkte Anne, was ihre SMS bei ihm «angerichtet» hatten. Sie streifte ihm den Bademantel von den Schultern und warf ihn auf den frischgewischten Parkettboden. Harald war also immer noch empfänglich für sie, und das wiederum gab ihr ein berauschendes, machtvolles Gefühl.

«Leg dich mit dem Rücken aufs Bett», sagte Anne.

Seine Augen glitzerten vor Verlangen, und er legte sich hin. Seit sie verheiratet waren, hatte er kaum an Gewicht zugelegt, und die paar Gramm mehr machten ihr nicht das Geringste aus. Schön sah er für sie aus, wie er da so erwartungsvoll vor ihr lag.

«Vertraust du mir?», fragte Anne.

Kurz trat ein zweifelnder Ausdruck in seine Augen, ehe er sich wieder entspannte. «Dir vertrauen? Hm. Da muss ich erst darüber nachdenken.»

Anne musste lachen. «Komm schon. Du weißt, dass du mir eh nicht entkommst. Und außerdem – mein Trumpf ist, dass du so neugierig bist wie eine Frau.»

«Ich ergebe mich.» Spielerisch schlug er nach Anne. «Wie eine Frau …?! Na warte, da reden wir noch drüber.» Dann wurde seine Stimme tiefer vor Verlangen. «Aber fang doch an. Ich bin ganz dein.» Harald breitete ergeben die Arme weit aus.

«Du hast meine Frage nicht beantwortet.»

«Also gut, ich vertrau dir.»

Anne zog unter dem Kopfkissen eine schwarze Binde hervor, was ein breites, erwartungsvolles Lächeln auf Haralds Gesicht zauberte. Anne lächelte verführerisch zurück, legte die Binde über seine Augen und verknotete sie. Er sollte heute zuerst genießen, und deshalb sollte er nur fühlen, nicht sehen.

Wie unglaublich gut ihr Mann roch. Es gab ja immer Männer, die diesen intensiv penetranten Seifengeruch an sich trugen, einen Duft, den sie sich für teueres Geld besorgt hatten, und trotzdem alle Frauen, die einen guten Geruchssinn besaßen, damit in die Flucht schlugen. Ihr Harald duftete wie die Wohlgerüche, die einen begleiteten, wenn man durch einen morgendlichen Sommerwald spazierte, auf den die Sonne schien – erdig, männlich, unglaublich verführerisch.

Und ohne dass sie ihn je hätte darauf aufmerksam machen müssen, trug er genau die Düfte, die sie liebte. Anne atmete diesen Odeur nun tief in ihre Lungen, hielt ihn fest wie ein kostbares Gut, ehe sie langsam ausatmete und dann erneut an seinem frischgeduschten Körper roch.

Warm. Ein warmer, schöner Männerkörper lag vor ihr – ihr Mann.

Zuerst legte sie sich ein wenig über ihn, ließ ihre Brüste, die er so liebte, über seinen Oberkörper streifen, was sie selbst erregte. Anne genoss den Schauer, der sich ihrer bemächtigte, wenn ihre Nippel ihn berührten. Dann näherte sie sich seinem Mund, gab ihm eine ihrer rosigen Knospen zum Kosten, und wie ein glückliches Baby saugte er daran. Fasste mit den Händen hin, liebevoll, langsam. Dann jedoch nahm Anne seine Hände und hob sie weit über seinen Kopf, hielt sie fest. Wehrlos lag er auf der weißen Spitzenbettwäsche. Ein Opfer ihrer Lust.

Die Fenster und die Tür waren geschlossen, und so waren sie wie in einem schützenden Kokon gefangen und konnten ihrer Lust frönen. Was Anne mit ihm vorhatte, da würde ihr Harald überrascht sein, da war sie ganz sicher. Wie ein Maler zeichnete sie mit ihrer Zunge die Konturen seines Körpers nach, mal flatterte sie darüber wie ein Kolibri, dann wieder streichelte sie ihn damit, lange und ausgiebig. Kostete hier, verwöhnte da. Wenn er es besonders schön fand, wand er sich ein wenig, oder bat sie, an einer bestimmten Stelle etwas länger zu verharren. Manchmal entlockte sie ihm ein Stöhnen. Sie fand es herrlich, seine Haut und deren Duft in sich aufzunehmen, ihn zu spüren, so ganz nah bei sich. Nur sie. Nur er. Nur sie zwei.

«Du bist wunderbar», sagte Harald träge und heiser.

Zwischendurch küsste sie ihn in allen möglichen Variationen. Erst neckte sie ihn mit ihren Lippen, ihrer Zunge, nur um dann in ein wildes Spiel überzugehen, wobei sie darauf achtete, den Hautkontakt nicht abreißen zu lassen. Sich mit ihrem Oberkörper zärtlich über ihn zu schieben und sich wieder wegzubewegen, immer sanft über seine Haut zu streicheln mit ihren Brüsten. Glätte auf Glätte. Ab und zu streifte sie wie zufällig seinen Schwanz, berührte ihn nur ganz kurz, denn der war bereits prügelhart. Anne wollte sich Zeit lassen.

Seine Lippen, die sie schon immer hatten verführen können. Sie musste an ihren allerersten, zaghaften Kuss denken, den sie ihm bereits bei ihrem zweiten Treffen erlaubt hatte. Die Aufregung des ersten Mals. Seine Lippen, die sie so gerne fühlte, weich und doch hart. Fordernd und auch gebend. Lippen, die ihr bereits so viel Vergnügen bereitet hatten in den sechs Ehejahren und auch davor. Ja, sie liebte ihn, und nach wie vor genoss sie seinen Körper. Streichelte ihn. Berührte ihn.

Seit die Kinder da waren, waren solche Augenblicke weniger geworden und umso kostbarer. Aber sie achtete darauf, dass trotzdem manchmal die Schlafzimmertür verschlossen blieb und gelegentlich, so wie heute, gab sie die Kinder zu ihren oder seinen Eltern. Dann konnten sie auch einmal etwas lauter werden.

Anne griff unter das Bett, holte das Tablett hervor und auch die Utensilien, die sie bereitgelegt hatte, und stellte alles aufs Bett, damit sie es im rechten Moment parat hatte. Vorher hatte er es nicht sehen dürfen.

«Was machst du da?», wollte er wissen.

«Du wirst es bald spüren.»

Als Harald neugierig mit der Hand auf dem Bett herumtastete, schob sie das Tablett mit den geheimen Dingen außerhalb seiner Reichweite.

Einige Male streifte sie wie zufällig seinen Luststab, der nach ihr gierte. Erst als sie ihn mit ihren Haaren und ihrer Zunge überall gestreichelt und liebkost hatte, widmete sie sich ganz hingebungsvoll dieser einen Stelle. Nie würde Anne verstehen, warum manche Frauen dies nicht gern taten. Harald war gepflegt, und um nichts auf der Welt hätte sie darauf verzichtet, ihn manchmal auch an dieser Stelle zu verwöhnen. Das hatte sie auch schon gerne getan, bevor sie sich erotische Fachliteratur gekauft hatte. Diese Art, einen Mann zu verwöhnen, stünde an erster Stelle, behaupteten die Damen des Gewerbes, die in einem Sexratgeber zu Wort kamen. Wenn Frauen ihren Männern öfter eine Fellatio angedeihen ließen, wären die bezahlten Liebesdienerinnen so gut wie arbeitslos, war ihre einhellige Aussage.

Anne konnte das nachvollziehen. Wenn Harald sie unten mit der Zunge verwöhnte, dann war das die vollkommene Befriedigung für sie. Er war ganz auf ihre Erfüllung ausgerichtet, stellte seine Bedürfnisse zurück.

Harald stöhnte, als sie ihn mit der Hand dort berührte.

Wenn er sie verwöhnte, war es ihre Zeit. Seine lustvollen Blicke, die er ihr dabei zwischendurch zuwarf, machten sie in solchen Momenten noch feuchter. Seine Lust war dann für sie ein Katalysator.

Anne streichelte seinen schönen Schwanz ausgiebig mit ihrer Wange, küsste die rosige Spitze, ehe sie dazu überging, ihm die Freude zuteil werden zu lassen, die Harald zum Stöhnen brachte. Ihre Zunge huldigte jedem Millimeter, herzte, liebkoste, leckte und neckte ihn. Haralds Gesicht wirkte ganz angespannt, zwischendurch lächelte er, was ihr sagte, wie sehr er das alles genoss.

Anne nahm einen Eiswürfel aus einer Schale, sie streichelte mit einer Hand weiter, während sie den eisigen Gefährten in den Mund nahm. Obwohl er schon einige Zeit draußen gelegen hatte, fror er fast an ihrer Zunge fest. Anne legte sich so hin, dass sie Haralds Luststab zwischen ihren Brüsten auf und ab gleiten lassen konnte.

Er stöhnte wieder.

Als sie ihren Rachen und ihre Zunge kaum noch fühlte, ließ sie den Eiswürfel unauffällig zurück in die Schale fallen und stülpte ihren eisgekühlten Mund so schnell wie möglich über seinen Schwanz. Verharrte.

Ein spitzer Schrei.

Harald krallte seine Hände in die Bettdecke, wand sich. Aber Anne hielt ihn fest, ließ ihn nicht entkommen.

«Hachhh! Was machst du?! War. Das. Geiiiil!!»

Anne hörte auf zu schlecken, bevor ihr Mund wieder warm wurde. «Es kommt noch besser.»

Allein diese Worte ließen Harald aufstöhnen.

Sie angelte sich die Thermoskanne, öffnete sie und schenkte die Tasse halbvoll.

«Was hast du vor?», wollte Harald mit heiserer Stimme nochmals wissen.

«Pst! Abwarten!» Anne nippte vorsichtig an dem Tee, nahm einen größeren Schluck und streichelte mit der anderen Hand Haralds steil aufgerichteten Schwanz, dessen Glätte sie immer wieder mit Freude erfüllte. Sie ließ den Tee so lange im Mund, bis die Hitze in die letzte Pore vorgedrungen war. Dann erst schluckte sie und stülpte den Mund wieder schnell über seinen Schwanz.

«Oh!!» Mit seinen Händen schlug er auf die Bettdecke ein. Sein Körper bäumte sich auf, immer wieder, so als hätte sie ihm Elektroschocks verpasst. Für sie war es schwierig, seinen Schwanz in ihrem Mund zu behalten, aber sie schaffte es und behielt ihn dort, bis Harald wieder ruhiger wurde.

Anne beobachtete ihn genau, als sie ihn so mit ihrem Mund verführte, ihn willig und willenlos machte. Jede Bewegung ihres Mundes quittierte er mit lustvollem Stöhnen, leise. Er hielt sich fest, wand sich, genoss … Ihre Hände kraulten gleichzeitig seine prallen Eier. Zwischendurch leckte sie auch über sie oder liebkoste sie mit den Lippen. Nahm sie in den Mund und saugte daran, leckte gleichzeitig mit ihrer Zunge darüber. O ja, das liebte er! Sie sah es, sie fühlte es.

Anne wurde ganz feucht, wenn sie nur daran dachte, welche Lust Harald gerade empfand.

«Ich muss kommen. Darf ich?»

«Nein», sagte sie. Schließlich hatte sie noch mehr mit ihm vor.

Anne unterbrach sofort und leckte über seine Brust, widmete sich ganz seinen Brustwarzen. Da er sich leicht unter ihr wand, wusste sie, dass es ihm gefiel. Zwischendurch ließ sie ihn auch zart ihre Zähne spüren. Sie vermied es bewust, seinen Luststab zu berühren, nur zwischendurch streifte sie ihn absichtlich mit ihren Schenkeln oder ihrer Muschi, an der die glatte Spitze fast hängenblieb, so prall waren seine Blutgefäße gefüllt. Sie küsste seinen Mund, ließ ihre Zunge eintauchen, und sofort verschlangen sich ihre Zungen gierig.

Wild.

Tief.

Sie hörte auf, ihn zu küssen, und widmete sich wieder seiner Brust.

«Setz dich auf mein Gesicht, ich will dich lecken», sagte er heiser.

«Ich möchte dich erst verwöhnen.»

«Und ich will dabei deinen Geruch auf meinem Gesicht spüren. Komm schon. Bitte!»

Anne suchte sich eine bequeme Position auf seinem Gesicht und streckte sich dann weit nach vorne, so, dass sie seinen Luststab wieder in den Mund nehmen konnte. Schwierig, aber es ging.

Zuerst fühlte sie seine Nase an ihren nassen Lippen, aber sogleich küsste er sie dort. Sie setzte sich tiefer auf seinen Mund und konnte es kaum noch erwarten, dass er seine Zunge tief in sie tauchte. Da, er stieß seine Zunge in sie, bis sie Laute der Lust ausstieß, die sich seltsam anhörten, da sie gerade ihrerseits von ihm im Mund ausgefüllt wurde.

Das Verlangen durchfuhr sie wie ein glühender Speer. Ließ sie an ihm innehalten, während sie über seinem Gesicht vor unbändiger Lust bebte.

Mit einer Hand griff sie wieder nach dem Eiswürfel und steckte ihn sich in den Mund.

Wartete, hielt die Kälte aus, bis ihr ganzer Mund von ihr durchdrungen war, legte den Würfel beiseite und stülpte ihren eisgekühlten Mund über ihn. Wieder ein spitzer Schrei. «Oh ... ohh ... hhh ...», brach es wie ein stotternder Motor aus ihm heraus, und das alles vibrierte an ihrer empfindsamsten Stelle. Brachte sie selbst fast um den Verstand.

Seine Hände griffen nach ihrem Kopf und drückten ihn tiefer auf seinen Schwanz. Bis die ganze Kälte ihres Mundes auf ihn übergegangen war. Sie leckte ihn mit der Zunge, und ehe ihr Mund wieder die Normaltemperatur erreicht hatte, nahm sie erneut einen Schluck Tee. Sie ließ den Tee in ihrem Mund und stülpte den Mund samt heißem Tee über ihn.

«Ohh!!», keuchte er heiser, und sie hob vorsichtshalber ihren Hintern leicht an, damit er nicht plötzlich unkontrolliert zubiss, weil ihn die Gefühle übermannten.

Wieder packte er sie am Haar und drückte sie auf seinen Schlingel. Der Tee lief über seinen Unterleib, direkt auf die Bettdecke. Aber das registrierte Anne nur am Rande, denn sie widmete sich ganz seiner Lust, ganz seinem Vergnügen, während in ihr ein Kitzeln, Ziehen und Sehnen war.

Der Ratgeber, aus dem sie dieses heiß-kalte Spiel hatte, hatte nicht zu viel versprochen.

Es musste sich für ihn wie kleine sexuelle Elektroschocks anfühlen, die ihm durch Mark und Bein gingen. Seine Reaktion war megageil, ließ ihre Muschi vor Lust pulsieren.

«Gib mir einen Eiswürfel», verlangte er, von heftigem Stöhnen unterbrochen.

Wortlos reichte sie ihm einen Eiswürfel, den er in den Mund nahm und dann sofort mit der Zunge in ihre nasse Hitze katapultierte. Jetzt stieß sie einen kleinen Schrei aus, denn es war, als würde glühende Lava in ein Eismeer fließen. Dieser Kälteunterschied brachte ihr Blut zum Kochen, und sie hatte wirklich Schwierigkeiten, sich auf ihn zu konzentrieren.

Mit seiner Zunge hielt er den Eiswürfel in ihr, leckte und verwöhnte sie, während sie das Gleiche bei ihm tat.

«Bitte, lass mich kommen. Ich halte es nicht mehr aus», sagte er an ihrer heiß-gekühlten Muschi.

Anne unterbrach die Liebkosungen, mit denen sie gerade seinen Schwanz verwöhnte. «Ja. Aber nimm die Augenbinde ab. Ich möchte, dass du siehst, wie ich deinen Saft schlucke.»

Anne bewegte sich von ihm weg, drehte sich um, während kalte Rinnsale aus ihrer Muschi über ihre Beine liefen und auf ihrem Körper Schauer auslösten. Ihre Nerven hatten noch das Gefühl, seine Zunge zu spüren, während ihre Muskeln den restlichen Eiswürfel in ihr gefangen hielten.

Sofort zog er die Augenbinde herunter. «Du willst – schlucken?»

Seine Augen leuchteten, als würden Sterne darin funkeln. Natürlich wusste sie, wie sehr er es genoss, wenn sie sein Sperma schluckte. Das war ihr bereits nach kürzester Zeit ihres Zusammenseins klargeworden. «Mhm. Und nun leg dich wieder hin.» Sie setzte sich auf sein Bein, rieb ein wenig ihre Muschi an ihm, beugte sich über seinen wunderbaren Schwanz und gab ihm, nach was ihn am meisten verlangte. Ließ ihre Zunge kreisen, vorschnellen, ihn umschlingen, sie fuhr an seinem Schwanz entlang und neckte ihn, mal etwas schneller, dann wieder langsamer.

Immer noch fühlte sie den kalten Eiswürfel in sich, diesen ungewohnten Fremdkörper, der sie vor Begehren brennen ließ. Wenn sie ihren Hintern bewegte, war ein Zittern in ihr und ein ungeheueres Verlangen, und kleine Orgasmen breiteten sich in ihr aus.

Immer noch leckte sie ihn, bis er einen gutturalen Schrei ausstieß und sie den Geschmack von Austern in ihrem Mund wahrnahm. Sein Körper wand sich unter ihr wie ein wild gewordener Aal.

O ja, sie hatte ihm seinen besten Orgasmus bereitet. Dieser Laut bedeutete, dass er in den Orgasmushimmel aufgefahren war. Jede Zelle seines Körpers wurde ergriffen von diesem Gefühl, das einen glauben ließ, man würde schweben, man könne alle Bäume dieser Erde gleichzeitig ausreißen und eine unglaubliche, geheimnisvolle Macht stecke in einem.

War das alles wirklich erst wenige Wochen her, fragte sich Anne. Sie war mit ihrer Freundin Carola nach Frankreich in den Urlaub gefahren. Kaum hatten sie am Abend eine Bar betreten, war ER ihr aufgefallen. Anne trug einen ziemlich kurzen Sommerrock und ein Top, das ihren Busen besonders schön zur Geltung brachte. Und schon war es passiert.
Ausgerechnet ihr!
Wo sie doch so dagegen gewesen war.
Sie ging fremd.
Inzwischen waren sie auf seinem Segelboot gelandet. Gelandet war der richtige Ausdruck, denn er hatte sie auf die Planken gelegt.
Maurice' geflüsterte Worte zwischen den ungestümen Küssen verstand Anne trotz ihrer nur rudimentären französischen Sprachkenntnisse sehr gut.
«Sexy ... deine Augen ...»
Dahingehaucht mit französischer Sprachmelodie, jagte jede Silbe Schauer über ihren erhitzten Körper.
Wieder ein Kuss von Maurice, der all ihre Sinne so erregte, bis das leise Plätschern des Wassers, das an das Segelboot schwappte, in weite Ferne rückte.
«Wunderschön ... machst mich ... ganz willenlos ...»
Das Segelboot schaukelte sanft mit den Wellen, während Maurice Anne nach allen Regeln der Kunst verwöhnte. Kurz hatte Anne ein schlechtes Gewissen wegen Harald, aber als Maurice ihren Mund mit einem sinnlichen Kuss verschloss,

war Harald bereits wieder aus ihren Gedanken verschwunden.

Seine Hände glitten über ihren Körper, brennend vor Verlangen und Begierde. Hände, von denen Anne wusste, wie feingliedrig sie waren – Künstlerhände eben. Mit einer dieser Hände, dieser wunderschönen Hände, berührte er gerade voller Hingabe ihren Oberschenkel. Sein Kuss brannte auf ihr, voller Leidenschaft, und sie ließ ihn gewähren. Ließ ihn gewähren in dem Bewusstsein, dass dieser Mann der ihre war – vielleicht nur für diesen Augenblick – für diese eine Nacht …

«Deine hellen Brüste.» Er leckte genussvoll über ihre steifen Nippel. «Köstlich!»

Über ihnen strahlte der Mond in seiner vollen Schönheit, und sein Licht ließ helle Linien auf dem nachtdunklen See schaukeln und tauchte Maurice in geheimnisvolle Schattenspiele, während dieser sie berührte.

Während seine wunderschönen Hände sie erzittern und erbeben ließen.

Anne nahm dies nur am Rande wahr, denn ihr ganzer Körper war auf die Lust ausgerichtet, die sie gerade mit jeder einzelnen Pore einsaugte. Er küsste sie weiter, auch als er ungeduldig ihren Rock öffnete und ihn nach unten zerrte, bis sie ihn mit ihren Beinen wegschieben konnte.

Seine Arme waren kräftig, und seine Stimme streichelte sie mit französischen Worten, die sich wie eine rauchige, sexy Melodie für Anne anhörten. «Oh … Anne … du machst mich so heiß. Ich will in dir sein …»

Selbst wenn sie kein Wort verstanden hätte, so hätten Anne die französischen Laute aufs äußerste erregt. Und sie hätte zu allem «Ja!» gesagt.

Alles an Maurice war ihr unbekannt, ein Hauch von Verwegenheit ging von ihm aus, und gerade das zog sie magisch an.

«Deine Haut ...»

Gerade streichelte er hingebungsvoll ihre Kniekehle, etwas, was sie jegliche Hemmung verlieren ließ – hätte sie diese überhaupt gehabt.

Höher war alles, was Anne denken konnte. Sie hielt es kaum noch aus. «Maurice», bettelte sie.

«*Bitte*. Jetzt.»

Der Duft von Lavendel schwängerte die Luft und betörte Anne genauso, wie es Maurice' Hände, seine Zunge, sein Mund taten. Lavendelfelder, so weit das Auge reichte, und eine sinnliche Farbe, die jeden Künstler zu großen Werken inspirieren würde. Ihr gefiel es, wie Maurice ihren Namen heiser in die Nacht flüsterte, als er einmal kurz ihren Mund freigab. Gehauchte Erotik, die Anne erbeben ließ.

«Anne ... oh ... Anne.»

Wie aufregend und weiblich ihr Name plötzlich klang.

Sein Haar war so dunkel wie eine mondlose Nacht, und so dicht, dass es ein Vergnügen war, die Hände darin zu vergraben. Sein Kopf begann an ihrem wohlproportionierten Körper hinabzuwandern, hauchte mal hier, mal dort einen Kuss auf und brachte ihre Hitze damit zum Vibrieren.

«So geil ... Meine wunderschöne Anne.»

Ihren Lippen entfloh ein Laut, den sie von sich gar nicht kannte und der sich dann in die mondhelle Nacht verflüchtigte.

Seine wunderbaren Hände schlossen sich der langsamen Wanderung mit an, und wo immer sie Anne berührten, lösten sie Wirbelstürme aus. Sie streichelten sie an all ihren empfindsamen Stellen, selbst an solchen, von denen sie bisher gedacht hatte, sie wäre an ihnen nicht erregbar.

«Maurice.»

Diese Lüsternheit, die wie ein Tier in ihr geschlummert hatte, war nun erwacht und hinterließ Verwunderung bei Anne.

«Endlich. Oh, Maurice ... ja ... genauuu daaa ...»

Maurice roch nach dem Grün der Natur; nichts Künstliches, das von seinem wohlriechenden Körperduft abgelenkt hätte, war an ihm. Als er sie mit seinen Fingern verwöhnte, hielt sie es kaum noch aus und vergrub ihre Hände tief in seinem Haar. Endlich fasste er sie da an, wo ihr ganzes Sehnen hinzielte. Die Stille wurde von lustvollen Geräuschen durchbrochen, die von ihrer unbändigen Leidenschaft zeugten. Plötzlich küsste er sie unten, als wäre ihre Vagina ein Mund, drang mit seiner Zunge in sie, küsste sie flatternd, tauchte wieder ein in ihre Nässe. Tiefe Küsse, die ihr durch alle Glieder fuhren, die sie auf den Wellen der Lust treiben ließen. Die ihren Körper zum Glühen brachten und ihren Geist vernebelten, denn alles, was sie dachte, war: Wenn er nur endlich in mich eindringen würde. Aber sie hatten ja alle Zeit der Welt. Und so ließ sie es zu, dass er seine Zunge immer wieder in ihr versenkte, sie hineinstieß in ihre pulsierende Begierde. Die Lust in ihr schlug hohe Wellen und riss sie fast hinweg. Aber nur fast, noch war es nicht so weit.

Maurice unterbrach sein geiles Lecken und schaute Anne mit verklärtem Blick an. «Mon amour.» Er leckte sich ihren Saft von den Lippen. «Du bist so schön *nass*», wobei er die letzte Silbe so herrlich in die Länge zog.

Annes gesamter Körper war inzwischen eine einzige erogene Zone, die der endgültigen Erlösung entgegenfieberte, aber Maurice ließ sich Zeit. Zeigte ihr mit seinen Fingern, wie virtuos er damit auf ihrem Lustzapfen spielen konnte. So zart war jede Bewegung, dass es ihr bis ins letzte Glied fuhr.

Meisterhaft.

Wie er jede Bewegung zu genießen schien, zu ihrem Begehren beitrug, ihre Lust steigerte. Bis diese sich ungestüm über ihren Körper ergoss, sie in einen Strudel riss, der kein Ende nahm.

Als sie bereits dachte, gleich würde die Erlösung nahen, hörte Maurice auf, aber nur, damit er seinen Körper an ihrem entlang nach oben schieben konnte, während in Anne ein pochendes Verlangen tobte.

Seine Augen sahen sie an, und Anne liebte die Lüsternheit, die sie darin entdeckte. «Anne, ich muss es machen. Ich halte es nicht mehr aus. Ich ...», der Rest wurde verschluckt, da er ihren Bauchnabel küsste. «Später verwöhnen ... *Versprochen*.»

Schnell zog er seine Jeans und seine Boxershorts aus.

Warten ... warten ...

Er glitt genussvoll an ihrer erhitzten Haut nach oben, und als er sein Becken ein wenig bewegte, fühlte sie ihn. Gleich würde er in ihr sein. Gleich würde sie seine Lust in sich aufnehmen, und zusammen würden sich die ganzen Empfindungen vervielfachen. Sie konnte es kaum erwarten, ihn in sich zu spüren. Bereits als sie seine Spitze berührte, schossen Lustwellen in sie, begruben sie unter sich. Und es war ein Warten – auf ihn. Jede Sekunde ein Sehnen, jede Sekunde süße Qual. Und da: Wie er auf Anhieb den Weg in sie fand, angezogen wurde von einer jahrtausendealten Macht.

«Oh» war alles, was Anne keuchen konnte.

«Endlich» war alles, was sie denken konnte, als er endgültig und machtvoll in sie stieß. Für einen Moment verharrten sie, sogen tief die Luft ein, denn es war ein zu starkes Gefühl, das beide erzittern ließ.

Maurice suchte sich eine bequeme Stellung und senkte seinen Kopf auf sie herab. Gierig gab sie Maurice, was er von ihr verlangte, und bekam es tausendfach zurück.

Jede Bewegung von ihm entlockte ihr kleine, gutturale Laute, die ihre Lust hörbar machten.

Seine Bewegungen in ihr, seine Männlichkeit in ihr zerstreuten jeglichen Gedanken in alle Winde. Jeder Stoß in sie ließ ihre Nervenenden summen, als würde man seine Lippen an ein Zellophan halten und darauf blasen, genauso fühlte es sich an. In ihr, auf dem ganzen Körper, im ganzen Körper.

Anne musste ihre Lippen von Maurice' lösen, deshalb drehte sie ihren Kopf zur Seite. «Gott ... Kommmme ... Aaahh ...»

Gewaltig brach es über sie herein.

Und plötzlich ging auch in Maurice eine Wandlung vor sich, die sie mit ihm zusammen in einem erlösenden Orkan hinwegfegte.

Anne kam nur langsam in die Wirklichkeit zurück, und als sie die Augen öffnete ...

«O Anne.» Mit diesen Worten ließ Harald von ihren Brüsten ab, die er mit seiner Zunge und seinem warmen Mund liebkost hatte. So lange liebkost, wie Anne ihm die Geschichte zugeflüstert und sie sich unten berührt hatte. Harald zog

Anne in seine Arme. «Wenn du mir solche Geschichten erzählst, ist es wie ein Festtag für mich. Du hast mich so heiß gemacht, nun werde ich dir zeigen, wie sehr ...»

Anne liebte Haralds Künstlerhände, und in fast jeder ihrer Geschichten spielten sie eine Rolle. «Ich liebe dich», raunte Anne ihm zu. «Und jetzt nimm mich.»

So hatten sie ihre Nacht ohne die Kinder verbracht. Was für eine Nacht! Und sogar ausschlafen hatten sie können ... – und wer weiß ...

SPIEGLEIN ... SPIEGLEIN ...

Janina liebte das Verruchte oder das, was die meisten Menschen dafür hielten. In ihrem großzügig geschnittenen Haus gab es zwei spezielle Schlafzimmer, welche sie sich für besondere Gelegenheiten eingerichtet hatte. Eines davon war mit allerlei ungewöhnlichen Utensilien ausgestattet. Ein Zimmer, das man seinen Verwandten und Freunden nicht zeigen würde und das am besten immer verschlossen blieb, sodass sich niemand zufällig dorthin verirrte.

Der Clou des Ganzen war, dass in diesem Schlafzimmer eine große Spiegelfolie angebracht war, und wenn hier das Licht brannte, konnte man von dem Zimmer nebenan alles durch die Spiegelfolie beobachten. Man sah jede Einzelheit so gut, als würde man durch eine getönte Sonnenbrille blicken. Im Schlafzimmer selbst konnte man sich sehr gut am Bettgestell anbinden lassen, und es lagen Masken bereit.

Janina gehörte zu den Frauen, die immer wieder Anzeigen schalteten – spezielle Anzeigen. Sie inserierte: «Sie sind ein Heteropaar und lassen sich gerne beobachten?» Wer diese Anzeige las, der wusste von vornherein genau, was auf ihn zukam.

In all den Jahren, in denen Janina immer wieder Paare auf diese Weise eingeladen hatte, hatte sie schon allerlei erlebt. Allerdings sah Janina nicht alleine zu, sie hatte Leander dabei, und er bezahlte sogar für die Darbietung; auf diese Weise hatte Janina ein doppeltes Vergnügen. Von diesem Arrangement wussten die eingeladenen Personen natürlich nichts. Es ging sie auch nichts an. Janina fragte jedoch vorher bei den Paaren nach, ob jemand zusehen dürfe, den das Paar nicht zu Gesicht bekommen würde. Dagegen hatte sich bisher kaum jemand gesträubt, im Gegenteil, die meisten fanden, dass dies dem Arrangement einen zusätzlichen Kick gab.

Das Beste daran war, dass die gesamte Nachbarschaft in dem sauberen Vorstädtchen, in dem Janina wohnte, von alledem nichts mitbekam.

Wie auch? Sah doch alles so aus, als würde sie Besuch bekommen.

Das Haus hatte Janina vor über fünf Jahren von ihren Eltern geerbt und es dann nach eigenem Gutdünken verändert. Und die Erbschaft ermöglichte ihr auch sonst einen luxuriösen Lebensstil.

Janina hatte als junge Frau schon ab und an darüber nachgedacht, anderen beim Sex zuzusehen, hatte die Phantasie jedoch nie in die Tat umgesetzt. Aber vor knapp fünf Jahren hatte sie einen Geliebten gehabt, der zu Anfang nur «normalen» Sex mit ihr praktiziert, aber nach und nach immer ausgefallenere Wünsche geäußert hatte.

Er war es gewesen, der sie dazu gebracht hatte, sich von ihm zwischen zwei Häuserfronten in aller Öffentlichkeit an die Wäsche gehen zu lassen. Es war zwar bereits drei Uhr morgens gewesen, aber hinter einigen Fenstern hatten noch Lichter gebrannt. Ein anderes Mal hatte er ihr in einem Taxi von hinten ins Höschen gefasst und sie befriedigt. Der Taxifahrer hatte es wahrscheinlich bemerkt, aber Janina hatte so getan, als wäre nichts weiter und hatte jeden Blickkontakt mit dem Taxifahrer vermieden.

Und eines Tages war ihr Geliebter mit dem Wunsch

herausgerückt, dass er gerne einem anderen Paar beim Akt zusehen würde. Obwohl Janina es sich öfter vorgestellt hatte, hatte sie dennoch leichte Hemmungen verspürt. Es sich nur auszumalen und es tatsächlich in die Tat umzusetzen waren eben doch zwei verschiedene Paar Stiefel. Aber ihr Geliebter hatte immer wieder davon angefangen. Eines Tages waren sie wieder einmal im Bett, und er hatte ihr erzählt, was er alles für tolle Sachen mit ihr anstellen würde, wenn sie ihm diesen Wunsch erfüllen würde. Janina hatte in dieser Nacht einen multiplen Orgasmus bekommen, und letztendlich waren sie so verblieben, dass sie es einfach einmal ausprobieren würden. Denn solange er sich nicht wünschte, dass sie mit einem anderen Mann schlafen sollte oder dass er gerne eine andere Frau dabeihätte, wollte sie nicht so sein. Und schließlich hatte sie ihm seinen Wunsch erfüllt. Er war zwar inzwischen nicht mehr ihr Geliebter, aber ab und zu erfüllte sich Janina diese Phantasie immer noch.

Gleich wäre es so weit. Das Heteropaar, das dieses Mal ihrer Einladung nachgekommen war, hieß Thorsten und Michaela. Da Leander nicht gesehen werden wollte, hatte er sich bereits in den Raum begeben, von dem aus sie das Paar beobachten würden. Wahrscheinlich hatte er es sich bereits gemütlich gemacht.

Leander – er ging ihr schon lange nicht mehr aus dem Sinn. Immer, selbst bei den unpassendsten Gelegenheiten, musste sie an ihn denken. An seine Hände, die sie ab und zu spüren durfte. An seine Lippen, die sie so gerne küsste. Und wie sie es liebte! Sein Mund roch immer, als hätte er soeben erst seine Zähne geputzt, dabei wusste sie genau, dass dem nicht so sein konnte. Aber es gab Menschen, die einfach diesen naturfrischen Atem hatten. Leander gehörte zu ihnen.

Janina konnte gar nicht genug von ihm bekommen. Ihre sexuellen Erlebnisse mit ihm waren, als würde sie jedes Mal eine Achterbahnfahrt hinter sich bringen. Jedes Mal neu, jedes Mal aufregend.

Wenn Janina ihn ansah, wurde sie schwach und hätte ihn am liebsten berührt, gefühlt, geschmeckt. Wenn sie ihre Augen schloss, konnte sie genau die Farbe seiner Augen vor sich sehen. Dieses Petrol, das sie noch bei keinem anderen Menschen gesehen hatte – eine außergewöhnliche Farbe für einen außergewöhnlichen Mann.

Es klingelte an der Haustür, und Janina strich noch einmal über das Kleid, ging zum Flur und warf einen letzten Blick in den Spiegel. Ihre Lippen waren dezent geschminkt. Ihr blickte eine Frau entgegen, die immer noch das gewisse Etwas hatte. Ihre blonden Haare trug sie offen, und sie fielen in einer leichten Naturwelle à la Marilyn Monroe. Janina trat zur Eingangstür und öffnete sie. Sie zupfte an ihrem Kleid herum, ein Spleen, den sie nicht ablegen konnte und der sich immer bemerkbar machte, wenn sie ein wenig angespannt war.

Vor ihr stand ein sehr gepflegtes Paar. «Hallo, Thorsten, hallo, Michaela.» Janina reichte ihnen die Hand. «Kommt bitte herein. Ich gehe voraus. Folgt mir einfach.»

Janina führte sie gleich ins Schlafzimmer, sie wollte keine Zeit verlieren. Wenn es sich so ergab, konnte man sich hinterher immer noch unterhalten. So war es vereinbart worden. «Schön, dass ihr hier seid.» Janina drehte sich um, als sie auf der ausladenden Treppe nach oben stiegen.

«Auf diese Art haben wir es bisher noch nicht gemacht, aber gerade das fanden wir prickelnd. Nicht wahr, Michaela?», sprudelte es aus Thorsten hervor.

«Ja. Ich habe mich schon richtig darauf gefreut», bestätigte Michaela.

Als Janina sich umsah, sah sie, wie Thorsten und Michaela sich innig anlächelten.

«Bisher waren wir immer mit unseren Gastgebern im selben Raum, oder wir waren in einem Club», erklärte Michaela.

Der Witz an solchen Situationen war: Menschen, die etwas andere Sexpraktiken anwendeten, denen sah man es niemals an.

Michaela hatte etwas zu viel Parfüm aufgelegt. Sie trug Joop-Schuhe mit einem hohen Absatz und ein luftiges, buntgemustertes Sommerkleid. Janina vermutete, dass Michaela darunter edle Wäsche trug.

Oder vielleicht gar keine?

Trug sie vielleicht sogar halterlose Strümpfe? Sie trug am Bein ein hauchdünnes Gewebe, aber ob es Strümpfe oder Strumpfhosen waren, das sah man wegen dem leicht schwingenden Rockteil nicht. Thorsten trug eine dunkelbraune Faltenhose und ein beigefarbenes T-Shirt. Janina schätzte, dass es einen hohen Seidenanteil hatte, weil es gar so wunderbar fiel. Diese Farbe passte hervorragend zu seinem schwarzen Haar, das von ein paar grauen Strähnen durchzogen war.

Für welche Unterwäsche er sich wohl entschieden hatte?

«Schön hast du es hier. Die Bilder an der Wand, sind die selbst gemalt?», wollte Michaela wissen.

«Ja, das war das Hobby meiner Mutter.» Nichts erinnerte Janina so sehr an ihre Mutter wie diese Aquarelle. Immer noch sah sie sie im Garten an der Staffelei sitzen und diese Bilder malen. Es war für Janina immer ein Bild des Friedens und der Harmonie gewesen. Das alles war ihr jedoch erst nach dem schmerzlichen Verlust bewusst geworden.

«So, wir sind da.» Janina öffnete die Schlafzimmertür. Das Bett, dessen Gestell aus schwarzem Eisen bestand, war wunderbar geeignet, um Fesseln anzubringen, und stand nur wenige Zentimeter von der Spiegelfolie entfernt. Die Wände waren in warmen Rottönen gestrichen. Eine Couch-Landschaft vervollständigte das Bild.

«Wir haben ein paar Spielsachen mitgebracht. Von wo aus werdet ihr uns beobachten?», fragte Michaela.

Janina zeigte auf die Spiegelfolie. «Hier durch.»

Michaela und Thorsten sahen sich an. «Und das geht?», fragte Thorsten ungläubig.

«Von dieser Seite ist es ein Spiegel, und von der anderen Seite ist es durchsichtig. Vom Prinzip her ist es wie ein Venezianischer Spiegel, nur viel preiswerter.»

Michaela sah Thorsten an. «So ein schönes Spielzeug, findest du nicht?», fragte sie ihn. «Wir spiegeln uns, wenn wir uns lieben, und ihr könnt uns zusehen.»

«Das wäre auch was für unser Haus. Dürfen wir später mal von der anderen Seite aus sehen, wie man durchsieht?», fragte Thorsten.

«Aber ja.» Janina deutete auf eine Tür, die vom Zimmer abging. «Dort drinnen könnt ihr euch duschen, wenn ihr möchtet. Ich habe frische Handtücher bereitgelegt.»

Thorsten gab Michaela einen Klaps auf den Hintern. «Wir werden uns hier wohl fühlen.»

«Das hoffe ich», sagte Janina. «Ich freue mich, dass ihr gekommen seid. Nun gehe ich nach nebenan, und wir sehen uns später.»

An der Tür winkte Janina noch einmal, ehe sie diese hinter sich schloss.

Das Bett im Zimmer nebenan stand ebenfalls gleich hinter der Folie. Falls man während des Zusehens Lust bekam, würde man trotzdem nichts verpassen.

Leander hatte es sich, wie vermutet, bereits auf dem Bett bequem gemacht. Immer noch trug er seine Armani-Jeans und ein T-Shirt, aber keine Socken. Er hatte wunderbare, schön gepflegte Füße. Seine Zehen wiesen keine einzige Druckstelle auf, und sie waren lang und gerade. Nun hatte sie ihn schon öfter hier gehabt, dennoch wusste sie nie, ob er mit ihr schlafen würde oder nicht. Wenn Janina den anderen zusah, wurde sie immer so heiß, dass sie Leander am liebsten die Kleidung vom Leib reißen würde, was er allerdings nicht immer zuließ.

Janina zog ihre Schuhe aus und legte sich auf den Bauch. Auch Leander drehte sich um. Er legte seinen Arm um ihre Taille, womit Janina nicht gerechnet hätte, während im Nebenzimmer die Show begann.

Thorsten und Michaela standen noch. Sie küssten sich. Damit man im Nebenzimmer auch alles mitbekam, drehten sie sich seitlich zu ihrem Publikum. Nach und nach drehte Michaela ihren Zuschauern den Rücken zu, und Thorsten zwirbelte ihren Rock hoch. Schob seine Hand unter ihren Rock. Immer wieder lüftete er das Geheimnis, das sich darunter verborgen hielt. Michaela trug einen String, der ihren knackigen Po zur Geltung brachte, und darüber trug sie einen Hüfthaltergürtel, an dem die weißen, hauchdünnen

Strümpfe befestigt waren. Da der Rock immer wieder ein wenig verrutschte, über den Po fiel und dabei mal mehr, mal weniger verdeckte, spürte Janina bereits ein leichtes Prickeln.

Nun drehte Thorsten Michaela mit dem Gesicht zum Publikum und stellte sich hinter sie. Er nahm ihr langes Haar hoch und küsste ihren Nacken. Dann ließ er das Haar wieder los und legte von hinten seine Hände auf ihre Brüste, während er sie weiter in den Nacken küsste, vielleicht auch daran saugte.

Janina spürte, wie sie langsam in Stimmung kam.

Thorsten genoss es sichtlich, Zuschauer zu haben, und Michaela liebte es ebenso, im Mittelpunkt der Aufmerksamkeit zu stehen. Thorsten schob eine Hand in Michaelas Ausschnitt und streichelte eine ihrer vollen Brüste. Michaela hatte ihren Kopf etwas zurückgelegt, sodass Thorsten besser zugreifen konnte. Ihre Augen waren bis jetzt geschlossen gewesen, doch nun öffnete sie sie und schaute in den Spiegel. Als nun beide in Richtung Spiegel sahen, wusste man nicht, was sie mehr genossen: dass dahinter zwei Personen waren, die ihnen beim Liebesspiel zusahen, oder dass sie sich selbst im Spiegel sehen konnten. Das war wirklich ein Weltklasse-Effekt.

Thorsten spielte mit ihnen allen. Er fasste unter Michaelas Rock und griff in ihr Höschen. Man sah eindeutig, wie seine Hand sich unter dem leichten Kleiderstoff abzeichnete, konnte aber nicht sehen, was genau er dort machte, was das Ganze noch viel spannender gestaltete. Mit seiner anderen Hand liebkoste er immer noch Michaelas Brust, deren Lippen ein Stöhnen entfleuchte. Ein sehr leises Stöhnen. Thorsten ließ Michaela los. «Dreh dich um.» Michaela tat, wie ihr geheißen. An der Rückseite ihres Kleides befanden sich viele kleine Häkchen. Janina konnte sich nicht vorstellen, wie große Männerhände diese aufbekommen sollten.

Thorsten schien geschickt zu sein. Damit Janina und Leander das Geschehen verfolgen konnten, blieb er vor Michaela stehen, legte sein Kinn auf ihrer Schulter ab und griff mit den Händen um sie herum. Geschickt öffnete er den ersten Haken und legte ein Stückchen sommergebräunter Haut frei. Im Spiegel verfolgte er seine Handgriffe. Haken für Haken öffnete er das Kleid und ließ immer mehr von Michaelas schöner Haut zum Vorschein kommen. Zwischendurch küsste er Michaela auf den Mund oder gab ihr einen Kuss auf den Hals. Als alle Haken geöffnet waren, griff er mit beiden Händen im Kleid an Michaelas knackige, runde Backen. Er knetete sie, ohne dabei den Blick vom Spiegel abzuwenden, gerade so, als wollte er sein Werk darin betrachten. Er fuhr sanft mit seinem Finger unter den String, was Michaela ein wenig in den Knien einknicken ließ.

Dann nahm er seine Hände weg und griff nach den Kleiderträgern. Er ließ das Kleid von Michaelas Schultern gleiten. Michaela stand nun in ihrer heißen Unterwäsche vor ihnen. «Ich möchte, dass du dich seitlich drehst», sagte Thorsten.

Janina konnte selbst diese leise geflüsterten Worte durch die hauchdünne Spiegelfolie hören. Bisher hatte ihr sehr gefallen, was sie zu sehen bekam. Manchmal fielen die Paare einfach übereinanderher, was natürlich auch seinen Reiz hatte, aber heute war auf der anderen Seite der Folie ein Paar, das den Sex zelebrierte und für alle Beteiligten erotisch gestaltete.

Thorsten hatte begonnen, an Michaelas Brustwarzen zu saugen. Da der BH nur die Brüste stützte, aber nichts verdeckte, war es ein Leichtes für Thorsten, an die beiden Hügel zu gelangen und sie mit Hand und Zunge zu verwöhnen.

Dann schob er eine Hand unter ihren String und streichelte sie.

Janina wünschte, Leander würde dasselbe mit ihr machen, aber seine Hand lag weiter ganz still auf ihrer Taille. Aber dann, als hätte er ihre Gedanken gelesen, streichelte er über dem Kleid ihren Po, dann ihren Rücken, was in dieser liegenden Position gar nicht so einfach war.

Auf der anderen Seite der Folie öffnete Michaela geschickt Thorstens Gürtel und fasste mit ihrer Hand in seine Hose. Ein feines Lächeln huschte über ihr Gesicht. Ihr gefiel anscheinend, was sie dort entdeckt hatte. Aber dann ließ sie von ihm ab und half ihm das T-Shirt auszuziehen. Es kam ein sehr schöner Männerkörper zum Vorschein, leicht gebräunt und mit einem seidigen Öl eingecremt.

Michaela schmiegte sich an Thorsten, streichelte ihn mit ihren Brüsten und öffnete nebenbei seine Hose ganz, ließ sie zu Boden gleiten. Rieb sich an ihm. Thorsten schlüpfte aus seinen Schuhen und stieg dann aus der Hose. Er schubste sie ein wenig zur Seite und küsste Michaela sehr langsam, neckend, wobei sein erigierter Schwanz ihren Körper auf Bauchhöhe berührte. Michaela drückte sich dagegen, räkelte sich an Thorstens Körper. Man sah ihr an, wie sehr sie dieses ganze Schauspiel genoss, wie gern sie die Inszenierung mitgestaltete.

Janina tat etwas, was sie bei Leander bisher noch nie gemacht hatte. Sie kniete sich über seinen Hintern und rollte sein T-Shirt nach oben, während sie das Paar im anderen Raum nicht aus den Augen ließ. Da sie selbst schon ganz feucht war, rieb sie mit ihrer feuchten Möse an seinem Hintern, was sie nur noch geiler machte. Dann beugte sie sich zu seinem Rücken herab und küsste ihn, während sie mit ihren Händen unter ihn griff und ihre Hand in seine Hose zwängte – ein schwieriges Unterfangen.

Thorsten hob Michaela auf seine Arme, trug sie zum Bett und ließ sie sanft daraufgleiten. Michaela konnte es anscheinend kaum erwarten, denn sie fasste sich selbst an, streichelte sich genussvoll an ihrer glänzenden Möse, und es sah wunderschön aus, als sie ihren Rücken durchwölbte.

Und während Janina ihre Hand an den Schwanz von Leander presste und ihn mit einem ihrer Finger streichelte, denn mehr Freiraum blieb ihr in dieser Position nicht, kniete sich Thorsten seitlich zu Michaela, nahm ihre Hand und schob sich genussvoll den von Michaelas Saft nassen Finger in den Mund und schleckte ihn ab.

Janina war überrascht, als Leander sie sanft von seinem Rücken gleiten ließ, sich hinkniete und seine Hose öffnete. Endlich würde sie ihn anfassen dürfen, vielleicht würde er sie heute sogar befriedigen? Als seine Hose fiel, freute sich Janina, diese riesige Ausbuchtung in seinem String zu sehen. Umständlich zog Leander die Jeans aus, da er anscheinend das Paar nicht aus den Augen lassen wollte. Dann nahm er Janinas Hand und führte sie an seinen prallgefüllten String. Er half ihr, darunterzuschlüpfen, und als sie ihn berührte, saugte er mehrmals die Luft kräftig durch seine Zähne ein.

Inzwischen sahen sie durch die Spiegelfolie, wie Thorsten ein Handtuch aus der Tasche, die sie mitgebracht hatten, holte und es unter Michaela drapierte. Er zog noch etwas heraus: Ein rotes Samtsäckchen von großen Ausmaßen. Als Thorsten den Inhalt herausholte, sahen Janina und Leander, dass es sich dabei um einen riesigen Dildo handelte. Janina hatte noch niemals zuvor ein solch riesiges Teil in sich gehabt und konnte sich auch nicht vorstellen, wie sich so etwas anfühlen würde. Gesehen hatte sie so etwas in einem Sexshop sehr wohl schon, war aber immer davor zurückgeschreckt.

Janina kniete sich seitlich hinter Leander, damit sie ihn einerseits besser streicheln konnte und andererseits nichts von dem Geschehen auf der anderen Seite der Spiegelwand verpasste.

Thorsten fackelte nicht lange und schob Michaela dieses riesige Monster in die feucht glänzende Möse. Michaela schnappte nach Luft, was Janina kurz innehalten ließ, da sie selbst meinte, dieses Monstrum in sich zu spüren. Michaela zupfte sich ein Kissen zurecht, damit sie im Spiegel alles verfolgen konnte, was mit ihr geschah.

Janina streichelte sanft und langsam über die seidige Haut von Leanders riesigem Schwanz, hielt inne und zog dann seinen String bis herunter an seine Knie, wobei sie am feinen Flaum auf seinem Bein entlangstreifte. Dann streichelte sie weiter seinen Schwanz und genoss diese Beschäftigung, während sie sah, wie Thorsten das mitgebrachte Monstrum immer weiter in Michaela bohrte.

Janina wurde immer feuchter, und da niemand sie anfasste, tat sie es selbst. Aber es reichte ihr nicht, deshalb zog sie ganz schnell – damit sie nichts verpasste – ihr Kleid über den Kopf und warf es zu Boden. Darunter war sie vollkommen nackt, bis auf ihre halterlosen Strümpfe. Als Leander kurz zur Seite sah, lächelte er und sagte: «Knie dich vor mich. Ich will dich sofort nehmen, ich halte es keine Sekunde mehr aus.» Leander drehte seinen Kopf wieder zur Szenerie, die sich im Nebenzimmer darbot. «Die sind sehr gut. Vielleicht sollten wir sie wieder einmal einladen.»

Leander würde sie nehmen! Das hatte sich Janina so sehr gewünscht.

Janina kniete sich vor Leander, und er fackelte nicht lange.

Auf der anderen Seite war dieses Monstrum tatsächlich zu gut zwei Dritteln in Michaela verschwunden, und Janina nahm das leise Summen eines Vibrators wahr. Und hinten spürte sie, wie Leander in sie hineinflutschte. Ein Rutschen, ein Gleiten, und er war ganz vorne bei ihr angekommen. In ihrer warmen Möse, die nur auf diesen Moment gewartet hatte. Ein Kitzeln und ein Zucken waren in ihr. Sie war dermaßen aufgegeilt, dass sie sich ihm entgegendrückte und Schauer der Wollust ihren Körper durchzuckten.

Thorsten hielt den Vibrator, und Michaela kniete sich umständlich hin, und Janina sah, wie Thorsten versuchte, seinen Schwanz in Michaelas Rosette zu zwängen. Sehen konnte sie es nicht, aber es konnte gar nicht anders sein, da zwischen den Beinen von Michaela immer noch ein Stück des Vibrators sichtbar war.

Janina hielt sich am Bettgestell fest, ohne das Paar aus den Augen zu lassen. Genussvoll schob Leander sein Prachtstück in sie und zog sich wieder etwas zurück, ehe er mit aller Kraft in sie hieb.

Thorsten machte soeben das Gleiche bei Michaela, nur dass sie gerade einen kleinen spitzen Schrei ausstieß, was Janina einen Schauer über den Rücken jagte und ihr selbst ein Stöhnen entlockte. Ganz tief in ihr, ganz fest in ihr, alles war ausgefüllt mit Leander, mit duftender Haut, mit seidiger Haut und seinem prallen Schwanz.

Während Thorsten jetzt immer schneller in Michaela stieß und Janina sah, wie Michaelas volle Brüste den Takt mitschwangen. Vor und zurück. Vor und zurück. Schneller ... und noch schneller. Das Summen des Vibrators und das Klatschen von Haut auf Haut begleitete dieses Sexgelage. Janina nahm den Duft von Sex wahr, der die Luft schwängerte. Ein Duft, der keinem anderen glich, ein Duft, der sie noch wilder machte. Leander in ihr. Tief drinnen. Da, wo sie ihn schon den ganzen Tag haben wollte. Wo er sie mit Freude beglückte.

Seit sie von diesem Termin mit Thorsten und Michaela wusste, hatte sie auf dieses Ende gehofft, es ersehnt. Nun, da er es ihr gewährte, kostete sie jeden Stoß aus. Wie sie es liebte, wenn er es ihr besorgte. Seine Hände umklammerten nun ihre Brüste, streiften ihre Nippel, die sich vor Freude verhärteten. Die sich ihm förmlich anboten.

Auf der anderen Seite waren sie so weit. Die Atemgeräusche wurden immer wilder und zügelloser, bis kleine Schreie aus Michaelas Mund drangen. Bis sie ein Geräusch von sich gab, das von Schmerz und Lust gleichermaßen zeugte. Die Stöße von Thorsten wurden langsamer, ganz langsam, bis er keinen mehr ausführte, bis er aus Michaela glitt und sich aufs Bett fallen ließ.

Janina wollte es auch, und sie spürte, wie ein Orgasmus anrollte, der wie ein riesiger Tsunami über sie kommen würde. Die Innenflächen ihrer Hände kitzelten, die Fingerspitzen bitzelten, und wie ein sich immer schneller drehendes Farbenrad wurde dieses Bitzeln durch ihren gesamten Körper gefräst. Schneller, immer schneller und noch schneller, bis ihr Verstand nur noch einen Farbregen wahrnahm und sich ihr Körper in ein in Abertausende Farben zerspringendes Etwas verwandelte. Bis dieses Zerspringen und Zerstäuben in einen feinen Farbensprühregen überging und sie langsam wieder klar sehen konnte. Aber auch Leander schien mit auf diese Farbreise gekommen zu sein, denn er atmete so schwer, als hätte er soeben die Welt gerettet.

«Janina, fandest du auch, dass das das beste Paar war, das du je gefunden hast?»

Janina kuschelte sich an Leander. Wie gut er wieder roch. Wie eine frische Meeresbrise. Ihr Leander. «Ich hätte mich selbst befriedigt, wenn du mich nicht endlich angefasst hättest. Ja. Sie waren klasse. Sie haben uns wirklich etwas geboten.»

«Ich liebe dich so sehr, Janina.» Er drückte ihr einen sanften Kuss aufs Haar.

«Bereust du eigentlich manchmal, dass du für mich deine Frau verlassen hast?», fragte Janina.

Er gab ihr einen kleinen Stups an die Schulter. «Du weißt doch, dass ich sie schon lange nicht mehr geliebt hatte. Darüber brauchen wir doch gar nicht zu sprechen.» Wieder drückte er ihr einen schmetterlingsgleichen Kuss auf, dieses Mal auf die Stirnseite. «Ich danke dir, dass du mir jedes Jahr dieses großzügige Geschenk machst. Nie will ich es alleine erleben, immer nur mit dir.»

Janina drehte ihren Kopf zur Seite. Leander schien dies gespürt zu haben, denn auch er drehte seinen Kopf in ihre Richtung, sodass sie sich in die Augen sehen konnten. Beide lächelten sich selig an.

«Weißt du, Leander, jetzt kann ich es dir ja sagen ...» Nachdenklich sah er sie aus glänzenden Augen an.

«Du dachtest immer, als ich noch deine Geliebte war, dass du mich dazu überreden müsstest, einem Paar beim Sex zuzusehen ...» Janina legte absichtlich eine Kunstpause ein. «Deshalb hast du mir damals Geld angeboten. Jetzt, nach all den Jahren, kann ich es dir ja gestehen. Ich hätte es auch ohne Geld gemacht, denn es war schon lange eine Phantasie von mir gewesen.»

Dieser Duft von ihm. Ihr Herz war ganz weit. Für ihre große Liebe.

«Als du mir das Geld angeboten hast, damals, als ich noch deine Geliebte war, da fand ich es so unglaublich verrucht. So unglaublich geil. Für etwas, das ich sowieso machen würde, Geld zu bekommen. Deshalb habe ich das Geld immer genommen. Auch die letzten Jahre, seit wir offiziell zusammen sind.»

«Soso. Dann werde ich dir künftig ...» Leander sah sie ganz ernst an. Plötzlich lachte er. «Nein. Ich werde es dir weiter geben. Ich glaube, ich bin der einzige Ehemann, der seiner Frau einmal im Jahr Geld dafür bezahlt, dass sie ihm seinen Wunsch erfüllt.»

Leanders petrolfarbene Augen wurden noch einen Tick dunkler. «Ich liebe dich so sehr, mein Herz.» Dann küssten sie sich.

EIN HÖSCHEN FLATTERT
IM WIND

Frauke und Dietmar saßen auf ihrer Terrasse, die von einem Zweitausend-Quadratmeter-Grundstück eingesäumt wurde. Hier, in dieser Kleinstadt, in der man die meisten Bewohner, wenn nicht vom Namen, dann doch vom Sehen oder Hörensagen kannte, lebten sie am Stadtrand, an den man nur sauber herausgeputzte Einfamilienhäuser hingebaut hatte.

Das Wetter war föhnig warm, aber bereits für die kommende Nacht hatten die Nachrichten Sturm für die Gegend gemeldet. In der Ferne sah Frauke eine aus Westen kommende, einheitlich hellgraue Wolkenwand, die überraschend schnell näher rückte. Bedrohlich sah sie nicht aus, nur düster. Aber vielleicht hatte sich der Wetterbericht ja auch geirrt, und es würde nur sehr windig werden.

Hätte ihre Freundin Marga Frauke beschreiben sollen, wären ihr eindeutige Attribute eingefallen. Frauke war eine Frau mit einer klaren Haltung, sie arbeitete gern und konnte Menschen, die ständig über ihren Job nörgelten, nicht ausstehen. «Jammern» nannte Frauke es. Ein Mann, der etwas von ihr wollte, sollte tunlichst zusehen, dass er eine klare Vorstellung von seinem Arbeitsleben hatte – mit anderen Worten: Sie konnte keinen brauchen, der sich ziellos vom Leben umhertreiben ließ oder so gar keine Ambitionen zeigte, im Berufsleben vorwärtszukommen. Frauke war ein Mensch, auf den man sich hundertprozentig verlassen konnte und die sich mit dem Finanzvorstand einer Firma über den Jahresabschluss genauso gut unterhalten konnte wie mit einem Politiker über dessen Wahlerfolge oder mit einem wildfremden Bildhauer über Kunst.

Müßiggang war ein Begriff, der einem bei Frauke wahrlich niemals in den Sinn käme. Allerdings machte sie sich meist selber Stress. Sonnte sie sich im Bikini auf der Liege auf ihrer riesigen Terrasse, dann lag sie keine fünf Minuten still. Mal hatte sie das Getränk und ein Glas vergessen, danach fiel ihr ein, dass sie eigentlich eine Sonnencreme brauchte, dann wiederum hätte sie bereits vor Stunden einen Apfel essen wollen – das würde sie eben jetzt nachholen. Kaum lag sie wieder in einer bequemen Stellung, fiel ihr ein, dass sie vergessen hatte, die Wäsche aus dem Keller zu holen ... Und so ging das weiter, bis sie – von Arbeitseifer getrieben – sowieso wieder nach drinnen gehen musste.

Sie war eine erklärte Nichtraucherin, und wer ihr Haus betrat, durfte dort nicht rauchen. Dies machte sie dann auch jedem klar, der sie um Erlaubnis fragte. War sie aber unterwegs und trank ein wenig Alkohol, dann rauchte sie genauso viel wie jeder Raucher. Außerdem hätte man sie beim Ausgehen kaum wiedererkannt, denn das Sprichwort «Wehe, wenn sie losgelassen werden ...» passte hervorragend auf sie – zumindest war es so gewesen, bevor sie mit Dietmar zusammengekommen war.

Dietmar war heute etwas früher als üblich nach Hause gekommen, und Frauke hatte ihm ein Goldbarschfilet in Weißweinsoße mit Pellkartoffeln gezaubert; natürlich durfte ein frischer Salat aus dem eigenen Gartenbeet nicht fehlen, denn Vitamine waren wichtig für den Menschen, so der Leitsatz von Frauke.

Sie trug unter ihrem adretten Bürooutfit Unterwäsche, die sie sich extra für heute gekauft hatte. Aber davon ahnte Dietmar noch nichts.

«Schmeckt es dir?» Sie wartete gespannt auf die Antwort, da er gerade schluckte.

«Hm.»

Das hätte sie sich denken können, dass er dies als Antwort gab, und natürlich sah er nicht einmal von seinem Teller auf. Nach sechs Jahren Ehe und vier weiteren Jahren, die sie davor bereits zusammen gewesen waren, hätte sie das nun wirklich wissen müssen.

Heute würde sie ihm eine letzte Chance geben, aber auch davon ahnte er nichts, als er einen Bissen des auf den Punkt gebratenen Fisches in den Mund schob. Seit Jahren kein Wort des Lobes ... Okay, sie hatte von Anfang an gewusst, dass man mit ihm zwar hochgeistige Gespräche führen konnte, er aber nicht gerade eine Ausgeburt an Spontanität und Herzenswärme war.

Marga, ihre Freundin, hätte ihn jetzt wieder kalten Fisch genannt, und im Stillen gab Frauke ihr recht, zugegeben hätte sie es aber wahrscheinlich nicht. Auch das hatte sie schon immer gewusst, aber schließlich war seine Fähigkeit zu diskutieren eine seiner für Frauke wichtigsten Eigenschaften gewesen. Und mit Diskutieren meinte Frauke nicht, einen Streit wie keifende Fischweiber auszutragen, was viele Paare als Diskussion bezeichneten, sondern über Fragen der Weltpolitik, Themen aus der Zeitung oder die Futterpreise für die Bauern zu diskutieren – obwohl sie kein Vieh hatten.

Inzwischen konnte sie ihm nicht einmal mehr beim Essen zusehen, fiel ihr bereits zum hundertsten Mal auf. Sein Arm lag unbeteiligt auf dem Tisch, das Essen wurde lieblos in den Mund geschaufelt, und er sah sie währenddessen nie an. Alles für sich genommen Kleinigkeiten, die sich aber in der Summe zu einem gewaltigen Berg aufgetürmt hatten. Frauke konnte mit Dietmar, wie gesagt, zwar über alles Mögliche diskutieren, jedoch niemals über etwas, das Gefühle oder ihre Meinung zum Zusammenleben betraf, das Zwischenmenschliche eben. Er wurde einsilbig, wechselte das Thema, und wenn sie dennoch nicht lockerließ, dann sagte er: «Das ist mir zu blöd. Ich geh ins Fitness-Studio», und schon schnappte er sich seine Sporttasche, und weg war er ...

Das Schlimmste war für sie allerdings, dass sie seit zwei Jahren keinen Sex mehr hatten. Und mit jedem Tag, der vorüberging, wurde sie gamsiger – anders konnte man es nicht mehr nennen.

Sie musste Sex haben!

Gleich wenn sie mit dem Essen fertig waren und er gemütlich auf der Couch saß, würde sie das Abspülen Abspülen sein lassen und mit ihm darüber reden. Heute entkam er ihr nicht. Und tat er es doch, dann würde sie ...

Frauke stand mit Marga in der Disco *First Place*, die fast aus allen Nähten platzte, da sie heute Eröffnung feierte und sich dies keiner entgehen lassen wollte. So viele Menschen, die Spaß hatten und tanzten – außer Frauke. Aber sie würde einfach ein wenig mehr trinken, und dann würde sie sich ihren seit langem benötigten Sex holen. Dietmar würde es sowieso nie erfahren.

Wenn Frauke nur daran dachte, wie erniedrigend Dietmars Reaktion bezüglich der Diskussion über ihr gemeinsames Sexualleben gewesen war, zog sich ihr Magen vor Wut und Enttäuschung zusammen.

Mistkerl!

Sie war nicht einmal weit genug gekommen, ihm vollständig ihre nagelneue sexy Unterwäsche zu zeigen.

Dietmar hatte sich auf die einladende mintgrüne Eckcouch gesetzt und gerade die Zeitung vom nierenförmigen Holztischchen genommen, das vor der Couch stand.

Frauke näherte sich ihm mit dem Wissen, dass das Thema «Zwischenmenschliches» heute endgültig geklärt werden musste, was ihr ein wenig Magengrimmen bescherte. Schließlich wusste sie nicht einmal mehr, ob sie ihn wirklich liebte. Das hatte zwar nichts mit ihrem nicht vorhandenen Sexualleben zu tun, aber es war einer der Punkte, die sie würden klären müssen.

Wenn er sie lieben würde, wäre er an ihr und ihrem Körper interessiert. Es reichte Frauke einfach nicht mehr, mit ihm über Weltthemen zu diskutieren, während über ihre Belange, Wünsche und Sehnsüchte kein einziges Wort verloren wurde. Was interessierte sie die Welt da draußen?

Was ging sie das alles an, wenn bei ihr zu Hause nichts in Ordnung war?

Wie sehr sie sich wünschte, dass er sie in die Arme nahm, mit ihr über, ach, wer weiß was, vielleicht einfach über den Garten sprach oder darüber, wie es ihr in der Arbeit gefallen hatte, wohin sie in den Urlaub fahren wollte, und … und … und.

Nichts.

Ihre Ehe war auf Unpersönliches reduziert worden.

Damit musste Schluss sein.

Heute würde sie das Thema Sex angehen, und in den nächsten Tagen mussten ihre Beziehung und das Zwischenmenschliche gekittet werden. Wie oft schon hatte sie hin und her überlegt, ob sie ihn nicht einfach verlassen sollte. Bisher hatte sie sich dazu nicht durchringen können, denn schließlich hatten sie unter anderem zusammen ein Haus gebaut und eingerichtet. Das war nichts, was man eben mal so aufgab, da gehörte eine große Portion Mut dazu – die ihr fehlte. Zwischendurch vergaß sie manchmal diesen Wunsch, einfach alles hinter sich zu lassen, wenn der Alltagstrott in den Vordergrund trat.

«Dietmar, leg bitte die Zeitung weg.» Dietmar sah überrascht und dann mit einem genervten Blick zu ihr auf. «Wir haben etwas zu besprechen», ließ sie sich nicht abbringen.

Es sah aus, als würde er am liebsten gleich flüchten, und außerdem wusste Frauke, dass er es hasste, wenn man ihn beim Zeitunglesen unterbrach.

«Kann das nicht warten, bis ich die Zeitung gelesen habe?»

Na, hatte sie es nicht gewusst?!

Ihr fiel auf, wie schütter sein Haar geworden war, seit er auf die fünfunddreißig zuging.

«Nein. Es muss jetzt sein», beharrte sie. Einerseits hätte sie das Gespräch gern aufgeschoben, denn sie fürchtete die eventuellen Resultate, andererseits musste sie es wissen, denn diese jetzt herrschende Ungewissheit machte sie noch verrückt.

Widerstrebend setzte er sich auf und legte die Zeitung

fast bedächtig beiseite. Frauke zog sich den überdimensionalen Hocker heran, der zur Couchgarnitur gehörte, und setzte sich so hin, dass Dietmar keine Fluchtmöglichkeit blieb. Dieses Mal würde er ihr nicht entwischen, hatte sie sich geschworen.

«Dietmar, mir fehlt der Sex.» Klar und deutlich, das war ihre Art – und genauso seine.

Dietmar verschränkte seine Hände ineinander, legte einen Fuß über den anderen und sah an ihr vorbei. Erst nach einer Weile richtete sich sein Blick wieder konzentriert auf sie. Draußen war es inzwischen finster geworden, denn eine einzige pechschwarze Wolkenwand lag jetzt über allem, wie Frauke feststellte.

«Wieso sollten wir darüber reden?»

«Ich brauche Sex. Das letzte Mal war …», ihre Stimme hörte sich plötzlich weinerlich an, obwohl sie es hatte sachlich vorbringen wollen, «… als deine Mutter ihren sechzigsten Geburtstag gefeiert hat, und das ist schon zwei Jahre her.»

«Das kann gar nicht sein.» Sein Blick irrte unruhig im Wohnzimmer umher. Wahrscheinlich überlegte er, wie er ihr doch noch entkommen konnte. «Außerdem weißt du doch, wie viele Überstunden ich immer machen muss.»

Frauke räusperte sich, denn auf einmal hatte sie das Gefühl, ihre Stimme würde ihr gleich versagen. «Das weiß ich. Aber das ist keine Antwort auf meine Frage.» Frauke zitterte innerlich ein wenig, was ihr vorher gar nicht aufgefallen war. Dennoch würde sie keinen Millimeter von ihrem Vorhaben abweichen, nahm sie sich im Stillen vor. «Schau her.» Ihr wäre es lieber gewesen, das Folgende wäre ihr erspart geblieben. Frauke stand auf und zog ihr T-Shirt über den Kopf.

«Den habe ich gekauft.»

So einen zarten Spitzen-BH hatte sie sich vorher noch nie zugelegt und schon gar keinen in dieser horrenden Preisklasse. Aber dies würde ihr letztes Aufbegehren sein. «Die Verkäuferin meinte, Flieder würde wunderbar zu meinem zarten Teint passen.»

Sie hatte Körbchengröße B, und der BH umschloss ihre leichtgebräunten Brüste auf das Vorteilhafteste. Da er aus hauchzartem durchsichtigen Gaze bestand, das nur mit ein paar dunkleren, fliederfarbenen Blümchen durchwirkt war, blieb rein gar nichts der Phantasie überlassen. Der Tanga, den Dietmar noch gar nicht zu Gesicht bekommen hatte, war zwischen den Fliedereinfassungen ebenfalls aus diesem zauberhaften Gewebe.

«Schon schön», kam es teilnahmslos von Dietmar, der gleich darauf auf die Uhr schaute. «Du weißt doch, dass ich mich heute wie jeden Freitag zum Schachspielen treffe, und vorher wollte ich noch zum Sport.»

«Du hast mir noch nicht geantwortet.»

Dietmar erhob sich, und da Frauke mit dieser Reaktion gerechnet hatte, stand sie ebenfalls auf.

«Lass uns ein anderes Mal darüber reden.» Er versuchte, einen Schritt an ihr vorbei zu machen.

Sofort stellte Frauke sich ihm in den Weg, obwohl sie sich mittlerweile splitternackt vorkam und froh gewesen wäre, wenn sie sich hinter ihrem T-Shirt hätte verstecken können. «Hast du eine andere?»

Diese Frage hatte sie zwar stellen wollen, aber jetzt, wo es heraus war, erschrak sie über die darauffolgende Stille. Sogar das Ticken der Uhr, das sie sonst kaum hörte, hämmerte überlaut und zerrte an ihren blankliegenden Nerven.

«Das würde ich niemals tun. Wie kommst du nur auf einen solchen Unsinn?»

Dietmar hatte seine Stimme nicht erhoben, denn er wurde niemals laut. Früher hatte sie das an ihm sehr gemocht, inzwischen ließ es ihn noch kälter erscheinen, so, als wäre er ein Eisblock. Kalt, zum Erfrieren, und so fühlte sie sich auch, als wäre sie eingesperrt in einem Gefrierschrank. Stimmt, er würde sie niemals betrügen, darauf hätte sie auch selbst kommen können. Denn um fremdzugehen, benötigte man ja zumindest eine Form von Gefühl für überhaupt irgendjemanden. Dietmar war sehr klug, daran läge es auch nicht, aber er war ein Mann der klaren Entscheidungen, die ebenfalls ohne jegliche Art von Gefühl getroffen wurden. Hätte er eine andere, so würde er klar abwägen, seine Entscheidung treffen und gehen.

«Und warum interessiere ich dich dann nicht?», fragte sie bang.

Dietmar sah sie eine Weile an, ehe er etwas sagte. «Ich finde, dass alles in Ordnung ist. Ich weiß gar nicht, was du willst.»

Frauke verschränkte ihre Arme vor der Brust. Sie fühlte sich inzwischen so nackt – vor ihrem Mann!

Vor ihrem eigenen Mann!

«Ich brauche mehr.» Ihre Stimme kippte kurz, weshalb sie schluckte. «Wir leben wie Brüderchen und Schwesterchen. Das ist doch nicht normal.» Bei den letzten Worten kippte ihre Stimme erneut.

Er fuhr sich durch die Haare. «Wir haben doch alles.»

«Was alles?» Mit ihrem Kopf zeigte Frauke im Raum umher. «Du meinst das?! Das Haus?» Sie konnte es einfach nicht fassen.

«Uns geht es doch gut. Wir passen doch auch so gut zusammen», entgegnete Dietmar. Wieder sah es aus, als wünschte er sich auf einen anderen Planeten – oder als käme Frauke von eben diesem.

Dietmar wich ihr aus. Langsam stieg der Frust in ihr hoch. Solche Dinge warf er in die Waagschale? Das war nicht zu fassen! «Das ist mir nicht genug», antwortete sie mit einer Stimme, die klang, als würden Zentnergewichte auf ihr lasten.

Natürlich war er geflüchtet. Er hatte sie beiseitegeschoben und war in sein verfluchtes Sportstudio und zu seinem Schachspiel gefahren – so wie jeden Freitag. Wie gut, dass sie ausgeklügelte Vorbereitungen getroffen hatte. Schon letzte Woche hatte sie sich mit Marga für heute verabredet und Dietmar mitgeteilt, dass sie mit Marga in die Disco fahren würde. Sie hatte wohl bereits geahnt, dass es so kommen würde. Und sie hatte sich vorgenommen, wenn Dietmar wieder nicht mit ihr schlief, dann würde sie es sich eben woanders holen. Zwei Jahre lang beiseitegeschoben zu werden war definitiv genug. So hässlich war sie auch wieder nicht, dass sie keiner mehr anschauen würde.

BASTARD!
MISTKERL!

«Bist du dir wirklich sicher, dass du das durchziehen willst?», brüllte Marga ihr ins Ohr.

Margas Lieblingsparfüm wehte zu Frauke herüber.

Das Wummern der Bässe fuhr Frauke in die Beine und kitzelte sie sogar ein wenig. House-Musik schallte aus den Lautsprechern und machte jegliche normale Unterhaltung unmöglich. Alle waren hip angezogen, und auch von dem

Sturm, der draußen tobte, hatte sich niemand abhalten lassen, dabei zu sein. Die Frauen waren zumeist spärlich bekleidet – Frauke nannte es immer «sie haben nur winzige Fähnchen an».

Eines dieser Mädchen trug einen schwarzen BH und darüber eine durchsichtige weiße Bluse, die keck in Nabelhöhe geknotet war, dazu eine Jeans und schwindelerregend hohe Schuhe. Wenn dieses junge Mädchen wüsste, dass laut Umfrage Männer Angst vor Frauen hatten, die einen schwarzen BH unter einer fast durchsichtigen Bluse trugen ... Männer mochten es lieber, wenn sie nur erahnen konnten, was sie darunter vorfinden würden. Eine andere junge Frau trug einen Rock, für den die Bezeichnung Gürtel noch zu großzügig gewesen wäre. Aber bei dem Figürchen konnten sie es sich auch leisten.

Frauke hätte es sich genauso leisten können, trotz ihrer zweiunddreißig Jahre, aber sie fühlte sich wohler in ihrer heißgeliebten Jeans, die sie der neuesten Mode entsprechend trug, und dazu ein raffiniertes, in verschiedenen Fliedertönen schattiertes Oberteil, dessen Ärmel glockenförmig mit großzügigen Rüschen am Handgelenk nach unten fielen. Darunter hatte sie ein farblich passendes, tief ausgeschnittenes Top angezogen, das unter dem durchsichtigen Oberteil durchblitzte. In ihren Schuhen mit den Sechs-Zentimeter-Absätzen hatte sie einen guten und bequemen Stand.

Marga schrie ihr ins Ohr: «Du willst das wirklich durchziehen? Ganz sicher?», eine Frage, die sie schon mehrfach gestellt hatte. Frauke löste ihren Blick von der Tanzfläche und schaute Marga an.

Auch wenn sie vielleicht doch noch einen Rückzieher gemacht hätte, sie würde ihn auf gar keinen Fall machen.

«Hundertprozentig!», schrie sie zurück, und es klang überraschenderweise selbstsicherer, als sie sich fühlte.

Marga deutete mit ihrem Kopf zum Rand der Tanzfläche, trank einen Schluck von ihrer Caipirinha und sagte dann: «Dem Typen da drüben gefällst du. Wie findest du ihn?»

Frauke nahm einen kräftigen Schluck von ihrem Long Island Ice Tea und blickte den Mann, den Marga angepriesen hatte, über den Glasrand hinweg an. Er war ihr bereits vorher aufgefallen, als er an ihr vorbeigegangen war. Sein Lächeln hatte ihr gefallen, und was für einen phantastischen Hintern er hatte! Genau in diesem Moment, als sie ihn ganz genau betrachtete, schaute er auf und ihr direkt in die Augen. Obwohl viele Menschen zwischen ihnen standen, sahen sie sich, denn sie stand erhöht, und er war so groß, dass er locker über die anderen hinwegblicken konnte. Seine Augenfarbe konnte sie bei dem schummrigen Licht nicht erkennen, und außerdem hatte sie ihre Brille nicht auf, aber dass es der Typ von vorhin war, so viel sah sie, und auch, dass er ihren Blick erwiderte.

Jetzt oder nie.

Frauke schüttelte elegant ihre Haare nach hinten und lächelte ihr «Die Sonne geht auf»-Lächeln, wie Marga es immer nannte. Wenn er darauf nicht ansprang, dann hieß sie nicht Frauke. Und wenn er es nicht sein sollte, dann gab es hier ja noch mehr hübsche Männer.

«Lass uns tanzen», schrie sie Marga ins Ohr. Marga schien nur auf diesen Vorschlag gewartet zu haben, denn sie stellte sofort ihren Drink ab. Frauke stellte ihren Drink ebenfalls zur Seite, und zusammen kämpften sie sich zur Mitte der Tanzfläche durch, wobei Frauke den Fremden immer wieder einladend anlächelte.

Immer wieder schloss sie beim Tanzen die Augen, und jedes Mal, wenn sie sie öffnete, sah sie, dass er sie anlächelte. Da sie ihn nicht ganz scharf sehen konnte, hoffte sie, dass der kurze Eindruck, den sie von ihm hatte gewinnen können, sie nicht getäuscht hatte. Denn am Schluss würde er ihr vielleicht gar nicht gefallen, wenn er dann vor ihr stehen würde. Ach, was soll's, dann würde sie eben geschickt ausweichen, denn auch wenn sie seit zehn Jahren aus der Übung war, so etwas würde doch wohl sein wie Schwimmen? Konnte man es einmal, verlernte man es nie.

Oder?

Hoffentlich!

Irgendwie musste Frauke die Augen etwas länger geschlossen gehalten haben, denn als sie sie diesmal öffnete, tanzte ihr Flirt sie an.

Frauke lächelte, was das Zeug hielt.

Ohhh ja.

Das war er.

Es fiel alles auf einmal ganz leicht, plötzlich waren alle Bedenken beiseitegewischt. Kein schlechtes Gewissen, keine Gewissensbisse. Und es war wie Schwimmen, wie Essen, wie Atmen. Das uralte Spiel des Balzens konnte beginnen, nein, hatte bereits begonnen.

Der Sturm hatte nicht mehr die anfänglichen zweihundertvierzig Stundenkilometer, sondern war nur noch ein gewaltiger Wind, der Papierfetzen, Äste und allerlei andere kleine Dinge über den riesigen Parkplatz fegte. Sie und Claudio, so hieß ihr Schwarm, waren unterwegs zu seinem Mercedes-SL-Cabrio, einem der wenigen Autos, die auf dem riesigen Discoparkplatz verstreut standen. In Claudio floss das romantische und gleichzeitig hitzige Blut seiner Vorfahren, und es war unschwer zu erkennen, woher diese kamen.

Wie ineinander verhakt liefen sie auf den Mercedes zu, nur um plötzlich wieder stehen zu bleiben und erneut in den Rausch des Küssens und des gegenseitigen Herumzerrens zu verfallen. Frauke erregte Claudios ungezügeltes Verhalten ungemein, und als er sie an ihren langen Haaren riss und ihr in die Unterlippe biss, war es für sie wie eine Offenbarung. Eine Offenbarung, weil sie gewollt wurde.

Ihnen war alles egal, egal, ob sie jemand sah, egal, ob sich jemand daran störte. Denn bereits in der Disco hatten sie sich vor aller Augen ziemlich zügellos verhalten. Aber da Fraukes Blut vor Hitze kochte, blieb ihr Gehirn nur für eines empfänglich: für alle Signale, die mit der Befriedigung ihrer körperlichen Lust zu tun hatten. Es lief alles wie von selbst, vom ersten Augenblick an. Zum Nervöswerden hatte sie ebenfalls keine Zeit gehabt, denn seine Blicke aus onyxfarbenen, glänzenden Augen hatten ihr von Anfang an zu verstehen gegeben, dass er sie wollte.

Endlich wollte sie wieder ein Mann.

Sie war nicht unattraktiv!

Sie war nicht hässlich!

Es war nicht so, dass sich kein Mann von ihr angezogen fühlte.

Und das Beste: Claudio gab ihr das Gefühl, dass sie ihn erregte, er es gar nicht mehr abwarten konnte.

Wie langweilig dagegen war doch der gepflegte Vanilla-Sex, den ihr Dietmar – vor hundert Jahren – ab und zu an Wochenenden geboten hatte, da er unter der Woche zu gestresst dazu gewesen war.

Zu gestresst!
Herrgott noch einmal!
Claudio, Claudio, Claudio, pumpte wild ihr Herz, und jeder Schlag elektrisierte ihren gesamten Körper, der sowieso nur noch prickelte, sich sehnte und nichts anderes mehr wollte, als diesen Claudio in sich aufzusaugen.
Ihn aufzunehmen.
Claudio stieß sie gegen den Mercedes, hob ihr Bein schnell und wild an und knetete hemmungslos ihren Po, sodass sie gegen sein Gemächt gepresst wurde.
Oh, wie heiß sie ihn gemacht hatte.
Claudio würde gleich aus seiner Hose platzen.
Und ich habe hoffentlich bald keine mehr an …
Er zerrte an ihrem Hosenknopf, und als er ihn endlich offen hatte, riss er den Reißverschluss herunter, während sie ihre Handtasche fallen ließ, da diese sie in ihrer Bewegungsfreiheit störte. Mit beiden Händen zog er ihr die Hose über den Hintern und konnte es offenbar wirklich nicht mehr erwarten, denn schon stieß er einen seiner Finger unter ihrem Höschen hindurch in ihre Nässe. So ungewohnt diese Berührung war, umso tiefer traf sie diese. Damit stieß er ein Tor auf, das viel zu lange versperrt gewesen war.
Der starke Wind, der kleinere Äste auf dem Asphalt dahinwehte, fegte ihren Schrei hinfort.
Der leichte Alkoholpegel in ihrem Blut, aber noch mehr das ungezügelte Verlangen ließen Frauke alles um sie herum vergessen. Nie hätte sie von sich gedacht, dass sie dermaßen ungeniert mit Sex umgehen würde.
Wie auch?!
Ihr Körper war ein einziges Sehnen, und in ihren Lenden zog es, ein Gefühl, das sie schon fast vergessen hatte.

Sie lebte. Ihr Blut kochte. Ihre Haut prickelte vor Erwartung. Sie hielt es nicht mehr aus, deshalb riss sie endlich seine Hose auf und griff hinein, zog seinen harten Prügel heraus, während ihnen der Wind um die Ohren pfiff.

Vorsichtshalber hatte sie mehrere Kondome mitgenommen, falls sie es tatsächlich tun würde.

Es war so peinlich!

Es war ihr wirklich etwas peinlich, dass sie es ansprechen musste, aber sie hatte das Risiko nicht eingehen wollen, dass der Mann keines dabeihaben würde.

Sie würde ihn vielleicht nie wieder sehen, deshalb war es bedeutungslos, ob er jetzt sonst etwas von ihr dachte oder nicht. Ihr Schutz war nun wirklich wichtiger als ihre Schamhaftigkeit.

Wenn sie nicht gerade den geilsten Kuss auf diesem Planeten bekommen hätte, hätte sie glatt schmunzeln müssen.

Denn Schamhaftigkeit war in diesem Zusammenhang wohl ein etwas unglücklich gewähltes Wort.

Schamhaftigkeit!

Schamhaftigkeit!

Schamhaftigkeit!

Wie gut, dass ich ein Kondom in meiner Jeans verstaut habe, denn an die anderen in meiner Handtasche komme ich nicht heran.

Frauke zog das Kondom aus ihrer Hosentasche und befreite sich gleichzeitig von seinem Mund, was nicht ganz einfach war.

«Zieh ihn über», sagte sie mit heiserer Stimme, die sie selbst nicht wiedererkannte. Sie hielt ihm das knallrot verpackte Kondom hin.

Seine tiefschwarzen Augen sahen sie an, als müsse er

erst überlegen, wer sie sei ... wo er gerade war ... dann sah er das Kondom an ...

Er schien noch immer gefangen zu sein in ihrem Kuss, und ihm entfleuchte ein Stöhnen, das wie Musik in ihren Ohren klang und ihr Blut noch weiter anheizte. Ihren Körper in Brand setzte.

Langsam griff er nach dem roten Tütchen und riss es auf.

Dann riss er Fraukes Kopf grob näher und küsste sie mit einer tiefen Inbrunst, die sie jeglichen Gedanken, der vielleicht noch irgendwo herumgeschwirrt wäre, vergessen ließ.

Sie mussten sich gegenseitig festhalten, so stürmisch waren sie, sonst wären sie unweigerlich umgefallen.

Als er das Kondom endlich übergezogen hatte, schob er sie zur Kühlerhaube, wobei sein Schwanz weit abstand, wie sie fasziniert beobachtete.

Gleich werde ich ihn spüren.

Dieser kurze Moment des Wartens war unerträglich und so voll von Hitze. Es musste jetzt sofort sein. Sie wollte genommen werden, und Claudios Hemmungslosigkeit war genau das, was sie sich gewünscht hatte. Diesen sterilen Sex hatte sie satt. Nach Zeitplan, sauber wie aus dem Lehrbuch, immer nur im Bett, nachdem die Abendtoilette beendet war. Das hier war etwas ganz anderes. Es war verrucht, und Claudio gab ihr das Gefühl, dass sie absolut begehrenswert war. Wie wunderbar, er hielt es nicht mehr aus. Nur vom Küssen hatte er eine Latte bekommen, mit der er eine Wand durchstoßen könnte. Dieses fast Grobe machte sie unglaublich heiß. Heiß. Claudio hob sie auf die regennasse Kühlerhaube, und ehe sie auch nur einen Laut von sich hätte geben können, stieß er zu. Nahm sie. Drang herrlich tief in sie ein. Ihn in sich zu spüren ließ sie lustvoll erbeben, und ein Heer von Schauern rann ihr den Rücken hinab. Hitze breitete sich spiralförmig aus und ließ sie Feuer fangen. Ein Feuer, wie sie es lange nicht mehr gespürt hatte. Und in dieser gewaltigen Form sowieso noch nie.

«Ja!!!»

Niemals zuvor hat mich jemand so begehrt.

Mich so gewollt.

Und endlich darf ich dies erleben.

Da habe ich erst einmal zweiunddreißig Jahre alt werden müssen.

Auch das war wie Schwimmen.

Wie Essen.

Wie Trinken.

Wie Schlafen.

Sex zu haben.

Es gab nichts, wofür sie sich hätte schämen müssen.

Nichts, worüber sie sich Gedanken hätte machen müssen außer über die irren Gefühle, die durch sie hindurchjagten wie ein Gepard, der seine Beute hetzte.

Überall prickelte es so schön.

Überall diese ungeheure Hitze.

Es war, als würde pures Leben in sie gestoßen. Mit jedem Stoß lebte sie ein wenig mehr. Und was für ein Wahnsinn das alles war. Saß sie tatsächlich auf seiner Motorhaube, vollständig den Augen der Öffentlichkeit ausgesetzt?

Ja!

Alle hatten es anscheinend schon im Auto getrieben, sie niemals zuvor. Wahrscheinlich war keiner wild genug auf sie gewesen, um sich so gehenzulassen.

GEIL!!
GEIL!
GEIIIIIIL!
Sie spürte ihn. Wenn sie sich ein bisschen mitbewegte, dann war er so tief in ihr, dass die Lust keine Grenzen kannte.

Frauke hatte jegliches Zeitgefühl verloren. Ihretwegen konnten bereits Tage vergangen sein, genauso gut konnten es aber auch erst wenige Minuten gewesen sein. Es war alles unwichtig für sie. Alles an ihr war verrutscht, ihr Busen hing aus ihrer durchsichtigen Bluse, und Claudio zwickte einen ihrer Nippel mit seinen Zähnen, was sofort lauter kleine heiße Stecknadeln über ihren Körper jagte. Und jede einzelne davon genoss sie. Alle ihre Muskeln, ihre Nervenenden, ihre Sinne wurden gereizt, geliebt, genommen und fast befriedigt.

Ihr Körper war pure Lebendigkeit, von der jeder Zoll gewürdigt wurde, was in ihr die lustvollsten Gefühle auslöste.

Ihre Augen waren geschlossen, und sie spürte nun die riesigen Explosionen, die ihren Körper scheinbar in Millionen von kleinen Teilchen zerbersten ließen.

Nichts vorher Dagewesenes war damit vergleichbar.

Ihr Körper hatte sich in ein Feuerwerk verwandelt, immer wieder sprühte kunterbunter Funkenregen herab, der sie innerlich erleuchtete, beben ließ, vergessen ließ ... Und der Laut, den Claudio an ihrem Busen ausstieß, ließ sie nochmals erbeben.

Noch eine kurze Weile blieb sie auf Kühlerhaube liegen, ehe Claudio sich umständlich von ihr losmachte, sie bei der Hand nahm und ihr aufhalf.

«Amore, lass uns ins Auto gehen, dort ist es gemütlicher.

Aber ich warne dich. Ich werde dich noch einmal anfassen müssen. Diesmal möchte ich dich überall spüren.»

Diese erotische Drohung ließ gleich wieder einen zarten Hitzepfeil durch ihren Körper schießen, der noch vom vorherigen Akt glomm. Damit sie überhaupt gehen konnte, zog sie ihre Jeans nach oben, so auch Claudio, und dann schlenderte er mit ihr zur Beifahrertür. Er hielt ihr die Tür auf, aber er ließ sie erst einsteigen, nachdem er von ihrem Mund gekostet hatte, dann schob er sie sanft auf den Sitz, hob die Tasche auf und reichte sie ihr. Er umrundete das Auto, ohne den Blick von ihr zu lassen, und stieg ein.

«Ich werde dort hinten hinfahren», dabei deutete er mit seiner Hand auf eine Stelle des Parkplatzes, wo kein anderes Auto stand, sie von zwei Seiten von Bäumen geschützt wurden und kein befahrbarer Weg vorbeiging.

Frauke nickte nur. Es war sicher eine gute Idee, dorthin zu fahren, denn dann würden sie garantiert nicht unterbrochen werden.

Als der Gang eingelegt war, berührte seine Hand ihren Oberschenkel, fuhr höher, ehe er sie in der Mitte fest drückte. Unwillkürlich legte Frauke ihren Kopf weiter nach hinten, genoss die Hand, die schon wieder Schauer auslöste. Automatisch rieb sie sich gegen seine Hand, die nur umso fester dagegendrückte. Dann sah sie Claudio wieder an, und wenn sie sich ansahen, war es, als wären sie zwei Magnete. Sie hätte ihn schon wieder anfassen wollen. Die Hand nach ihm ausstrecken wollen. Sie war noch nicht gesättigt, noch lange nicht.

Inzwischen waren sie angekommen, Claudio nahm seine Hand weg und drückte einen Knopf, sodass zuerst ihr Sitz etwas nach hinten fuhr und dann die Rückenlehne umgelegt wurde. Wie von Zauberhand. Das Gleiche wiederholte er bei seinem Sitz. Dann sah er sie an, blickte ihr tief in die Augen. Die Lust, die in seinen Augen aufblitzte, ließ auch ihre Lust aufleben. Von der Mitte aus wurde sie durch ihren gesamten Körper entsendet.

«Amore. Zieh dich aus. Ich möchte dich nackt sehen.»

Kurz warf sie einen Blick über den Parkplatz, überlegte noch, ob sie es tatsächlich tun sollte.

Ja. Natürlich würde sie.

Da wurde Frauke erst bewusst, dass ihr Busen sowieso schon im Freien lag. Zuerst streifte sie unter seinen verzehrenden Blicken ihr durchsichtiges Oberteil ab und warf es achtlos nach hinten. Langsam folgte ihr Top. Da beugte er sich zu ihr herüber, eroberte ihren Mund über die Konsole hinweg. Seine Hand lag dabei sanft auf ihrem Busen. Als er losließ, fehlte etwas. Sie wollte seine Hand wieder spüren.

«Jetzt den Rest. Ich will alles sehen. Dich anschauen und erst dann berühren.»

Ihr stockte der Atem, als er dies sagte. Es war, als würden seine Worte bereits tun, was sie ankündigten. Als sie ihren durchsichtigen BH ausgezogen hatte, flog auch dieser nach hinten.

«Deine Hose, Amore. Zieh sie aus.»

Hitze. Blicke, die sie verzehrten. Die sie in Besitz nahmen. Ja, sie würde ihre Hose ausziehen, und schon fing sie damit an. In diesem Auto hatte sie genügend Bewegungsfreiheit, und als sie sich mit dem Oberkörper vorbeugte, legte sich seine Hand auf ihren Rücken, fuhr hinunter bis zu ihrem Po, unter ihr Höschen, und dann berührte er sie an ihrem empfindsamsten Punkt. Sie setzte sich etwas auf, schüttelte die Hose von den Beinen und zog dann gleich ihr Höschen aus und ließ es einfach im Fußraum liegen, während sich sein Finger in sie schob, was sie augenblicklich aufstöhnen ließ.

Unvermittelt ließ Claudio von ihr ab, setzte sich aufrecht hin und betrachtete sie. Ließ seine Augen über ihr Gesicht, weiter zu ihrem Busen bis hinab zu ihrer Mitte gleiten. Dort hielten sie inne, und erst danach machten sie weiter und streiften ihre Beine, ihre Füße. Während sie sich kaum bewegen konnte, da seine Blicke sie überall gestreichelt hatten.

«Du bist so schön, Amore.» Vorsichtig, als wäre sie zerbrechlich, ließ er seine Hand über ihren Arm streifen, der ihm am nächsten war, dann verhakte er seine Finger in die ihren, besah die so ineinanderliegenden Hände, was in ihr ein Glücksgefühl auslöste, als müsse sie gleich bersten. Seine Hand in ihrer, miteinander verschlungen, während ihre Augen sich nun ineinander verloren. Miteinander sprachen, miteinander spielten.

Er beugte sich zu ihr herüber, wobei die breite Konsole etwas im Weg war, dann berührten sich ihre Lippen, zuerst zart, leicht wie ein Wimpernschlag; er knabberte an ihren Lippen, kostete sie wie süßen Wein und trank dann von ihnen. Ließ seine Zunge in ihren Mund gleiten, was jeden einzelnen ihrer Nerven traf und erzittern ließ. Kurz ließ er von ihr ab, sah wieder ihren Körper an, berührte fast ehrfürchtig ihre Schamhaare, ehe er sanft ihre Spalte berührte, sie dort gedankenverloren streichelte, ganz konzentriert auf diese Stelle, ganz um ihre Bedürfnisse bemüht. Es war fast zu zart und dennoch genau richtig. Richtig für diesen Augenblick. Dies alles tat ihr ungemein gut, ließ ihren Geist und Körper hineinsinken in eine Welt aus Ruhe und

Lust. In eine ruhige Lust. Ließ sie hineintreiben wie in einen Strudel, einen sanften Strudel, der sie sicherlich später wieder mitreißen würde.

Wie gut das alles tat ... Jemand, der sie anfasste, der sie berührte, der ihr das Gefühl gab, wichtig zu sein. Jedenfalls für diesen Moment ... für diese Stunden oder wie lange es auch immer dauern mochte. Frauke wollte ihn ebenfalls spüren, ihn in seiner vollen Nacktheit sehen.

«Zieh dich auch aus. Ich will dich auch anfassen.» Schon hob sie sein T-Shirt hoch, und er ließ von ihr ab, damit sie es ihm abstreifen konnte. Anschließend zog er seine Jeans zusammen mit den Boxershorts bis zu den Füßen herunter, streifte mit den Füßen seine Schuhe ab und entledigte sich auf die gleiche Weise auch seiner Hose. Socken trug er keine. Inzwischen hatte Frauke, ohne hinzusehen, aus einem Seitenfach ihrer Tasche ein paar Kondome herausgekramt und sie auf die Ablage geworfen. Was für eine tolle Figur er hatte. Und wie ein Phallus auf Bildern der Antike ragte sein Schwanz in die Höhe, bereit, ihr Vergnügen zu spenden. Bereit für sie. Mit einer Hand fasste sie ihn dort an, und er sog hörbar und tief die Luft in seine Lungen.

Claudio hob seine Beine über die Konsole zu ihr herüber, sie drückte sich, so weit es eben möglich war, noch mehr an die Tür, damit er neben ihr Platz finden konnte, und so lagen sie nun Bauch an Bauch. Er stützte seinen Kopf mit der Hand ab und streichelte ihr hauchzart über den Busen, dann über den Bauch, und so kam er immer näher an ihren verborgenen Schatz heran. Da, wo seine Hand sie berührte, löste sie eine heftige Reaktion aus. Kein Wunder, gab er ihr doch, wonach sie am meisten verlangte. Und genauso gemächlich, wie er ihren Körper gestreichelt hatte, streichelte er sie nun an ihrer feuchten Höhle. Dieser Genuss, dieser Höchstgenuss, als er immer weiterstreichelte, ganz langsam, jede Fahrt seiner Finger bedächtig ausführend.

Und sie, wie sie immer mehr spürte, wie sie wieder lebendiger wurde, wie sie bereits die nächste Berührung herbeisehnte und sie auch bekam. Diese bedächtigen Bewegungen ließen wieder ihre Libido ansteigen, dieses Mal auf eine herrlich sanfte Weise, eine Art, die sie diese mit allen Facetten genießen ließ. Dieses sachte Pochen ihres Blutes, das die Lust mit jedem Schlag ihres Herzens durch sie hindurchpumpte. Wie ein Herz, das man auf einem Monitor pumpen sah: Lust ... Lust ... Lust.

«Hinter dir liegen die Kondome. Ich möchte dich jetzt in mir spüren. Gleich.» Woher sie diese rationalen Gedanken nahm, wusste sie nicht, aber sie wollte sich auch nicht damit beschäftigen.

Claudio drehte den Kopf und fischte nach einem Kondom, drehte sich um, setzte sich auf, wobei Frauke mit ihrer Hand über seinen Rücken streichelte, damit der Kontakt nicht abriss. Dann war ein Ratschen zu hören, und sie sah an seinen Bewegungen, dass Claudio das Kondom überstreifte. Danach drehte er sich zu ihr um, und ihr gefiel, was sie sah. Und es machte sie seltsamerweise stolz, dass sie es gewesen war, die ihn schon wieder zur Standhaftigkeit gebracht, die ihm diesen Ständer beschert hatte. Nachdem er mit den Händen den nötigen Halt gefunden hatte, senkte er sich auf sie herab und leckte kurz und schnell über ihren rosigen Nippel, ehe er diesen in seinem Mund verschwinden ließ. Und wieder traf sie dieses Gefühl unvorbereitet, war ihr Busen doch schon ewig brachgelegen. Sie hatte ganz vergessen, wie empfindsam sie hier war. Kleine glühend rote

Stromgeschosse jagten durch sie hindurch, und sie hätte fast lachen können, so glücklich machte sie diese längst verlorengeglaubte Empfindung. Dann ließ Claudio von ihren Brüsten ab und nahm eines ihrer Beine, das er sich über den Rücken legte. Danach folgte das zweite Bein. Und dann geschah etwas für sie Unglaubliches: Er senkte seinen Mund herab und küsste sie genau an ihrem Spalt. Besah ihn ... ganz genau.

«So schön», war alles, was er sagte, und das machte sie nun ein klein wenig verlegen. Aber nicht lange, denn in seinen Augen, die sie anblickten, lag ein Glanz, der jede Peinlichkeit hinwegfegte. Der sie genießen ließ, was er da mit ihr machte. Sie konnte es kaum noch erwarten, dass er in sie eindrang, und als hätte er ihre Gedanken gelesen, tat er es. Dieser kostbare Moment des Wartens um das Wissen, dass er gleich in ihr wäre, ließ einen Feuerblitz durch sie fegen, so, dass ihr fast die Luft wegblieb. Und dann war es so weit: Er glitt Millimeter für Millimeter in sie, wobei er ihr tief in die Augen schaute, und in ihr war es, als würde jemand Millimeter für Millimeter Glück in sie schieben. Lust in sie schieben. Leben in sie schieben. Ihre Gefühle waren in hellem Aufruhr, konnten es nicht mehr erwarten, bis er auch noch den letzten Rest in ihr ausfüllte. Und das tat er mit einem tiefen Nachstoß.

Dann verharrte er.

Sah ihr in die Augen.

Wartete.

Wartete.

Zog sich ebenso langsam aus ihr zurück, bevor er erneut in sie stieß. Nein, das war nicht auszuhalten. Nein, das war nicht in Worte zu fassen. Wobei sich ohnehin bereits alle Gedanken von ihr verabschiedet hatten. Sie wollte ihn spüren, fühlen, riechen. Sie wollte, dass er sie mit Leben vollpumpte, sich in ihr verkroch und sie an einem anderen Ende der Welt erst wieder ausspuckte. Seine onyxfarbenen Augen, die sie mit tiefster Lust ansahen, über die sich langsam ein sanfter Schleier legte, waren eine zusätzliche Dreingabe.

Diese Langsamkeit war es, die ihr fast den Verstand raubte, die sie vor Verlangen fast vergehen ließ. Es war, als würde in jedem Millimeter, aus dem er sich zurückzog, dennoch seine Fülle zu spüren sein. Und dann wurden seine Stöße rhythmisch schneller, etwas schneller, noch etwas schneller. Dieser Cocktail aus Endorphinen, Lust und Verlangen war nicht zu überbieten. Mit ihren Händen umfasste sie nun seinen Hintern, und immer wenn er in sie vordrang, hob sie sich ihm ein wenig mehr entgegen.

Kurz nahm sie wahr, wie beschlagen die Autofenster inzwischen waren, aber schon hatte sich dieser Gedanke wieder verflüchtigt. Und dann kam, was kommen musste: Es kam langsam heran, wie eine kleine Welle, die sie erst an einigen Stellen sanft umspülte und dann so unberechenbar wie ein Meer war, das schnell heftiger wurde. Wenn sie nicht alles trog, dann würde sie gleich einen Orgasmus bekommen. Nein, sie wusste es, auch wenn sie noch nicht viele in ihrem Leben gehabt hatte. Auch das war anscheinend wie Radfahren oder Schwimmen. Es war wohl tief im Unterbewusstsein abgespeichert, und nun durfte es nach langer Zeit wieder einmal ins Bewusstsein vordringen. Sie wartete darauf, genoss dieses Wissen, was gleich mit ihr passieren würde. Und mit dem nächsten Stoß war sie so weit. Ein Schrei entfleuchte ihr, und als wäre dies ein sichtbares Zeichen für Claudio gewesen, hieb er noch einige Male fest in sie, bis auch er so weit war und seinem Höhepunkt ebenfalls mit einem Schrei Luft machte.

Als sie am Morgen erwachte, fiel Fraukes erster Blick auf den Radiowecker, und sie musste mehrmals den Schlaf wegblinzeln, um die Uhrzeit zu erkennen.

Nur drei Stunden Schlaf.

Ihr Schädel fühlte sich an, als hätte sie die Nacht durchgesoffen; zwar ohne Kopfschmerzen, dennoch bleiern, ungesund, todmüde ...

Irgendetwas versuchte durchzudringen zu ihr ...

Aber was?

Wenn Frauke nicht so müde gewesen wäre, dann hätte sie sich auf die Stirn geschlagen, als es ihr mit einem Mal wieder einfiel.

«Claudio.»

Vor Schreck, weil sie den Namen tatsächlich ausgesprochen hatte, drehte sie sich vorsichtig um, aber das Bett neben ihr war leer. Natürlich war Dietmar bereits aufgestanden. Wie hätte es auch anders sein sollen? Außerdem waren die Jalousien längst hochgezogen, und das Licht schmerzte in ihren Augen, weshalb sie sie wieder schloss.

«Claudio», flüsterte Frauke zärtlich. Stundenlang hatten sie es getrieben, anders hätte sie es gar nicht ausdrücken können. Aber wie toll das gewesen war. Jetzt spürte sie auch ihren Unterleib wieder.

Alles fühlte sich – ja wie? – wie hergenommen an. Ja, das war es.

Hergenommen, hergenommen, hergenommen.

Am liebsten hätte Frauke die Worte gesummt. Sie strich

über ihren Busen, auch er fühlte sich ein wenig ... wund an.

Wie toll.

Ihre Hand wanderte weiter nach unten, und sie streichelte zärtlich über ihre Scham, spielte selbstvergessen ein wenig daran herum.

Ein Lächeln breitete sich auf ihrem Mund aus, und sie fühlte die Freude, die sie wie eine warme Decke einhüllte.

Ach, aber was für ein Schnuckel Claudio war.

Und sooo geil.

Frauke drehte sich auf den Bauch, so konnte sie auf den blühenden und großzügigen Garten hinter dem Haus sehen, und dort stand Dietmar und starrte zu irgendetwas hoch. Ganz stocksteif stand er da und starrte etwas an, das höher sein musste als er.

Worauf starrte er da bloß?

Frauke folgte seinem Blick. An dem Apfelbaum, an dem der Wind immer noch heftig zerrte, hing etwas Winziges. Der Sturm war also noch nicht weitergezogen.

Was mochte das sein?

Was hing da oben?

Aber Frauke war zu faul, ihre Brille aufzusetzen, und ohne Brille konnte sie es nicht erkennen. Dietmar drehte sich um und ging langsam auf das Haus zu. Frauke legte sich auf die Seite und stellte sich schlafend, als seine Schritte sich dem Schlafzimmer näherten.

«Steh auf.»

Frauke stellte sich erst recht schlafend.

Dietmar packte sie an ihrem Arm, so grob, dass Frauke überrascht die Augen öffnete.

«Steh auf!»

Kaum war sie aus dem Bett, in dem sie eben noch so schöne Tagträume gehegt hatte, da zerrte er sie zum Fenster. Dietmar drückte ihren Kopf näher heran. «Siehst du das da?» Er deutete auf den Baum, an dem dieses winzige Ding hing.

Frauke war viel zu müde, hatte einen viel zu schweren Kopf und war überrascht, dass Dietmar überhaupt so etwas wie eine Gefühlsregung äußerte, denn für seine Verhältnisse war dies schon ein immenser Gefühlsausbruch.

«Ach, was soll das? Was interessiert mich, was da auf dem Baum hängt. So wichtig kann das doch nicht sein, dass du mich deswegen weckst.»

Vehement tippte er an die Fensterscheibe. «Das da», dabei stupste Dietmar nochmals an die Fensterscheibe, «das da – ist *dein* neuer Slip. Er sieht jedenfalls verdammt genauso aus wie der neue BH, den du mir gestern gezeigt hast, und außerdem habe ich mir deine Sachen im Badezimmer angesehen, die du nach der Disco ausgezogen hast. Also komm mir nicht mit einer Ausrede.»

Der Schreck fuhr Frauke in die Glieder.

Wie zum Henker kam ihr Höschen auf den Baum?
Was sollte sie sagen?
Welche Ausrede konnte sie vorbringen?

«Im Badezimmer liegt alles, was du gestern in die Disco anhattest, nur dein Slip liegt nicht dort, und da du ihn nicht anhast», Dietmar strich ihr testend über das Nachthemd, «kann das auf dem Baum nur *dein verdammter* Slip sein.»

«Ähm.» Ja, was sollte sie bloß sagen?

Noch einmal setzte sie an. «Der Sturm muss ihn hochgeweht haben.»

Also, etwas Dümmeres hätte ihr nicht einfallen können.

Wie komme ich … Wieso habe ich nicht bemerkt, dass mein Höschen fehlte? Hatte Claudio es mir gestern im Auto ausgezogen? O ja. Aber hatte ich es dann nicht wieder angezogen?

Ich erinnere mich beim besten Willen nicht mehr daran. Vor dem Haus hatten wir uns noch geküsst. Ein paar Kleidungsstücke hatte ich einfach in die Handtasche gestopft. Vielleicht war das Höschen auch dabei gewesen?

So viel war klar, es musste rausgefallen und vom starken Wind auf den Baum getrieben worden sein.

«Jetzt sag endlich.» Dietmar blieb zwar ruhig, aber trotzdem wirkte er anders als sonst. «Was werden die Nachbarn sagen?»

Auf einmal fiel es ihr wie Schuppen von den Augen.

Das Höschen war ihr egal. Sie sah Dietmar an.

«Ich werde dich verlassen, Dietmar.»

SINNESLUST

Susanna war sicherlich keine Frau, die man als langweilig bezeichnet hätte. Liebend gern organisierte sie Partys für Freundinnen oder lud zu leckeren Picknicks ein. Sie hatte auch schon das ein oder andere Mal Liebespaare zusammengeführt. Das lag ihr.

Nur bei ihr selbst blieb keiner mehr hängen, seit sie sich vor knapp fünf Jahren von Berthold getrennt hatte. Eine Zeit, die sie zuerst unglaublich genossen und in der sie sich manchmal auf One-Night-Stands eingelassen hatte. An eine feste Beziehung hatte sie keinen Gedanken verschwendet. Mit der Zeit waren die One-Night-Stands jedoch schal und leer geworden. Bei der Handvoll Sexabenteuer hatte sie immer bei den Männern übernachtet, und als sie morgens bei diesen aufgewacht war, hatte sie es die ersten Male noch aufregend gefunden, aber bei den letzten Malen war in ihr gar kein Gefühl gewesen – nichts. Weder Scham noch Ekel, einfach nur Leere. Kein Nachklang. Keine Aufregung und Freude mehr, so wie anfangs, und langsam war Susanna klargeworden, dass sie das so nicht mehr wollte.

Von Freundinnen wusste sie, dass diese wechselnde Sexpartner – wie es heutzutage hieß – super fanden; nur Sex, keine Verpflichtungen. Keiner mehr, der an einem klebte wie ein Blutegel, und auch nicht das andere Extrem, nämlich dass derjenige flüchtete, sobald frau sich in ihn verliebte. Ein Mann für eine Nacht bot ihnen genau das richtige Mittelding. Es passte in die heutige Zeit, in der keiner mehr bereit war, Kompromisse zu schließen, in der jeder nur noch seine Bedürfnisse befriedigen wollte. Das hatte Susanna sich schon öfter gedacht.

Zu Anfang war es für Susanna aufregend gewesen, wieder begehrt und nicht mehr wie ein Gegenstand behandelt zu werden, so wie Berthold es die letzten Jahre getan hatte. Lebendes Inventar. Zunächst war es ihr damals gar nicht richtig aufgefallen gewesen, dass sie nicht mehr wirklich oft miteinander schliefen, bis auch noch der letzte Rest von Leidenschaft verkümmert war, eingetrocknet wie der Benjamini, den sie schließlich auf den Komposthaufen geworfen hatte. Irgendwann keinen Sex mehr zu haben sei normal in einer Beziehung, hatte Susanna angenommen. Dann hatte er ihr irgendwann gefehlt, immer mehr hatte sie sich danach gesehnt, und zum Schluss wollte sie ihn wiederhaben.

Natürlich war es nicht nur der fehlende Sex gewesen, der das Ende herbeigeführt hatte, darauf hätte man es nicht reduzieren können, nein.

Er war zu einem Nebenprodukt geworden. Der Sex fand nicht mehr statt, weil es in der Beziehung schon länger nicht mehr stimmte. Wie hieß es immer so schön: Große Schwierigkeiten packt man an, die ändert man automatisch, weil man sie ändern muss; es sind die kleinen Dinge des Alltags, die einen zu Fall brachten.

Und so war es letztendlich auch in der Beziehung von Susanna und Berthold gewesen. Viele Kleinigkeiten, die sich zu einem unüberwindlichen Berg aufgetürmt hatten, bis nichts mehr zu retten war und Susanna dies auch definitiv nicht mehr gewollt hatte. Nach ihrer Trennung hatten sie zunächst nichts mehr miteinander zu tun haben wollen, aber nachdem sie sich nach fast sechs Monaten zum ersten Mal seit dem Schlussstrich wieder zufällig über den Weg gelaufen waren und sich danach unregelmäßig getroffen hatten, hatten sie festgestellt, dass langsam wieder eine Freundschaft zwischen ihnen aufkeimte. Keine, aus der mehr werden würde, aber eine Freundschaft, die Susanna nicht missen mochte. Berthold erzählte ihr sogar, in wen er gerade verliebt war oder was ihm an einer bestimmten Frau gefiel. Solch intime Details war sie dennoch nicht bereit, ihm gegenüber zu äußern, dafür hatte sie ihre Freundinnen.

Dies alles ging ihr durch den Kopf, als sie auf dem Weg von ihrer Wohnung zum Tantra-Studio war.

Eine seltsame Sache.

Worauf sie sich da bloß eingelassen hatte?

Vor einigen Tagen hatte sie ihren neunundzwanzigsten Geburtstag begangen, und wie immer hatten sie ihn ausgelassen gefeiert …

Der See lag dunkel und geheimnisvoll vor ihr, und obwohl es bereits spät war, war es immer noch hell. Ihr Geburtstag, der längste Tag des Jahres. Susanna war mit ihren besten Freundinnen hier. Ein Abend ohne Kerle, wie Susanna es sich gewünscht hatte. Überall sommerliche Geräusche von überwiegend jungen Leuten, die sich tagsüber hier sonnten und schwammen und abends ausgelassen feierten. So wie Susanna.

Es hatte eine lange Tradition, dass auf Susannas Geburtstagen immer um einundzwanzig Uhr die Beschenkung stattfand, und so war es auch heute. Jeder hatte eine Wunderkerze in der Hand, und was Susanna am meisten verwunderte, war, dass es nur ein größeres Paket gab, das mit pinkfarbenem Papier umwickelt und mit weißen und rosé-farbenen Schleifen verziert war.

Sehr geheimnisvoll.

Partout hatte niemand auch nur annähernd einen Hinweis geben wollen, was in dem Paket enthalten war. Die Wunderkerzen sprühten ihre schönen Strahlen in die Nacht, zischten ab und an, bis sie endgültig verloschen und ein leichter Hauch von Schwefel in der Luft hing.

Susanna nahm das Paket entgegen, aber da sie auf etwas Schweres eingestellt war – warum, hätte sie gar nicht sagen können, wahrscheinlich weil man bei großen Paketen damit rechnete, dass sie schwer waren? –, hätte sie es sich fast an die Stirn geschlagen, da es so federleicht war.

Susanna lachte. «Hey, am Schluss ist hier gar nichts drinnen ... und ich bekomme dieses Jahr nichts, weil ich nicht brav war?»

Alle lachten. «Mach auf!», kam es von der fröhlichen und schon leicht alkoholisierten Runde.

Susanna öffnete das Paket – und da war tatsächlich erst einmal nichts. Nichts, außer zusammengeknüllten, gelbgezackten Schnipseln, die auch als Verpackungsmaterial für empfindliche Weinflaschen verwendet wurden. Mit den Händen wühlte sie im Karton herum, und dann endlich hatte sie eine kleine Papierrolle in der Hand.

«Ein Gutschein?», versuchte sie zu raten. «Für Douglas, weil ich mir schon lange diesen sündhaft teuren Körperpuder wünsche?»

Allerdings waren deren Gutscheine türkisfarben, der hier aber war weinrot, schoss es ihr durch den Kopf.

Niemand gab eine Antwort.

Alle warteten gespannt.

Susanna spürte die Spannung förmlich.

Alles sehr seltsam ...

«Na schön, ihr wollt mir gar nicht helfen ... hm – ist das gut oder schlecht?»

Angelika lachte. «Hey! Glaubst du, wir würden dir Böses wollen?», dabei sah sie in die Runde. Alle schüttelten die Köpfe.

Eine feine Brise wehte über den See und trug den Duft von Blumen, würzigen Gräsern und Bäumen mit heran. Irgendwo in der Ferne wurde gelacht.

Susanna nahm das rote Band von der kleinen Papierrolle in ihrer Hand und las:

Liebe Susanna,

wir lieben dich sehr! Und weil wir das tun,

können wir dein Elend nicht mehr

mit ansehen. ☺

Verwundert sah Susanna auf. «Ihr macht es wirklich spannend dieses Jahr.»

Du bist seit fast fünf Jahren alleine.

Du hast keine Lust mehr auf One-Night-Stands.

Aber ohne Mann, das geht nicht, haben wir uns gedacht.

Wir laden dich daher zu einer Massage ein.

«Massage. Klasse. Da freue ich mich», sagte Susanna und grinste in die Runde. Aber an der Reaktion sah sie, dass es noch nicht alles war. Da musste noch ein Hammer kommen.

O nein. Es wird keine gewöhnliche Massage werden.

Wieder sah Susanna in die Gesichter ihrer Freundinnen, enthielt sich aber eines weiteren Kommentars.

Ein Mann wird dich nach Strich und Faden verwöhnen.

Keine Angst.
Kein Sex.
Nur Massieren.
Aber auf besondere Art.
Wir schenken dir eine Tantra-Massage.
Deine Freundinnen.
Hey! Und genieße es!
Es folgten die Unterschriften ihrer Freundinnen.

«Habe ich noch nie von gehört. Was ist eine Tantra-Massage?», fragte Susanna. Ein wenig Angst bekam sie nun doch.

Es war alles so sonderbar.

Dieser verrückte Haufen!

Zu befürchten hatte sie nichts von ihnen, denn sie waren schließlich ihre Freundinnen, und so weit kannte Susanna sie, da war sie sich sicher. Was sie wohl da erwartete?

Tja, nun stand sie hier vor diesem Gebäude. Nebenan befanden sich ein Metzger, mehrere Wohnhäuser und ein bisschen weiter entfernt ein stylishes Café. Hier hätte auch eine normale Massagepraxis oder eine andere Art von Praxis untergebracht sein können. Nichts Außergewöhnliches verriet, was sie dahinter erwarten würde. Ob die Leute hier in der Umgebung wussten, was hinter diesen Mauern verborgen war?

Normalerweise wollte Susanna immer wissen, was auf sie zukam. Ja, normalerweise hätte sie auch im Internet nach einer Tantra-Massage geforstet. Aber sie hatte befürchtet, dass sie nicht hierherkommen würde, wenn sie wusste, was das genau war. Wenn es kein Sex war und dennoch eine Massage – eine *etwas andere* Massage, dann konnte es nichts ... ja was? ... Abartiges sein. Egal, was es war, sie würde es austesten.

Entschlossen trat sie durch die Glastür. Dahinter erwartete sie eine helle, große Empfangstheke, wie man sie in jedem Vorzimmer eines Arztes oder einer Massagepraxis hätte vorfinden können, und in einem Nebenraum erspähte sie ein kleines, gemütliches Wartezimmer, in dem aber niemand saß. Am Empfang war auch niemand.

Dann hörte sie gedämpfte Schritte.

Eine Frau kam den Flur entlang, bekleidet mit einer weißen Kittelschürze, wie man sie überall in Praxen anhatte. Bisher gab es noch nichts Ungewöhnliches.

Susannas Magen kitzelte ein wenig.

Aufregung, gestand sie sich ein.

«Hallo, mein Name ist Martha Weisz, mit sz. Und Sie müssen Susanna sein?» Sie streckte Susanna die Hand entgegen.

«Ja.» Susanna griff nach der ihr gereichten Hand und schüttelte sie.

«Sag bitte Martha zu mir.» Martha lächelte sie an.

«Komm bitte mit.» Martha drehte sich um, ging am Wartezimmer vorbei und nahm die nächste Tür. Dahinter erwartete Susanna ein Raum, der in warmen Erdtönen gestrichen war. Ein Schreibtisch stand darin, Empire, elfenbeinfarben, aber Martha dirigierte Susanna zu den drei bequem aussehenden Sesseln, die um einen Beistelltisch, ebenfalls im Empirestil, standen.

«Ja. Deine Freundinnen haben dir also einen Gutschein geschenkt», sagte Martha, während sie auf einem der Sessel Platz nahm und Susanna mit der Hand einen der anderen Plätze anbot.

«Ja.»

«Haben sie dir gesagt, was wir im *Tantra* machen?»

Susanna schüttelte den Kopf. Ihr war schon beim Betreten des Gebäudes aufgefallen, dass alles frisch und sehr angenehm roch. Eigentlich nicht anders zu erwarten, aber Susanna hatte die unmöglichsten Gerüche bereits an den unmöglichsten Orten wahrgenommen. Sie konnte es nicht leiden, wenn Wände alten, abgestandenen Rauch oder Essensdünste absorbierten und dann wieder ausstießen. Und das fand man durchaus auch in Büroräumen vor, dazu musste man nicht unbedingt Restaurants oder Bars aufsuchen. Eigentlich begegnete es einem überall.

«Wir praktizieren hier verschiedene Arten von Massagen, und die Tantra-Massage ist eine davon.»

Marthas Stimme klang sehr angenehm, sie hatte diesen beruhigenden Tonfall, den sich Susanna auch gut bei einem Hypnotiseur hätte vorstellen können. Aber nicht auf die Art beruhigend wie die, die einem mit ihrem «Peace» und extremem Esoterikgehabe auf den Wecker fielen. Ein wenig davon mochte sich ja positiv auswirken, aber zu viel davon, das konnte Susanna nicht leiden. Das wirkte so unecht, so gekünstelt, und Susanna hatte die Erfahrung gemacht, dass extreme Esoteriker jedem ihren Willen aufdrängen mussten, und das ging ihr entschieden gegen den Strich. Das war einfach «too much»!

«Der Körper wird als Tempel der Seele gesehen und hier als solcher geehrt», erklärte Martha weiter.

So weit, so gut, dachte Susanna.

«Die Tantra-Massage ist eine sehr sinnliche Massage, und deshalb beziehen wir den ganzen Körper mit ein, auch den Intimbereich.»

Bei diesen Worten schluckte Susanna, wartete aber erst einmal ab, was da noch nachkommen würde.

«Wir nennen es Yoni, das Wort für die weiblichen Genitalien. Lee, dein Masseur, wurde von deinen Freundinnen gebucht.»

Ein *Mann*!

Was das wohl alles auf sich hatte?

Doch inzwischen war Susanna viel zu neugierig, um dem Ganzen noch Einhalt zu gebieten. Außerdem wäre es ihr vor ihren Freundinnen peinlich, wenn sie einen Rückzieher machen würde.

Susanna konnte nur noch nicht glauben, dass das alles ohne Sex sein sollte ...

Sie wollte schon etwas sagen, aber sie musste sich erst einmal räuspern, damit ihre Stimmbänder wieder frei wurden. «Hm. Aber ...», hob sie langsam an, ehe sie den Satz schnell vollendete, «aber das ist ohne Sex?»

Martha lächelte.

«Eine berechtigte Frage. Eine Frage, die uns sehr oft gestellt wird. Ja, ohne Sex. Du bist die Hauptperson, dein Körper soll verwöhnt werden. Du wirst von erfahrenen Händen massiert. Wir beziehen den ganzen Körper mit ein und regen alle Sinne an, so gerät alles in einen Fluss. Behutsame Hände begleiten dich auf eine wunderbare Reise in dein Inneres.»

Dann hatte Martha noch etwas von Asien geredet, aber da war Susanna mit ihren Gedanken schon ausgestiegen.

«Hast du noch spezielle Fragen?», wollte Martha unvermittelt wissen.

Susanna hatte dem allen zugehört, und ihre Nervosität war dadurch nicht weniger geworden. Dabei sollte hier doch eine Entspannung sondergleichen stattfinden.

«Nein. Nein. Ich habe keine Fragen», stammelte sie verlegen.

Martha erhob sich aus dem Sessel, der genauso bequem war, wie er ausgesehen hatte, stellte Susanna fest, die auf seiner Zwillingsausgabe gesessen hatte.

Inzwischen lag Susanna nackt auf dem Bauch. Der Raum wirkte stilvoll. Ein Fächer war an der cremefarbenen Wand angebracht, ebenso ein Handtuchhalter. Der Raum war angenehm temperiert. Oft fror Susanna in öffentlichen Badeanstalten oder in Massageräumen, aber hier nicht. Unter ihrem Körper war eine Matratze ausgelegt, auf der gut und gerne vier Leute reichlich Platz gehabt hätten, darüber war eine noch größere Kuscheldecke in angenehmer Farbmusterung gebreitet, und darauf wiederum lag ein riesiges weißes Badetuch. Die Unterlage war sehr bequem.

Außerordentlich bequem!

Als Spielwiese – für was auch immer – bestens geeignet ...

Alles roch frisch gewaschen, und nicht nur das, es roch, als wären die Handtücher im Freien an der Sonne getrocknet worden. Susanna hätte sich hier wohl fühlen können, wäre da nicht ihre Nacktheit gewesen, die ihr ein wenig Unbehagen bereitete.

Trotzdem wäre es für Susanna zu albern gewesen, wenn sie aus Schamgefühl das Badetuch über ihre Rückseite geworfen hätte. Susanna hatte es im Umkleideraum vorgefunden. Es war extra für sie bereitgelegt worden, die Möglichkeit wäre also durchaus gegeben gewesen. Nein, Unsinn, später würde dieser Lee doch sowieso noch ganz andere Regionen von ihr sehen ...

Nicht nur sehen, wie ihr wieder einfiel, anfassen würde er sie wahrscheinlich auch. Der Gedanke daran erregte sie auf angenehme Weise. Seltsam, dass Martha und Lee ...

Was auch immer Susanna gerade denken wollte, es war plötzlich weg, denn in diesem Moment trat Lee ein. Natürlich hatte sich Susanna mit dem Gesicht zur Tür gelegt, so konnte sie nicht überrascht werden, und wer auch immer hereinkam, dem würde nicht gleich ihr Hintern ins Gesicht springen.

Im übertragenen Sinne.

Susanna brachte dieser Gedanke zum Lächeln. Dann lächelte sie Lee an, und plötzlich gefror ihr Lächeln.

Um Himmels willen!

Er war ihr letzter One-Night-Stand gewesen, der ihr noch dazu lebhaft in Erinnerung geblieben war.

Na ja, fast One-Night-Stand ...

Denn als sie bei ihm in der Wohnung angekommen waren, hatte sich Susanna dagegen entschieden, mit ihm Sex zu haben, hatte «Ciao» gerufen und war so schnell zur Tür raus, so schnell hatte dieser Lee gar nicht schauen können. Das war die Nacht gewesen, in der ihr zum ersten Mal bewusst geworden war, dass sie keinen Mann mehr für eine Nacht haben wollte.

Ihre Knie wurden weich ... gut, dass sie gerade lag.

Ob er sie auch wiedererkannte?

Damals hatte er sie bekleidet gesehen, und es waren auch schon mindestens drei Jahre seitdem vergangen. Wahnsinn, tatsächlich schon drei Jahre. Sie musterte ihn erneut. Erkannte er sie? Es sah nicht so aus, dafür verhielt er sich zu natürlich, und er hatte mit keiner Wimper gezuckt, als er sie angesehen hatte.

Lee, wie bereits der Name vermuten ließ, war Asiate, Chinese, um genau zu sein. Er hatte pechschwarzes, dichtes Haar. Warum die Chinesen wohl keine Glatze bekamen? Irgendwann hatte sie darüber mal einen Bericht gesehen, aber wieder vergessen, woran das lag. Er war mit einem weißen Bademantel bekleidet.

Mit nichts darunter?

Er war überraschend groß für einen Asiaten, die ihr normalerweise nur bis zur Schulter gingen. Dunkle Augen, glatte Haut und diese flache Nase. Für viele Asiaten waren die Bewohner der westlichen Länder alle Langnasen, aus deren Perspektive gesehen natürlich. Für uns Mitteleuropäer wiederum hatten sie fast alle eine ziemlich flache Nase. Warum also nicht umgekehrt Flachnasen?

Susanna machte sich generell viele Gedanken, und oft schloss sie aufgrund bestimmter Körpermerkmale, Gesichtsmerkmale und Gesten auf die Charaktereigenschaften. Nicht immer, aber sehr oft. Vor allem natürlich oder hauptsächlich bei Menschen, die aus ihrem Kulturkreis stammten, während sie bei fremden Kulturkreisen nicht auf dieses im Unterbewusstsein gespeicherte Wissen zurückgreifen konnte. Würde es dann umgekehrt auch so sein? Veränderte sich das, wenn man über einen sehr langen Zeitraum in einem fremden Kulturkreis lebte?

Was für seltsame Gedanken ihr wieder durch den Kopf schossen, während Lee lächelnd auf sie zusteuerte.

Und in Gedanken war sie ganz vom eigentlichen Thema abgekommen.

Er war barfuß.

Gepflegte Füße.

Pedikürt.

Schöne Hände.

Aber die waren ihr schon damals aufgefallen.

Was hatte sie auch anderes erwartet? Auch wieder so ein Gedanke. Erwartungen.

«Hallo, Susanna, ich bin Lee.»

Während er dies sagte, schaltete er einen CD-Player ein, der den Raum mit beruhigenden Klängen füllte. Klänge, die Susanna von ihren eigenen CDs kannte, mit deren Hilfe sie Entspannungsübungen durchführte. Klänge, die angeblich ins Unterbewusstsein eines Menschen drangen und weit unter der Oberfläche ihre Wirkung entfalteten.

Lee musste in Deutschland geboren oder zumindest hier aufgewachsen sein, denn er sprach akzentfreies Deutsch.

«Ich werde mich nun ebenfalls entkleiden und mich zu dir auf die Matratze begeben.»

Oha!

Nackt?

Na ja, im Anzug konnte er sie wohl schwerlich massieren. Da Susanna bei diesem Gedanken lächeln musste, lächelte Lee sie ebenfalls an. Wenn der wüsste, was ihr gerade alles durch den Kopf ging … Besser so, dass er es nicht wusste.

Neben ihr waren einige Handtücher ausgelegt, und eine ölhaltige Substanz stand bereit. Lee zog seinen Bademantel aus und legte ihn neben die Matratze, aber außer Reichweite.

Er war tatsächlich nackt.

Einerseits versuchte Susanna, ihn nicht anzustarren, andererseits wollte sie aber auch nicht so tun, als ob sie völlig unberührt von der Situation sei. Lee fasste nach dem Gefäß, in dem die ölige Substanz war, und schüttete ein wenig davon in seine eine Handfläche. Dann verrieb er alles geschickt mit der anderen Hand.

«Das ist ein geruchloses, hautfreundliches Massageöl. Es wird dir guttun.»

Lee rutschte mit den Knien ein wenig hin und her, bis er eine bequeme Position gefunden hatte, dann begann er.

In diesem Moment schloss Susanna die Augen. Einerseits, um sich nicht länger nackt vor einem fremden Mann zu sehen, andererseits, um alles tiefer empfinden zu können, denn egal, was kam, sie würde es genießen.

Lee hin oder her.

Da durfte sie jetzt einfach nicht länger drüber nachdenken, ermahnte sie sich.

Seine Hände kneteten ihre Schultern ausgiebig, und nach und nach entspannte sich Susanna tatsächlich, weil es Wohlbehagen bei ihr auslöste. Flott und spielerisch glitten seine Hände über ihren Rücken. Aber es war nicht wie eine normale Massage, denn er streichelte an den Schultern so weit nach vorne, dass er ihre Brüste an den Seiten berührte, was das Wohlbehagen in etwas Kribbelndes verwandelte.

Nachdem er sich ausgiebigst diesen Stellen gewidmet hatte, liebkoste er ihren Rücken, ließ seine Hände an ihrem Po ausgleiten. Dies geschah abwechselnd mit leicht klopfenden Fingerspitzen, dann wieder streichelte er sie. Noch mehr Wohlbehagen breitete sich aus. Danach war ihr rechtes Bein an der Reihe. Hier knetete er ihre Wade, ließ die Hände anschließend kreisen, und so arbeitete er sich von unten zu ihrem Po vor.

An dieser Stelle hielt er ein, begann wieder von unten, und wie er sie so streichelte, fühlte sich alles noch harmlos an. Dennoch war sie innerlich noch nicht ganz ruhig, denn sie wartete auf mehr. War sich immer noch ihrer Nacktheit bewusst. Als er ihr anderes Bein verwöhnte, rückte allmählich alles in den Hintergrund, und sie entspannte sich immer mehr. Sie wurde in eine Welt entführt, die von der äußeren in eine innere glitt.

Zuerst waren die Hände, die zum nackten Lee gehörten, noch allgegenwärtig.

Ebenso wie ihre und seine Nacktheit.

Dann.

Hände ... Hände ... Hände ...

Bewegungen ... Bewegungen ...

Entspannung ...

Ruhe ...

Schnurrendes Wohlbehagen.

Plötzlich befand sie sich auf einer Sonneninsel, umgeben von Palmen, deren Blätter in den hohe Kronen sich sanft im tropischen Wind wiegten. Susanna lag darunter und beobachtete die Blätter, die kilometerweit entfernt schienen, und genoss diese himmlische Ruhe, die in jede Pore ihrer Haut vordrang. Die sie umschloss wie ein warmer, schützender Kokon. Der sie in ein weiches Laken der Ruhe und des Friedens hüllte.

Darüber erstrahlte der Himmel in einem leuchtenden Blau, das die Seele streichelte und den Geist beruhigte. Sollte vorher noch etwas laut oder störend gewesen sein, so hatte sich alles verwandelt. Eine Umkehr hatte stattgefunden und bescherte Susanna Frieden. Alle Geräusche waren aus ihrem Umfeld verbannt, und drang doch noch eines zu ihr durch, so nahm sie es nur am Rande wahr, und dort kippte es auch schon wieder weg, fiel in einen namenlosen Raum. Jemand streichelte sie, während die Sonne ihre Haut erwärmte, sie in güldenes Licht tauchte. Alles fühlte sich gut an.

So richtig gut.

Hände ... Hände ...

Palmwedel berührten sie, einige ihrer Spitzen berührten sie ... Mal hier und nach Ewigkeiten mal an einer anderen Stelle. Mit jeder Berührung wurde ihr wärmer, eine Sehnsucht machte sich breit, und es wurde mehr Hitze durch ihren Körper gepumpt. Einmal waren die Palmwedel schnell, huschten nur so über ihre nackten Beine, ihre Kniekehle, stoppten aber immer kurz vor ihrem Po. Dann wurden sie wieder langsam über ihren Körper gezogen. An der Seite entlang. Berührten ihren schlanken Rücken.

Immer wieder.

Es kam ihr vor, als würden die Palmwedel all ihre sinnlichen Punkte anregen und somit kleine Schauer über ihren Rücken jagen. In einem Rhythmus, der Susanna langsam in Erregung versetzte.

Auf einmal schlugen die Palmwedel sanft auf ihren Körper.

Immer wieder sah sie den nackten Jüngling, der ihr diese Wonnen bereitete. Geriet in Versuchung. Hoffte darauf, mehr von ihm zu spüren.

Sie wollte mehr, wollte an anderer Stelle berührt werden. Sie wollte sie an ihrer Mitte spüren. Spüren, wie sie sie nicht nur berührten.

Wie sie Susannas Hitze streichelten.

Wo kam das auf einmal her?

Dieser Wunsch?

Am liebsten hätte sie den starken Stamm gespürt, nicht nur diese hauchdünnen Blätter auf ihrer Haut.

Die Palmwedel tupften sie an. Piksten – kurz.
Lang.
Immer in wechselndem Tempo.
O ja. Sie wollte es.

Lee liebkoste, knetete ihren Po, zog die Falte mit beiden Händen zärtlich auseinander, fuhr die Furche mit beiden Handkanten knapp an ihrer Rosette entlang, was den Wunsch entstehen ließ, dass er auch diese streicheln würde. Aber es sollte dauern, ehe er sie dort berührte. Da, endlich fasste er sie an. Und als er es tat, spürte sie, wie ein Hitzepfeil durch sie hindurchschoss. An dieser Stelle berührt zu werden, so sanft gestreichelt zu werden ließ die Hitze Elektroimpulsen gleich durch ihren Körper sausen.

Und nach einer Ewigkeit, so schien es ihr, war dieser Finger plötzlich in ihr. Massierte sie innen an dieser äußerst empfänglichen Stelle. Am liebsten hätte sie ihm im Rhythmus den Hintern entgegengehoben. So wie er es machte, hatte sie hier noch keiner berührt. Ganz auf ihre Lust ausgerichtet, war es viel aufregender, viel stimulierender. Sie hatte keine Ahnung, wie lange er sich damit beschäftigen würde, aber sie hoffte, noch sehr lange, denn es war, als würde sie alleine durch dieses Streicheln an diesem geheimen Ort zu einem Höhepunkt kommen. Alles in ihr schrie danach, denn er liebkoste ihre Blätter von innen, als wären seine Finger Feuerzungen, die sie berührten.

Jede Bewegung eine Feuerzunge, die ihr durch Mark und Bein fuhr und sie von innen unter Strom setzte. Jede Bewegung wurde zu einer Bewährungsprobe für ihre Sinne, und sie wünschte sich so sehr, dass noch mehr geschah. Sanft schob er den Finger in sie, zog ihn ebenso sachte wieder ein wenig heraus, und gerade diese gleichmäßig trägen Bewegungen waren es, die ihr Blut zum Kochen brachten. Es war wie eine Offenbarung – für Körper und Geist.

Denn sie lag nur hier, völlig nackt, und ihr widerfuhr diese Wohltat, diese aufreizende Massage ihrer intimen Zone. Sie kuschelte sich in dieses Gefühl der Lust und ließ es geschehen, ließ geschehen, was Lee mit ihr trieb. Mit seinen Zauberhänden, die sie so zärtlich und gekonnt verwöhnten.

Auf einmal änderte sich die Landschaft, die Umgebung.

Nun lag sie in einer Höhle, in der jedoch keine Kühle herrschte, wie man vermuten würde, sondern in der es heiß war wie in einer finnischen Sauna. Am Rande der Höhle stürzte ein dreißig Meter hoher Wasserfall mit Getöse in die Tiefe. Aber dieses laute Geräusch wurde gedämpft von ihren Empfindungen, die so vielfältig waren und sich nicht mehr auf irgendetwas Bestimmtes festlegen ließen. Ihre Sinne, ihre Gefühle, alles war geerdet.

Reinheit.

Hitze.

Wünsche ...

Erfüllten sie.

Immer wieder fielen eisige Tropfen auf ihre Haut, auf der sie sogleich zischend zerbarsten, verdampften. Auch wenn es nicht logisch war, was in ihrem Traumland stattfand, so fühlte sie dennoch Schmetterlinge, die ihren Körper mit ihren Flügeln so berührten ... wie Geister, die nicht wirklich da waren, wo sie zu sein schienen. Die sie mit ihren Flügeln zärtlich liebkosten, streichelten. So zärtlich, dass es Susanna fast schien, als bildete sie es sich nur ein. Gleichzeitig war es eine süße Qual. Eine Qual, die hungrige Sehnsucht auslöste.

Wie schön die Schmetterlinge waren, sie leuchteten irisierend in den schönsten Farben. Große, kleine, einfarbige, kunterbunte. Geschöpfe, die in ihrer Schönheit kaum mit dem Geist zu erfassen waren.

Während er mit einer Hand ihre Rosette weiter von innen liebkoste, streichelte ein anderer Finger über die Stelle, die ihren Anus mit ihrem Schlitz verband, und das war mehr, als sie ertragen konnte. Aber er fuhr nur diese kurze Verbindung entlang, vor und zurück, während nun der Finger in ihrem Anus ruhte.

Streichelte … streichelte.

Dieses Fast-Berühren ihrer feuchten Grotte brachte sie an den Rand des Orgasmus, und weil sie nicht wusste, was weiter geschehen und wann Lee sie erlösen würde, war es ein Spiel mit ihren Wünschen und ihren Träumen.

Da, eine kurze Berührung ihrer feuchten Spalte, und sie stöhnte auf. Da, noch einmal eine Berührung, und ihr Stöhnen wurde lauter, ungezügelter.

In ihrer Traumwelt tauchte wieder der Jüngling auf. Dessen Stab sie am liebsten in sich gespürt hätte. Den sie am liebsten mit aller Macht fest in sich hineingepresst hätte. Fast meinte sie, sie würde ihn spüren … aber eben nur fast.

Jetzt hielt sie es nicht mehr länger aus.

Die Hände waren überall, ließen ihren Saft fließen, auch wenn sie an dieser Stelle nur andeutungsweise berührt worden war. Aber genau dadurch, dass sie immer nur ein wenig an dieser Stelle erhitzt wurde, verging sie vor Lust und Verlangen.

Er wusch sich die Hände, trocknete sie ab, und dann half er ihr, sich umzudrehen.

Nun waren da wieder diese Hände …

Bewegungen ...

Streicheln ...

Dieses Mal nicht mehr ruhig und brav.

Hände, von denen Hitze ausging.

Hände, die bei jeder Berührung mehr Lust auslösten. Über ihre Brust huschte etwas, kam zurück, zwickte sie in ihren vorwitzigen Nippel, labte sich daran, was ihr Blut noch rasanter durch ihre Bahnen katapultierte ... Kreisende Bewegungen, sanftes Zwicken. Wieder und wieder, und nachdem es sich daran lange genug gütlich getan hatte, fand es an der anderen Brust seine Heimstatt.

Nachdem ihr Körper vorhin kurz vor einem Orgasmus gestanden hatte, war sie noch sehr empfindlich, und durch das Streicheln einer ihrer Brüste sandte ihr Körper bereits wieder lustvolle Signale aus, die sie wie Granatsplitter durchstießen. In ihrem Leib war eine Feuersbrunst ausgebrochen, die Hitze schien auf ihr Inneres konzentriert zu sein. Ihr Körper war gespannt wie ein straffes Seil. Ihr Rücken wölbte sich. Diese Berührungen hatten es gewaltig in sich, und jeder Millimeter ihrer Brüste wurde bedacht. Und das mal härter, mal Schmetterlingsflügeln gleich. Flatterndes Streicheln wechselte sich ab mit beherztem Zupacken, mit Händen, die die Brüste ganz bedeckten und darüberfuhren. Ihre Brüste in den Händen wogen, ehe sie den Vorhof verwöhnten und mit dem Fingernagel leicht über ihre empfindsamen Nippel fuhren, kratzten.

Immer wieder trafen sie eisige Wassertropfen, die auf der Hitze ihres Körpers keine Chance hatten. Wie auch, war er doch Heimat eines Geysirs. Susanna meinte, es zischen und brodeln zu hören.

Hitze ... Hitze ... Hitze ...

Alles in ihrem Geist, in ihrer Seele, ihrem Körper wartete auf etwas.

Etwas Großes.

Nur worauf, das war in diesem Moment noch unwichtig. Dass es kommen würde, das war klar. Dann kamen wieder die Schmetterlinge, die ihren Körper mit ihrer Anwesenheit beehrten, die sich auf ihr niederließen. Ihre Fühler kitzelten sie.

Lee pustete ihre Brüste an und streichelte sie anschließend, während sie sich nur noch die Vereinigung wünschte, und bisher waren so viele Zonen ihres Körpers noch gar nicht berührt worden. Da er sie vorhin vom Orgasmus abgehalten hatte, konnte sie nur hoffen, dass er es jetzt nicht wieder tun würde. Sie nicht abhalten würde.

Vor der Massage war ihr die Vorstellung peinlich gewesen, sie würde bis zum Orgasmus gestreichelt werden … Jetzt sehnte sie es mit einer solchen Macht herbei … Mit einer Macht, wie sie glaubte, sie noch niemals zuvor gespürt zu haben. Lee widmete sich tatsächlich jeder Stelle ihres Körpers. Seine Hände streichelten ihren gesamten Oberkörper, während die Zeit völlig stillzustehen schien. Zeit, ein Wort, das aus diesem Raum gefegt worden war.

Wieder waren ihre Beine dran. Von den Zehen bis kurz vor ihre fleischige Sehnsucht. Jeder Millimeter wurde bedacht, jeder Millimeter liebkost, so wie sie es bisher schon gewöhnt gewesen war. Und da Lee, immer wenn er oben ankam, für einen flüchtigen Wimpernschlag ihre Grotte berührte, war die ganze Beinmassage ein einziges Vorspiel. Wenn er wieder einmal unten begann ihre Zehen zu verwöhnen, brach ein Sehnen in ihr aus, das ihn antreiben sollte, sie oben zu verwöhnen. Die ganze Zeit war sie in einer

Warteschleife der Lust, des unbändigen Verlangens. Diese Sehnsucht nach seiner Berührung an dieser Stelle ging über alles Menschliche hinaus.

Dann endlich fassten die Hände da hin, wo sie es sich so gewünscht hatte. Die erste Berührung war wie ein Anschlag auf ihre Sinne, die in dieser Bewegung zu bersten schienen. Ihr Stöhnen machte sie frei. Diese scheinbar harmlose Berührung ging so tief in sie, als würde sie endlich den dicken Stamm zu spüren bekommen.

Endlich. Endlich streichelte er sie. Mal so langsam, dass sie es kaum noch ertrug. Dann wieder schneller. Abwechselnder Rhythmus. Gerade diese Abwechslung war es, die in ihrem Kopf Farbkreise entstehen ließ.

Ein Finger, der in sie schoss. Ein Finger, der sie innen massierte. Ihre geheimsten Stellen berührte, sie endlich beehrte. Endlich in sie hineinfasste und sie in himmlische Sphären auffahren ließ.

Ein Finger, der sie innen massierten, wie es noch nie zuvor jemand getan hatte. Er schien all ihre schönsten Stellen zu finden. Dieser Finger, der sie innen liebkoste. Der sie innen an den Rand eines Vulkans trieb. Er beehrte ihren vorwitzigen Kitzler, tupfte ihn an, dass sie nur so vor Verlangen verging. Traf zielsicher ihren G-Punkt, den er mit dem Finger ebenfalls nur antupfte ... immer wieder ... antupfte, berührte. Bis ihr fast die Sinne schwanden.

Ganz langsam senkte er seinen Finger in sie, bis ganz hinein, bis sie spürte, wie er die feine Haut dahinter berührte, erst dann ließ er ihn wieder langsam herausgleiten, und so ging es weiter ... und weiter ... und weiter. Dann war es so weit, er zog mit zwei Fingern leicht ihre Schamlippen auseinander und ließ dann den Finger der anderen

Hand fest über die Öffnung der Spalte gleiten, ehe er einen schnelleren Rhythmus fand und es fast schien, als würde er mit Schallgeschwindigkeit drüberfliegen. Er war oben ... unten ... schnell ...

Verlangen sandte Schallwellen aus, und diese waren gefräßig wie hungrige Wölfe. Er streichelte ihre Sehnsucht und das Verlangen mit seinem Finger, stachelte es an und verwandelte es in einen rasenden Vulkan. Das Verlangen, das in ihr herrschte, wurde endlich freigelassen und in etwas Wildes umgewandelt. Wild und zügellos wurde es aus ihr gepresst.

Und dann lag sie auf einmal am Rande eines brodelnden Vulkans, dessen Hitze fast unerträglich schien und ihr dennoch reinste Lust bereitete. Ein Vulkan, der heiße Lava hoch in die Luft katapultierte. Dessen feurige Funken durch die Luft stoben. Dessen feurige Finger nach ihr griffen und die sich trotzdem so leicht anfühlten, als würde Susanna von ihnen in die Lüfte gehoben.

Davonschweben.

Und dann waren da wieder diese Hände ...

Susanna hatte sich danach noch ausgeruht. Sex hatte zwar tatsächlich nicht stattgefunden, aber es war besser als Sex gewesen, besser, als selbst Hand anzulegen. Es war der ultimative Kick gewesen.

An der Tür hatte sich Lee von ihr mit den Worten verabschiedet: «Das hätte ich dir damals auch gegeben, Susanna. Ich liebe es, Frauen zu verwöhnen.»

Huch!

DANKSAGUNG

Tausend Dank an Kerstin Dibbelt. Für deine Hilfe in allen Lebenslagen und für dein phantastisches Vorablektorat. Auch als Übersetzerin und Dolmetscherin vom und ins Englische bist du unschlagbar.
www.englisch-etc.de

Ein Dank an alle, die an «Samtene Nächte» geglaubt haben: Brigitte, Irmgard, Karin D., Karin H., Gertraud, Ingrid E., Birgit C., Susann L., Susi N., Susanne K., Agnes, Daniela, Jörg Sch., Margit B., Peter J., Peter P., Josef R., Ortrun R., Mirjam J., Verena, der Buchhandlung www.sinnundsinnlichkeit.com, Angelika Frey www.wortweisend.de, Stella und Christian von www.trachtenherz.de; Melander www.herzwild.com für meine tolle Homepage.

Ein besonderer Dank gilt Katharina Dornhöfer vom Rowohlt Verlag und der Literaturagentur Lianne Kolf.

Und wo wäre mein Buch, wenn ich nicht die LeserInnen hätte, die es kaufen? Vielen Dank, liebe LeserInnen.

Und wenn Sie mehr über mich erfahren möchten:
www.aveleen-avide.com
http://aveleen-avide.blog.de

Ihre Aveleen Avide

Portia Da Costa
Der Club der Lust
Erotischer Roman
Die Journalistin Natalie fährt zu ihrer Halbschwester Patti. Schon im Zug hat die junge Frau ein besonderes Erlebnis: Sex mit einem Fremden. Sie ahnt nicht, dass sie ihn wieder treffen wird. Und auch nicht, dass Patti sie in einen geheimnisvollen Club der Lust einführen will ... rororo 24138

Erotische Literatur bei rororo
Nur Frauen wissen,
wovon Frauen wirklich träumen.

Susanna Calaverno
Asian Desire
Erotischer Roman
Bonsai Gärtnerin Eva entschließt sich nach Japan zu reisen. Im Land der aufgehenden Sonne wird sie überraschend Zeugin einer privaten Bondage-Session. Die japanische Fesselkunst fasziniert sie, und sie beginnt eine leidenschaftliche Affäre.
rororo 25417

Corinna Rückert
Lustschreie
Erotische Geschichten
Eine Frau beim Blind Date: Plötzlich hat sie eine Binde vor den Augen und wird zart und doch fordernd von einem Unbekannten verführt. Ihre Erregung ist grenzenlos ...
Außergewöhnlich anregende und sinnliche Geschichten von der grenzenlosen Lust an der Lust. rororo 23962

Weitere Informationen in der Rowohlt Revue *oder unter* www.rororo.de

Das für dieses Buch verwendete FSC®-zertifizierte Papier
Lux Cream liefert Stora Enso, Finnland.